光文社文庫

文庫書下ろし

巡る桜

上絵師 律の似面絵帖

知野みさき

光 文 社

目次

第一章

混ぜ物騒ぎ

一

そわそわしながら、律《りつ》は今一度、戸口から井戸端の方を窺った。

日中でもまだ寒いから、どこの家の戸も閉まっているが、二軒隣りに住む勝《かつ》がちょうど表へ出て来てくすりとした。

「待ち遠しいねぇ」

からかい口調なのは、朝からもう十遍は戸を開いたからだろう。

「ええ、もう、一体どこで油を売ってるのか……」

会釈《えしやく》をしながら引っ込んだものの、戸を閉めてから不安になってきた。

待っているのは涼太《りようた》ではなく、弟の慶太郎《けいたろう》である。

年明けて既に半月が経ち、今日は待ちに待った藪入《やぶい》りであった。

慶太郎が菓子屋・一石屋《いつこくや》に奉公に出たのは、昨年の神無月《かんなづき》だ。

一石屋のある佐久間町《さくまちよう》は、律の住む神田相生町《かんだあいおいちよう》から二町ほどしか離れていない。しかし住み込みの奉公とあって、この三月《みつき》半で律が慶太郎に会えたのは偶然や用事が絡んだほんの数回であった。

もしや正月には顔を出すのではないかと期待していたが、慶太郎は現れなかった。

奉公人には朱引《しゅびき》の外から来ている者も多く、中には在所《ざいしょ》まで何日もかかるため、年に二度どころか、一度、もしくは数年に一度しか帰郷しない者もいる。

そういった者たちと比べれば恵まれているとは思うのだが、寂しさはなかなか紛れない。慶太郎が生まれて十年、内、六年は母親代わりに世話をしてきたし、両親が亡くなった今、家族と呼べるのは慶太郎だけなのだから尚更だ。

昨日はわざわざ、日本橋の菓子屋・桐山《きりやま》まで干菓子を買いに行った。鰺《あじ》の干物に卵、一緒にぜんざいでも作ろうと小豆と砂糖、餅まで買い込んだ。更に今朝は六ツが鳴る前に起き出して、三合もの米を炊いた。

朝餉《あさげ》を済ませて、遅くとも五ツには帰って来るだろうと、首を長くして待っていたのに慶太郎は現れず、じきに四ツの鐘が鳴ろうとしていた。

——何か、やんごとなきことが起きたのかしら……？

思った矢先に四ツの捨鐘が聞こえてきて、律は居ても立ってもいられなくなった。

しごき帯をよそ行きの帯に替え、巾着に財布を入れると外へ出る。

「先生、律です」

行き違いになっても困らぬように、隣りの今井直之《いまいなおゆき》に声をかけた。

「お律？」と、今井はすぐに戸口に出て来た。

「あの、慶太郎がまだなので、ちょっと一石屋まで行って来ようと思います」

「私もおかしいと思ってたところだ」

「すぐに戻りますから……」

木戸を出るとますます不安になって、佐久間町までの二町を律は急ぎ足で歩いた。

一石屋は閉まっていたが、奉公人の少ない店では珍しくないことである。奉公人が出払って店主一家もくつろいでるのではと思うと、戸を叩くのが躊躇《ためら》われた。

と、横から男の声がした。

「藪入りでうちは今日は休みでさ。また明日にでも来てくだせぇ」

振り向くと、慶太郎の兄弟子の吾郎《ごろう》であった。吾郎も律に気付いて近寄って来る。

「お律さん、どうかしやしたか？」

「その……慶太郎がまだなので、様子を窺いに……」

「慶太が？　そりゃおかしいな」と、吾郎も首をひねった。「慶太なら、朝餉を食べて、土産《みや》げ《げ》の饅頭をたんと背負って、五ツ前には出やしたぜ？」

「五ツ前に？　じゃあ、一体どこへ――まさか人攫《ひとさら》いじゃ……」

慌てた律を吾郎は笑い飛ばした。

「いくらお奉行所御用達《ごようたし》の似面絵師《にづらえし》だからって、そうなんでもかんでも悪く考えちゃあいけやせん。きっと女のとこですや」

「お、女？」

思わず目を剝いた律を見て、今度は吾郎がやや慌《あわ》てた。

「あ、いやその、女といっても可愛いもんでさ。頑として教えちゃくれねぇんですが、どうやら慶太は近所に気になる女――いや、女子《おなご》がいるようで、遊び仲間の分も土産を持ってったから、おそらくその女子に先に会いに行ったんじゃねぇかと……」

というと、十中八九、夕《ゆう》だろうと律は踏んだ。

慶太郎の初恋の相手で、二軒隣りの長屋に住む女児である。

「夕ちゃんに……」

律がつぶやくと、吾郎がにんまりとした。

「その子は夕ちゃんって名なんですね」

図らずも慶太郎の秘密を漏らしてしまって、律はしどろもどろになった。

「あ、あの、私が言ったことは内緒に……」

「もちろんでさ。だがこれで明日の楽しみができやした。じゃあ、俺ももう行きやすや。俺も今日は女としっぽり……ああ、すいやせん」

ちょこんと頭を下げて歩いて行く吾郎を見送ってから、律は長屋へ引き返した。

吾郎の台詞《せりふ》を今井に伝えると、案の定、今井は笑い出した。

「……笑いごとじゃありません、先生」

「そりゃお律は心配だろうがね……まあそれなら、私が挨拶《あいさつ》がてら、お夕の長屋を訪ねて来ようか？」

そんなことを話しているうちに、ようやく慶太郎の声がした。

「ただいまぁ」

「慶太、遅かったじゃないの」

「うん、ちょいと弥吉《やきち》と話し込んじまってさ」

急ぎ表へ出た律へ、悪びれもせずに慶太郎は言った。

「弥吉ちゃんと……？」

弥吉は以前、律がかかわった子供の一人だ。母親が男に入れあげた挙句に、盗みの片棒を担いで捕まり、牢で自害した。残された弥吉は浅草の海苔《のり》屋へ奉公に、妹の清《きよ》は住んでいた大家のつてで養子へいった。もう一年以上前のことである。

「霜月の終わりに、遣いの途中で会ったんだ。なんと得意先が二軒も一緒なんだよ」

それから時々、遣いの合間に会って言葉を交わしているという。

「藪入りだけど帰るとこがないってんで……だからせめて饅頭を届けてやろうと思ってさ」

「そうだったの……」

慶太郎の気遣いが、姉としては誇らしい。

「でも、帰るところがないなんて……清ちゃんを訪ねてもよかったんじゃないかしら？」

清の養子先は、律と同じく裏長屋暮らしの夫婦だと聞いている。子供を二人養うのは難しいと、まだ幼い清だけを引き取ったのだ。

それにしたって、藪入りくらい、弥吉ちゃんを泊めてくれたっていいのに……

「おれもそう言ったんだけど、向こうさんに悪いからって。じゃあ、うちに来ればいいと誘ってみたけど、それも悪いからって……そう遠慮することないのにな」

「そうねぇ……」

出会った九歳の時でさえ、同い年の慶太郎より大人びていた弥吉であった。弥吉なりに考えてのことだろうとは思うのだが何やら切ない。

「ああそれから、帰って来る時、六太《ろくた》さんにも会って少し話したんだ」

「六太さん？　ああ、青陽堂《せいようどう》の」

十三歳──いや、年明けて十四歳になった、青陽堂の丁稚《でっち》である。

「藪入りだから前掛けはしてなかったけど、なんだかいつも通りでさ。おれにもちゃんと挨拶してくれたんだ。『一石屋のお饅頭は、時折、若旦那の土産でいただいております。いつも美味しいお饅頭をありがとうございます。お姉さまには、先だって大変お世話になりました。今後とも青陽堂をどうかよろしくお願いいたします』って」

台詞を真似る慶太郎から、六太への尊敬の念が窺えるのが微笑《ほほえ》ましい。

先だって——と六太が言ったのは、涼太の父親・清次郎《せいじろう》の似面絵を描いたことだろう。清次郎は霜月《しもつき》に、正清《まさきよ》というやや偏執的な男に囚《とら》われて、七日ほど行方不明になったことがあった。

「流石《さすが》、青陽堂は奉公人も皆しっかりしている」

今井が言うと、慶太郎も大きく頷いた。

「うん、先生。藪入りだからって、浮かれてばかりじゃ駄目なんだよなぁ。あんまり羽目を外したら、『あすこは奉公人がよくない』って、店の顔まで潰しちまうもの。おれも六太さんみたいにしっかりしないと……」

背負ってきた荷物を解いて、慶太郎は長屋の住人に土産の饅頭を配って歩いた。六太に触発されたのか、莫迦《ばか》丁寧な口上《こうじょう》に、長屋のみんなが驚くやら感心するやらが、律にはこそばゆい。

が、今井を交えての昼餉《ひるげ》を済ませると、慶太郎は早くも遊びに出かけると言う。

「ぜんざいはおれが帰って来たら作るから、姉ちゃんはうちの饅頭でも食べて、先生とのんびりしてくんな」

のんびりするのはそっちじゃないの——

奉公先でのことをじっくり聞きたいと思っていた律はがっかりしたが、今井がくすりとするのを見て、笑顔を作って送り出した。

「久しぶりに会えたのに、なんて慌ただしい……」

つい愚痴っぽくなってしまった律へ、今井が微笑んだ。

「市助もお夕も、慶太郎の帰りを楽しみにしていたからね。陽が高いうちは仕方ない。ぜんざいを作ってくれるというのなら、八ツには戻るんじゃないのかな。それまではお律もいつも通りに過ごせばいいさ」

「そうします」

土産の饅頭を今井と分けて家に戻ると、律は小さく溜息をついた。

今井に他意はなかったろうが、「いつも通り」と言われたのが胸に重い。

――姉ちゃん、仕事はうまくいってるの？――

昼餉を食べながら慶太郎に問われて、律は先月仕上げた雪華《せっか》模様の着物のことを話した。

――すげぇや、姉ちゃん。もうすっかり一人前だ――

己のことのように喜ぶ慶太郎には笑顔で頷いたものの、内心は穏やかではなかった。

というのも、着物を納めてからこの二十日余り、巾着絵を七枚仕上げただけだからだ。

――お前があの着物を仕上げる間に、一人、上絵師《うわえし》が売り込みに来てね――

呉服屋・池見屋《いけみや》の女将《おかみ》である類《るい》は、あっさりと律にそう告げた。

――なかなかいい腕してるのさ。だからしばらく巾着絵は、その人と半分ずつ頼むことにするからね――

注文から仕上げまで、着物一枚に二月《ふたつき》半を費やしてしまった。

着物は類の妹・千恵《ちえ》の物で、注文主は池見屋の得意客にて粋人《すいじん》の雪永《せつえい》だ。千恵の気持ちに寄り添って描き上げた雪華模様の着物は喜んでもらえたし、律も出来には満足している。

ただその間いつもの——巾着絵の——仕事がおそろかになっていたのは否めない。

池見屋は粋人だけでなく、町娘にも人気がある。「粋ならよい」と、類の揃える反物はピンキリで、「ピン」なら町娘でも手が出せる値段だからだ。とはいえ、「ピン」でも着物は敷居が高いという娘も多くいて、そういった者たちは巾着や財布、半襟などの小物を楽しみに池見屋を訪れるのだ。

巾着も上絵に限らず、印伝《いんでん》や縫箔《ぬいはく》の入った物もおいている。よって、これまでも己《おのれ》一人で巾着を担ってきたのではないのだが、同じ上絵師となると心穏やかではいられない。

何より次の着物の注文がない今、巾着絵は律の唯一の実入りであった。

雪永は代金と心付けを弾んでくれたが、いつまでも浮かれてはいられない。

今はとにかく、もらった仕事を精一杯やるしかない……

昨日請け負った巾着絵は二枚だけで、意匠は杏《あんず》——唐桃《からもも》——の花にしようと決めていた。

納めるまでまだ四日もあるが、文机の前に座り、筆を握ると迷いが生じる。

杏はまだ早いだろうか？

ここは無難に梅の花にしておこうか……？

杏の方が「粋」だと思うものの、意匠としては梅の方が判りやすい。

しばし悩むも筆は進まず、半刻も経たずに筆を置くと、律はまだたっぷりと墨が残っている硯《すずり》を恨めしげに見やった。

二

翌朝、律は慶太郎と共に一石屋を訪れた。

親代わりの挨拶だと慶太郎には言い繕ったが、半分は言い訳で、少しでも長く慶太郎といたかったからである。

店主一家も兄弟子の吾郎も慶太郎の仕事ぶりを褒めてくれたが、あれほど楽しみにしていた藪入りがあっという間に終わってしまい、一人で長屋に戻る律は、たった二町ほどの間に何度も振り返りそうになった。

巾着絵はやはり杏の花にすることにして、朝のうちに下描きを終えてしまうと、昼過ぎに今井が帰って来た。

「お律、ご馳走がたんとあるから、一緒にどうだ？」

呼ばれて出て行くと、今井の後ろに侍が一人がいて、律は慌てて頭を下げる。

脇差しのみの侍は今井より少し年上で、右の眉からこめかみにかけて、一寸ほどの刀傷と思われる古傷があった。

「古い友人でね。その名も古屋《ふるや》さんというんだ。古屋さん、こちらは隣りのお律です」

「古屋と申す」

強面から想像した通りの低く厳《いか》めしい声だが、目は穏やかだった。

挨拶を交わして今井の家に上がると、今井が抱えていた風呂敷包みを開いた。

藪入りは指南所《しなんじょ》も休みであったが、上の子供らを奉公に出している家ではどこも張り切ってご馳走を作ったようだ。借り物の二段の重箱に、煮染めや焼き魚などの「お裾分け」がびっしりと詰まっている。

重箱を覗き込んだ古屋の腹が鳴って、座が一息に和《なご》んだ。

「いやはや、今井さんの口利きで今は長屋に寝泊まりしとるんだが、一人だと飯を炊くのも億劫《おっくう》でな。昨晩の残り飯を少し食べたきりなのだ」

霜月の頭に飛騨《ひだ》から江戸に出て来たという古屋は、先月までは安宿に、年明けてからは今井の紹介で元鳥越町《もとどりごえちょう》の長屋で暮らしているという。

お侍さんが長屋暮らしなんて――

そう思ったのが顔に出たのか、古屋は苦笑しながら続けた。

「三年前に倅《せがれ》と妻を相次いで亡くしてな……家督は弟に譲って、私は致仕、気楽な隠居暮らしなのだよ。とはいえ、石高《こくだか》の知れた家ゆえ、贅沢はできぬでな。江戸行きも弟に散々渋られたが、今生《こんじょう》の我儘《わがまま》と頼み込んだのだ」

「さようですか……」

「定府《じょうふ》だった頃の友人知人を訪ねながら、今しばらく江戸で過ごすつもりでな。ここにもまた顔を出すことがあろうから、お律さんも一つよろしくお頼み申す」

「こ、こちらこそ」

恐縮しながら、今井と古屋に勧められるままに律も箸を取った。

一年で帰郷する江戸詰と違い、定府は江戸藩邸に長く勤める者で、中には国に戻ることなく江戸で生涯を終える者もいるという。

古屋と今井は江戸で知り合ったらしく、古屋の話はもっぱら定府を懐かしむものだった。

男たちの昔話に聞き入りながら箸を動かしていると、定廻りの広瀬保次郎《ひろせやすじろう》がやって来た。

「先生、ご歓談中、あいすみません。お律に急ぎ似面絵を頼みたく――」

保次郎の後ろには、腕を押さえた二十代の若者がいた。青ざめた顔に血走った目をしていて、律たちを見ると小さく頭を下げる。

今井宅では手狭だし、古屋に遠慮もあろうと、律は二人を己の家にいざなった。

保次郎は男を上がりかまちにうながし、自分は土間に立ったまま言った。

「上野で、見知らぬ男がいたのを町の者が誰何《すいか》したところ、男が逃げ出そうとしてな。止めようとした町の者を一人、殴り飛ばしたのだ。それを見てこの者と別の男が駆け寄ったのだが、男は匕首《あいくち》を取り出して刃傷沙汰《にんじようざた》となった」

殴られた男は倒れた際に足を捻《ひね》り、もう一人の男は腹を刺されて重傷らしい。保次郎が連れて来た男も腕を切られていたが、逃げた男を放ってはおけぬと、手当を受けてすぐにここまで来たという。

言われるままに、薄い眉毛に細い目、小さめの唇を持つ男の似面絵を描き上げた。

急いでいるというので、とりあえず三枚のみ描いて渡す。男が捕まらなければ、またのちほどもっと描いてもらうと言い残して、保次郎たちは慌ただしく帰って行った。

今井宅へ戻ると、労《ねぎら》う今井の横で古屋は興味津々《しんしん》だ。

「今井さんからちと話を聞いたが、そうまで似せて描けるものかね?」

「はあ、まあ、似面絵にも随分慣れましたので……」

謙遜《けんそん》を交えて曖昧《あいまい》に応えると、古屋は顎《あご》に手をやった。

その顔に躊躇いが浮かんだのを見て律は言ってみた。

「もしもよろしかったら、ご覧になりますか? 仰っていただければどなたでも描きます」

差し出がましいかと思ったが、古屋は遠慮がちに頷いた。

「それなら一枚頼もうか」

丸顔に島田髷《しまだまげ》、鼻筋が通っていて、笑窪《えくぼ》がはっきり……と、照れ臭げな古屋から聞いて描くと、やがて一人の、律よりもやや年上の女の顔になった。

とというのが判る。


「驚いたな……」

似面絵をまじまじと見つめる古屋の様子から、出来映えはもとより、思い入れのある女だというのが判る。

――娘さんだろうか？

しかし、先ほど家族の話をした際に、娘の話は一切出なかった。

または亡くなった御新造さまの若い頃……？

傍らの今井を見ると、今井も興味深げに似面絵を覗き込んでいる。

顔を上げた古屋が、律たちを交互に見やって苦笑を漏らした。

「二人とも、定廻りと仲良くしておるだけありますな。……実は私は、この女子を探しに江戸まではるばる参ったのです。女子といってもまあ、今はもう四十路《よそじ》に近い大年増だが」

「――となるとますます興味深い。もしや御新造さんのご姉妹……ですか？」

「今更、隠そうとは思いませんよ。この女子は私がまだ江戸にいた頃、深い――いや、懇意に――その、つまりですな……」

「つまり、そういう仲の女子だった、と」

「そういうことです」

律を気遣ったというよりも、今井に言いにくかったようである。

既に数回顔を合わせ、長屋まで世話になった今井に黙っていたのは、後ろめたい――江戸にいる間だけの側妻《そくさい》だったのだろうか、などと律が勘繰っていると、古屋は困った顔をして急いで続けた。

「と、とはいえ、今井さんもご存じの通り、その折は私もまだ独り身で、やましいことは何も……ああ、祝言を待たずに手を付けたのは私が悪かったが、その、いずれはなんとかするつもりで……」

だが、なんともならなかったのは、その女が町娘で既に二十五歳の中年増だったからだそうである。

「誰ぞの養女にしてもらい、妻として国許《くにもと》に連れて帰るつもりでした。しかし、いざとなると親兄弟、親類、上の者にこぞって反対されまして……町娘というだけでも厄介なのに、そんなにとうが立っているのでは跡取りも期待できん、と。それを押し切るだけの力も意気も私にはなかった。なんとも情けない話ですが……察したのでしょうな。女子の方から身を引くと言い出してそれきりになったのです。そののち、すぐに国許で縁談が持ち上がり、私は定府を解かれ国に戻った。……妻は上役の朋輩《ほうばい》の娘でした。上役が反対したのは朋輩と既に話がついていたからだと思われます。私がそのことを知ったのは国に戻ってからだが、江戸にいた時に知ったとしても、始末は変わらなかったでしょう。上に逆らうなど、あの頃は考えもしませんでしたからな……」

町娘との恋と聞いて、律はまっさきに千恵を思い出した。若き日に江戸詰の村松周之助《むらまつしゅうのすけ》という侍と恋に落ちた千恵だったが、武家に養女に入る前に、何者かに手込めにされて破談となった。

涼太と律のように同じ町の者でも身分違いに悩まされるのだから、相手が侍なら尚のこと夫婦になるのは難しかろう。跡取りの心配や上下の間柄も判らぬでもないのだが、「町娘」で、あと二年もすれば中年増となる律としては、どうも古屋に同情できない。

「それで此度は、その女性を探してみようと……？」

今井が訊ねると、古屋は更にばつの悪い顔をした。

「まあ……そうなのです。一昨年、やはり定府を務めた隠居仲間が亡くなりましてね。足を痛めたのがきっかけだったのだが、寝たきりになってからみるみる衰え、結句、風邪をこじらせての最期でした。私よりたった三つ年上なだけで、今井さん、あなたと同い年だったのですが……」

てっきり今井より年上だと思っていた律は、古屋の方が三歳も年下だと知って内心驚いた。

「その者が寝たきりになってから漏らしたのですが、どうやらその——私が江戸を発《た》った頃、この女子が身ごもっていたと……のちに耳にした噂では、男児を産み育てていた、と……」

これには今井も驚いたようである。

「古屋さんが江戸を発ったのは確か——」

「十四年前……私が三十路《みそじ》の秋でした。雪が降る前に国許へ戻れ、嫁を娶《めと》って、跡取りを作れ、と上役から言われ、私は御達し通りに国に戻って、年明けに嫁を娶り、更に次の年には倅が生まれました。もしもこの女子が私の子を身ごもっていたのなら、おそらく倅より一つ上、十四歳になった筈です」

とすると、三年前に亡くした息子は、まだ十歳だったのだ。

年を読み間違えて、老けた顔から古屋が定府だったのはもう大分昔のことだと思い込んでいたから、元服前の息子を亡くしたと知って、律は少なからず動揺した。

「男のつまらぬ懐古だとは承知の上です。弟はよくやってくれているし、まだ八つと六つの甥《おい》たちも倅の分まで可愛がってやりたい。ただ、仲間の述懐を聞いてから、どうも居ても立ってもいられず……もしもう一人息子がいるのなら、一目でいいから会ってみたい。金も地位もない貧乏隠居だが、何か力になれぬものかと……」

十四年前とあって女の行方はまったくつかめていないそうだが、「これで少しは探しやすくなる」と、腹を満たした古屋は嬉しげに辞去していった。

「見つかりますでしょうか……？」

箸やら茶碗やらを洗って戻ると、つぶやくように律は問うた。

八ツはとっくに鳴っており、しかし涼太が現れないので、律が茶を淹《い》れることにした。

「十四年は長いが大昔というほどじゃない。恵明《けいめい》とお弓《ゆみ》さんなぞは二十年も離れていて、また出会えたではないか。ああ、そうだ。今度涼太にも、似面絵を見せておくよう言っておくか。涼太には人探しの才があるからね」

人の顔を覚えるのが得意な涼太は、今井の言う通り、これまで何度も人探しにその才を発揮してきた。恵明というのは上野の医者で、今井の古い友人だ。恵明の昔の恋女・弓が見つかったのは、涼太の記憶と運のおかげである。

「しかし、もう二月《ふたつき》も探しているのに手がかりなしとは、もしやその、向こうさんにも事情があるのかも……」

弓も今でこそ、恵明の熱意に押され、元の鞘《さや》に戻りつつあるが、初めのうちは「今になって……」と呆れて会おうともしなかった。さすれば、十四年前のこととはいえ、古屋がなんの足取りもつかめていないのは、相手が避けているからとも考えられる。

「そうだとしたら仕方ない。向こうにもそれなりの言い分があるだろう。だが古屋さんが江戸にいられるのも、あとせいぜい三月ほどだ。古屋さんにとってはこれが最後の江戸なのだから、私としては悔いのないよう過ごして欲しいのさ。あの女性のことも、もっと早くに教えてくれたらよかったのだが、妻子がいない私にはどうも言いにくかったのだろうな。私とはもっぱら学問や書物の話ばかりでね。あの古屋さんにそのような女性がいたとは、露ほども思ってなかったよ」

そう言って今井は苦笑したが、律はどこか引っかかったままである。

まだ幼かった息子や妻を相次いで亡くしたのは、さぞかし無念であったろう。だが古屋の台詞から察するに、執心しているのは「添い遂げられなかった女」ではなく「いるかもしれない息子」であるようだ。

そう考えると、今井のように素直に後押しできぬ——というのが、律の本音であった。

三

夕刻になって、涼太が茶のひとときに現れなかった理由が判った。

店が忙しいのだろうと律たちは思っていたし、それは本当のことだったのだが、その理由は思いもよらぬものであった。

青陽堂の茶葉に、古茶が混じっていたというのである。

それも一人二人の客ではなく、得意客に納めたいくつもの茶筒《ちゃづつ》から見つかったというのだから、店はてんやわんやとなった。

七ツ過ぎに大家の又兵衛《またべえ》からそのことを聞き、律と今井は慌てて木戸の外に出た。

表店《おもてだな》の青陽堂からは客の苦情が漏れ聞こえ、店の前には成り行きを見守る町の者が何人も集まって来ていた。

とても涼太とは話せそうになかったから、今井と二人してすぐに長屋へ戻ったが、店のざわめきは遅くまで続いて、律はなかなか寝付けなかった。

涼太が今井宅を訪れたのは、三日も経ってからである。

「混じり物を納めたと思われる得意客は女将と全て回って来やしたが、とんでもねぇことになりやした」

涼太の顔には疲労と焦燥《しょうそう》がありありと浮かんでいて、律の胸は締め付けられた。

「古い茶葉が混ざっていたと聞いたが……」

「ええ。だがどうしてそんなことになったのか――いや、見当がついてないことはないんですが、どうにもやり切れねぇんで」

涼太が言うには、藪入り前に茶葉を確認したのは手代四人と丁稚一人の、計五人だった。

「作二郎《さくじろう》に源之助《げんのすけ》、恵蔵《けいぞう》に豊吉《とよきち》と、それに見習いの六太……手代の四人は皆、もう長く勤めてる選《え》り抜きばかりなんでさ」

「ということは六太が疑われているのだな？」

「まあ……しかし六太は――あたりめぇですが――やってねぇ、と。手代も一人ずつ問い質《ただ》してみましたが、皆、首を振るばかりでして」

「六太さんがそんなことするなんて、とても信じられないわ」

少ないが、これまで六太と交わした言葉や、振る舞い、藪入りに慶太郎から聞いたことなどを思い出しながら律は言ってみたが、涼太は深く溜息をついて応えた。

「ああ、俺だって信じられねぇ。だがな、お律、四人の誰かというのも俺には――店には考えられねぇんだよ。作二郎は番頭の勘兵衛《かんべえ》につぐ古参《こさん》、他の三人も十年、十五年と勤めてくれてる者ばかりだ。だから女将の信頼も厚く、仕入れを任せていたし、このうちの誰かに六太の指南役を頼もうと思っていたんだ」

いつもよりずっと厳しい声に、律は思わず目を落とした。

六太を信じていても、軽々しく口にしたのは浅はかだった。

誰も疑えないから困っているのに……

「誰かが店に忍び込んだということはないのか？」

「ない……と思いやす」

今井の問いを、迷いながらも涼太は否定した。

「仕入れた茶は店の内蔵《うちぐら》に仕舞ってあるんです。夜は錠前がかけてあるし、昼間だって外の者が容易《たやす》く入れる場所じゃありません。それに此度《こたび》は、届け物の茶筒に紛れ込んでいたんです。混じり物の入った茶筒を用意したのはこの五人だけで、藪入り前に得意先に届けたのも、五人のうちの誰かと、顔見せに連れて行った六太だけなんです」

茶筒に詰める作業は二人ですることになっていて、藪入り前は作二郎と恵蔵、豊吉と源之助がそれぞれ組んで行っていた。六太は両方の組を少しずつ手伝ったという。

「とはいえ、一日中、蔵に詰めてることもなく、飯や用足しに行きますし、それぞれ贔屓《ひいき》してくださる客もいますから、店に顔を出すこともありました。届けた茶筒が全部混じり物ってんではなかったんですが、どちらか片方の組が詰めた物だけってんでもなく……六太を含め、五人ともそれぞれ蔵で一人の時もあり、風呂敷に包んだ茶筒は届け物に出るまで廊下に並べてあったりと、疑い出したらきりがないんです」

「しかし、廊下の風呂敷包みを開いて、古茶を仕込むのは無理があるな」

「そうなんでさ。だから外の者はおろか、店の他の者でもなかろうと。茶筒が内蔵にあった間だと考えると、やはり五人のうちの誰かになりやす」

「中でも六太が一層疑われているのは、六太が丁稚だからかね？　年嵩《としかさ》の手代の中には、店に不満を持っている者もいるのではないか？」

「そのことも女将といろいろ話しやしたが、なんせ四人とも気心の知れた者たちばかりでして——いや、それは六太も一緒なんですが……」

「が、なんだ？」

言葉を濁した涼太を今井がうながす。

「店の者が言うには、六太は藪入り前から、少し様子がおかしかったってんでさ」

「ほう。それは一体どのように？」

「どこか、その、心あらずだったり、思い詰めたようだったりと……」

「それだけじゃ、なんとも——」

言いかけて律は口をつぐんだ。

「そうだ。これだけじゃなんとも言えねぇ」

困った顔をして涼太は言った。

「だが今のところ、他になんにも手がかりがねぇんだ。早いとこ動かねぇと、店の評判は悪くなるばかりだ。今だってもう……」

言いさして今度は涼太が口をつぐんだ。

「……涼太さん？」

おそるおそる窺った律へ、涼太は無理に微笑んだ。

「いや……まだ店がごたごたしてっから、俺はもう戻る。今日はちょいと先生にこぼしに来ただけだ。店のことは女将と俺でなんとかするさ。だから、お律がそう案じることはねぇ。そういや、お律の仕事はどうなんだ？」

「どうって……今日もその、池見屋に……」

急に問われて、ついしどろもどろになった。

「お類さんと話して、次の仕事をもらって……そのぅ、まあ、相変わらずよ」

「そうか。それならよかった」

頷いて涼太は立ち上がったが、それこそ「心あらず」な相槌《あいづち》である。

だが、深く問われなかったことに律はほっとしていた。

二枚の杏の巾着絵は朝のうちに池見屋に納めていたが、類の評価は芳《かんば》しくなかった。

――せっかくの意匠《いしょう》がもったいないね。まったくお前は修業が足りないよ――

どういうことか、と問い返した律を、じろりと見やって類は鼻を鳴らした。

――浮き沈みがあり過ぎる。何度も言ってるけど、お前の都合はお前だけのものなんだ。心の乱れは筆の乱れ……見る目のある者は誤魔化せないよ――

自信がなかったばかりか、この数日は青陽堂の騒ぎでずっと落ち着かなかった。二枚しかなかったから慎重に色を入れたものの、どこか愁いを含んだ絵になったのは否めない。

――ううん。

「愁い」ならいいだろうと、私が勝手に高をくってただけ……

――「迷い」は売れないが「愁い」を好む客は無きにしも非《あら》ず――

以前、類からそう言われたことがある。その言葉に甘えて、勝手に「迷い」を「愁い」だと思い込もうとしていただけらしい。

次の仕事はもらえたものの、またもや巾着絵が二枚だけである。

上絵を習い始めた子供の頃は、一人前の上絵師になれば、好きなものを好きなだけ描けると思っていた。父親兼師匠の伊三郎《いさぶろう》は、注文絵の他、己の意のままに描いた物を売り込むこともあったからだ。

そんなに甘い道ではないと何度も思い知らされてきたというのに、着物の出来を類にも雪永にも褒められてつい浮かれてしまった。たった一枚——それも二月半もかけて——仕上げただけで一安心していたのだから、己のおめでたさに呆れるばかりである。

次の二枚には何を描こうか？

もしもまた気に入ってもらえなかったらどうしよう——

「お律？」

「わ、私もそろそろ帰って仕事をします」

「そうだね。それがいい。私たちがあれこれ言ったところで、今は役に立てそうにないからな。私も今宵《こよい》は書物に専念することにしよう」

家に戻っても愁いは収まらず、ひとときと待たずに律は湯桶《ゆおけ》を持って表へ出た。

青陽堂では、ちょうど六太が一人で黙々と表を掃いていた。

律に気付くと手を止めて、丁寧に頭を下げる。

声をかけたかったが、なんと言ったものか判らなかった。

それとない会釈は返したものの、目も合わせられず、律は逃げるように湯屋に向かった。

四

七ツ前に日本橋から店に戻ると、腰を落ち着けることなく、涼太は再び表へ出た。

行き先は浅草、駒形堂《こまがたどう》の手前の諏訪町《すわちょう》である。

一石屋で饅頭でも買って行こうかと迷い——すぐに頭を振った。手土産なら既に茶を包んであるのだ。

それだけでは心許《こころもと》ないと思った己を叱咤《しった》しながら、涼太は足早に東へ向かった。

日本橋では散々だった。

大口の得意先が二軒も取引をやめると告げてきたのだ。

ことが発覚してから五日が経ったというのに、青陽堂ではいまだ犯人をつかめずにいた。

——ただ謝るだけでは埒《らち》があかない、誰がやったのかも知れないのでは、また同じようなことが起きるやもしれぬだろうに——

取引をやめると言い出した二軒は、そのように揃って青陽堂の不手際を非難した。

彼らの危惧は痛いほど判る。

一杯のまずい茶が、旨い料理や弾んだ会談を台無しにしてしまう。よって料亭や粋人、顔役の怒りはもっともで、店としても平身低頭《へいしんていとう》するしかない。

唯一の救いは得意客の多くが目利きであり、茶を淹れる前に古茶に気付いたことであった。

しかし同時に、青陽堂の名を信じてうっかり客に出してしまった客も、一人や二人では済まなかった。

噂は常に、良いものよりも悪いものの方が早く、広く、伝わるものだ。

店の茶葉は無事だったというのに、噂を耳にしたのか客足はこの五日で大分減っている。

更に涼太を悩ませているのは、今日の二軒を含め、青陽堂に愛想を尽かした客が次々と玄《げん》昭堂《しょうどう》――日本橋の葉茶屋――に鞍替えするらしいということだった。

神田でも日本橋に劣らぬ商売ができると自負しながら仕事に励んできただけに、客の「やはり日本橋がいい」という言葉は胸にこたえた。

それにしても怪しい――

今日の二軒はもちろん、思い留まってくれた他の客からも玄昭堂の名が出ているのがどうもおかしい。まるで青陽堂の騒ぎを見越していたかのごとく、藪入り前から玄昭堂は売り込みをしていたようなのだ。

玄昭堂のことを問い返すと、偶然か負け惜しみだろうと客にはからかわれてきたが、今日の二軒で確信めいた感触を涼太は得ていた。

そもそも店で住み暮らす奉公人には、大量の古茶を手に入れることからして困難なのだ。

おそらく玄昭堂が、うちの者をそそのかしたに違ぇねぇ……

とはいえ、証拠はまだ何一つない。

日本橋での悔しさを思い出すうちに、いつの間にか御蔵前《おくらまえ》まで来ていた。

もう五、六町も北へ行けば諏訪町である。

疲れを押して浅草まで来たのは、諏訪町に住む六太の身請け人、それから母親を訪ねるためであった。

まずは身請け人である長屋の大家の家へ伺うと、大家の平次郎《へいじろう》は「まあ外で一杯」と、半ば強引に涼太を近くの居酒屋にいざなった。

「どうも、大変なことになっとるそうで……」

噂はとっくに耳にしているらしく、平次郎が心配そうな目を涼太に向ける。

「ええ、まあ」

「そんな折に心苦しいんですが、その……遣いのついでいいので、折を見てちいとばかり、六太を寄こしてもらえませんかね……？」

「と仰いますのは？」

思わぬ相談に、涼太は面食らった。

「お路《みち》さん——六太の母親ですが、大分具合が悪いのです」

「具合が……病か何かで？」

「やはりご存じなかったか」

平次郎が言うには、六太の母親の路は昨年夏頃から疝気《せんき》がひどく、縫い物の内職こそ続けているものの、近頃では厠《かわや》以外で外に出ることは滅多《めった》にないという弱りようらしい。

「お医者先生にも診《み》てもらったんですが、腹に瘤《こぶ》ができていて、もう夏まで——次の藪入りまではもたないんじゃないかと……六太にはここしばらく月に一、二度、長屋の子に言付けて様子を知らせてたんですが、藪入りまで顔を見せなくて……そうですか、六太は若旦那には——店には何も言っとらんのですな。そんな気はしとったんですよ。だからこうして、先にお知らせしておこうと」

「うちにはそんなことは一言も……六太はよく働いております。女将も私も目をかけていて、そろそろ他の仕事を覚えてもらって、ゆくゆくは手代にと考えております」

「そう。新しい仕事の見習いが始まったと、藪入りに嬉しげに言っとりました。六太はお路さんの自慢の息子ですからな。お路さんも大層喜んでおっただけに、此度の騒動を聞いて不安になっとるのです。どうですかな？　ご商売の方は？」

「今はまだなんとも……しかし、早々に事の次第を明らかにするつもりです」

とはいえ、平次郎がこの調子では、六太を疑っているとはとても言えない。

居酒屋で一杯だけ飲んで長屋へ戻ると、平次郎の案内で路を訪ねた。

「お路さん、なんと若旦那が来てくだすったよ」

路を一目見て、涼太は平次郎の心遣いに感謝した。さもなくば、驚きをとても隠し切れなかっただろう。

路とは昨年の文月《ふみづき》に会ったきりである。のちの藪入りの明くる日に、六太を送りがてら店まで挨拶にやって来たのだ。あの時も暑気あたりだとかでどこか顔色が悪かったものだが、今はその比ではない。

綿入れの上からでも痩《や》せこけているのが見て取れる。乾いた肌はくすんでいて、骨張った手や頬が痛々しい。

「若旦那……あの、六太が何か……？」

涼太が長屋を訪ねて来たことは、他の住人から聞いていたのだろう。よほど気がかりだったのか、わざわざ病床から出て来て上がりかまちに座って待っていたようである。

「いいえ何も。六太は毎日よくやっております」

平次郎に言ったことを涼太は繰り返した。

「ただ……藪入りの後、なんだか様子がいつもと違うようなので、そういえば、今年はおかみさんの顔を見ていないと、ちょっと気になっただけなんです」

「それはどうもご足労おかけしました……昨年から少し身体を悪くしておりまして、先だってはご挨拶にも伺えずに――」

「いや、いいんですよ。それより六太が心配しますから、おかみさんはゆっくり養生してください。――私も含めて男は意地っ張りですからね。おっかさんが心配だとは、店ではなかなか言えないものです」

「お店で大事にしてもらってるようで……ありがとうございます」

「こちらこそ、大事な六太を店に預けてくださってありがとうございます。噂をお聞きでしょうが、今、ちと店がごたごたしております。平次郎さんとも話しましたが、必ずや盛り返しますので、どうかご心配なく。——さあ、身体が冷えないうちに床に戻ってください」

　己がいては遠慮するばかりだと、涼太は腰を上げた。

「若旦那」

思い詰めた目で路が己を見つめる。

「若旦那……六太をよろしくお願い申し上げます」

死を覚悟した目で、それと悟られぬよう微笑んだ路を見下ろすのはつらかった。

六太を疑っている以上、任せてくれとも言い難く、涼太はただ深く頭を下げた。

「急に伺ってすみませんでした。これが身体に障《さわ》ったら私は六太に顔向けできません。どうか、お大事に」

それだけ言うと、再び頭を下げてから涼太は路の家を出た。

木戸の外まで見送りに出て来た平次郎へ、手早く懐紙に包んだ一分《いちぶ》を渡す。

「これでお路さんに、何か滋養になる物でも。六太も近々寄こします」

「お気遣い痛み入ります。長屋の者は青陽堂を信じておりますで……どうか気を強くお持ちになってください」

「ありがとうございます」

それだけ言うのが精一杯で、涼太は諏訪町を後にした。

母親が病床にあるなら、六太の様子がおかしかったのも腑《ふ》に落ちる。

だが同時に六太への疑惑も深まっていた。

五人のうちの誰が犯人だとしても、理由は金か地位——もしくは両方——だと思われる。裏長屋暮らしの内職なら、薬代にも事欠くだろう。母親の病状を聞いた六太が、目先の金に惑わされたとしても不思議はなかった。

同情から平次郎に一分も渡してしまったことも、余計に気を重くしていた。

金が惜しいのではない。

だがたとえ日頃から六太に目をかけているとしても、家の者にこっそり一分も渡したと知れたら、あからさまな贔屓と他の者には思われる。病持ちや老いた家族がいる奉公人は他にもいる。見舞金なら一朱《いっしゅ》でも充分だった筈なのだ。

また動揺を金で取り繕おうとしたところに、己の器の小ささを見て、つい溜息が出た。

戻りは御蔵前の道を西へ折れずに、そのまままっすぐ浅草御門へ向かった。少し遠回りになるが、人混みで気を紛らわせてから、柳原沿いを歩いて帰ろうと思ったのである。

もう六ツが鳴ろうかという頃合いで、風も冷たくなってきたというのに、御門前は引きも切らない賑わいだ。

ここしばらく店の中でも外でも厳しい顔しか見ていなかったから、屋台酒を飲む者や、冷やかし客の明るい声を聞くだけで束の間ほっとする。

——と、両国広小路の方から、ゆっくりとした足取りの律が目に留まった。

母親の形見の着物を着回している律は、同じ年頃の娘たちと比べて地味な方だ。それでもこの人混みで見つけられたのは、「人探しの才」というよりも、己の律への想いゆえだろうと、涼太は密かに悦に入った。

足を止めて、律が近くなるのを涼太は待った。

辺りを眺めながら歩いているのだが、眺めているのは店ではなく着物らしい。

「お律」

十間《じっけん》ほどまで近付いてから呼んでみると、律は驚いた顔をして歩みを早めた。

「涼太さん。こんなところで会うなんて――」

「お律こそ、こんなところにいるのは珍しいじゃねぇか。どうしたんだ?」

「家にこもってばかりじゃ、なかなかいい案が浮かばないから、ちょっと気晴らしに出て来たんです。広小路まで足を伸ばしたら、いつの間にかこんな刻限になっちゃって」

「また着物の注文がきたのかい?」

「……ううん。着物はあれきりで、今は巾着絵を」

「そうか」

頷きながら、どこかほっとしている己に気付いた。昨年から律はどんどん一人前に仕事をしているというのに、己は店を継ぐどころか、このままでは店そのものが危うくなる。

「涼太さんはお得意さんのところへ……?」

窺うように訊いた律の目に己への気遣いが見えて、ふと抱き締めたくなるのを我慢した。

「いや……六太の身請け人とおっかさんを訪ねて来たところだ」

「六太さんの？」

問い返した声がやや非難がましく聞こえたのは、律が六太を信頼しているからだろう。

「俺も六太を信じたいのはやまやまなんだが……」

死期が近いとは流石に言えなかったが、六太の母親が病床にあることや玄昭堂への疑いを打ち明けた。

律はしばし押し黙ったが、やがて己を見上げて、小さくもはっきりとした声で言った。

「でもやっぱり、私は六太さんではないと思うの。藪入りの時、慶太郎が六太さんと会ったのよ。目下の慶太郎にもきちんと挨拶してくれて、『今後とも青陽堂をどうかよろしくお願いいたします』って言ったのよ。藪入り前に悪さをした人が、そんなこと言うかしら？　まさか嫌みだったとはとても思えないのよ」

律や慶太郎の言葉が心強い反面、疑いは晴れないままである。

俺だって疑いたくてそうしてんじゃねぇ――

苛立ちと迷い、加えて――認めたくないが――弱気がない交ぜになって、涼太は思わず律の腕をつかんだ。

「涼太さん？」

戸惑う律の声に情欲まで加わって、己の気持ちが判らぬままに涼太は律を抱き寄せる。

晦日《みそか》の数日前に、互いの気持ちを確かめ合った二人だったが、正月、藪入りと慌ただしい時を経て此度の事件が起きたため、あれからひとときも二人きりで過ごしていない。

浅草御門界隈《かいわい》なら、いわゆる「出会い茶屋」が数軒あるし、馬喰町《ばくろちょう》まで行けば江戸見物客御用達の宿も多い。

今宵は、このまま二人でいっそ――

そんな想いと共に肩に回した腕に力を込めると、うつむいたままの律が再び涼太を呼んだ。

「涼太さん……？」

震えた声にはっとして、涼太は慌てて腕を解いた。

見上げた律の顔は夕暮れの中でも赤く染まっているのが判ったが、その目に浮かんでいるのは困惑だけだ。

「……すまねぇ。その、つい……」

身体はいまだ情欲に疼《うず》かぬでもなかったが、惚れた女を慰めにしようとした己への腹立ちがかろうじて勝った。

年明けて二十四歳になった涼太である。壮年とあって、律を想うと多々情欲を覚えるが、このような形で律を抱くのは本意ではなかった。

「すまねぇ」と、涼太は繰り返した。「その……お前との祝言のためにも、早く此度の始末をつけねぇとな」

口にしてみると、少し気持ちが落ち着いた。

「さ、暗くならねぇうちに帰るとしよう」

「……はい」

危ねぇ、危ねぇ——

ほっとした様子の律に、己も胸を撫で下ろしながら、涼太は先に立って歩き始めた。

「あの、そう言えば、先生のところへいらした古屋さんてお侍さんが……」

気まずさを紛らわそうと、仕事から離れた話を律が切り出す。

古屋の名にも容貌にも覚えがあった。師走《しわす》に本人に頼まれて、今井を呼びに行ったことがあったからだ。

古屋が昔の女を探しているというのにはやや驚いたが、今井より年下だったことにはもっと驚いた。

「私もよ。私も古屋さんはてっきり先生より年上だと思って——」

ようやく微笑んだ律に、再び——今度は純粋に——煩悩《ぼんのう》が揺すぶられたが、今は二人きりで黄昏《たそがれ》をゆくだけでよしとしようと己に言い聞かせる。

「お侍も楽じゃねぇなぁ……」

三十路となっても上役に言われるままに郷里で嫁取りをせざるを得なかったとなると、なんとも窮屈だとしか言いようがない。

が、同時に何やら、母親にして己の上役である佐和《さわ》の顔が思い出されて、涼太は慌てて頭を振った。

五

噂というのは恐ろしいものだ。

木戸の外に出ると、閑散としている青陽堂が嫌でも目に入って、律とて平静でいるのは難しい。

藪入りからほんの九日、涼太と浅草御門前で会ってから三日が経った。

店を案じてやって来た香《こう》とは間で二度会っているが、どちらも婚家に黙ってのお忍びで、店と長屋を慌ただしく往復して、一刻も経たぬうちに帰って行った。

今日は池見屋に巾着絵を納めに行く日で、律が長屋を出たのは昼前の四ツである。

まだ早いから——と思いたいが、以前の青陽堂なら朝のうちでも次々と客が出入りするのが見られたものだ。

御成街道《おなりかいどう》に出るのに店の前を通ると、六太とは違う丁稚が表に出ていて、律を見てちょこんと頭を下げた。名前は知らないが、時折長屋に涼太を呼びに来る男児である。

慶太郎と同じく、いつまでも幼いと思っていた丁稚だが、よく見ればまた少し背が伸びたようだ。顔つきも以前よりしっかりしてきたのだが、目元口元の硬さは店を案じてのことだろう。

会釈は返したものの沈んだ気持ちを抱えて、律は御成街道を上野へ向かった。

青陽堂のことも気になるが、今は巾着絵の心配が先だ。

此度も諦めきれずに杏を描いてみたのである。

梅と桜の違いは花びらの形や色使いでそれとなく表せるのだが、杏を含む桃の花は少し難しい。意匠としては花びらの形を重視して、梅は丸くやや堅く、桜は先を割り柔らかめに描くことが多いが、桃は先を尖らせても、色や意匠によっては梅にも桜にも見えてしまう。

「また性懲りもなく――」

巾着絵を広げた類はわざとらしい呆れ声を漏らした。

此度は杏だと判りやすいように、淡黄《たんこう》と柑子色《こうじいろ》を使って、花びらを白く抜き出すように描いてみた。白抜きは千恵の着物で散々描いたから、筆を誤ることなく、また花びらの柔らかさを損なうことなく描けたと自負している。

「工夫してるのは判るが唸《うな》るほどじゃない。手間賃は変わらないよ」

「はい」

「こっちは売れなきゃ商売にならないんだから」

「これじゃ売れませんか？」

「売れないこたないよ。うちの客は物知りも変わり者も多いから……だが小物ばかり買ってく町娘にはどうだろうかね。このところは向こうさんの梅や鶯《うぐいす》が人気でねぇ」

向こうさん、と類が呼んだのはもう一人の上絵師・竜吉《たつきち》のことである。

まだ顔を見たことはないのだが、律より一歳年下の二十二歳で、川南の神田は紺屋町《こんやちょう》に住んでいるという。

「鶯……」

そうだ、次は鳥の意匠でも——と考え込んだ律へ、類がにやりとして言った。

「おや、今度はお前も鶯で張り合ってみるかい？」

「そんなつもりでは」

「まったくお前は意気地があるんだか、ないんだか。まあいいさ。我《が》を通すのもよし、他に倣《なら》うのもよし、しばらく好きにすりゃあいい……ただし、これは商売だってことを忘れるんじゃないよ。作り手がいて、売り手がいて、買い手がいる。たとえ巾着絵一枚だってお前一人の物じゃあないんだ」

「……はい」

好きにすればいい、というのは厚意からだと思いたいが、次の仕事も巾着絵が二枚だけである。先月の着物の代金は既に今井に預けてあった。日々の暮らしは池見屋の手間賃だけでやり繰りしたかったが、このままでは遠くないうちに蓄えを少し引き出さねばなるまい。

手間賃と布を受け取って池見屋を後にしたものの、昼時で天気がいいこともあって長屋にまっすぐ帰る気が起きない。

空いた小腹を満たすために、律は御成街道沿いの茶屋に立ち寄った。

縁台に座った途端、微かな後悔が胸をかすめる。少ない稼ぎでいらぬ贅沢だったと思ったのだ。気晴らしだからと己に言い聞かせて団子と茶を頼んだが、無駄遣いが気になって楽しめたものではなかった。

しかし一休みするとますます長屋へ帰るのが惜しい気がして、御成街道を南へ向かうと、筋違《すじかい》御門を渡って川南へと足を伸ばした。

柳原を散歩してから帰ろうか……

が、左手に続く柳原沿いの道を見やると、先日の涼太が思い出されて律は頰に手をやった。

浅草御門前で抱き寄せられて、否応なく頰が涼太の胸に触れた。

着物越しでも伝わる涼太の温かさと、己の肩に回された逞《たくま》しい腕に大きな手。

二人きりなのはほぼ一月《ひとつき》ぶりだった。

否、二人きり、というには語弊《ごへい》がある。

まさかあんな往来で――

道端で親しくしている男女を見ないでもないが、羨ましいというよりもはしたないとこれまで感じてきた。ゆえに涼太に抱き寄せられた時も恥ずかしさが先立った。だが押し付けられた頰から涼太の呼吸が伝わると、恥ずかしさよりも嬉しさがこみ上げてきて、そんな己に律は戸惑った。

接吻や、それに続く男女の営みまで頭をかすめて、頰がどんどん熱くなった。おそるおそる名を呼ぶと、涼太はすぐに腕を解いてばつの悪い顔をした。

気を悪くしたろうかと思わないでもないが、何しろあんなことは初めての律である。涼太の意図もよく判らず、古屋の話を持ち出すことで気まずさを取り繕った。柳原沿いを共に歩いて帰れたのは嬉しかったが、店の手前で別れた後には不安ばかりが残された。店があのような様子では、日々の茶のひとときでさえままならない。己の仕事が少ないだけに、ふとすると涼太のことばかり考えてしまい、手がおろそかになっている。

いけない、いけない。

こんなことじゃ、竜吉さんに負けっぱなしだわ……

柳原を横目に、律は通りをそのまま南に進んだ。二町ほどで東へ折れると、岩本町《いわもとちょう》にある糸屋・井口屋《いぐちや》を目指す。

井口屋には京で染め物の修業をした基二郎《もとじろう》がいる。

長屋の佐久《さく》には伴侶として基二郎を強く推《お》されているが、律にその気はまったくない。井口屋を訪ねてみようと思ったのは、これまで何度も基二郎の仕事に刺激を受けてきたからである。

そっと外から覗いてみると、店主の壮一郎《そういちろう》――基二郎の兄――に目ざとく気付かれた。

「これはこれは、お律さん。まだまだ寒いですな。さぁ、中へどうぞ」

「あの、お邪魔でなければ、新しい染料を分けてもらえないかと――」

「ええ、ええ、承知しております。お邪魔なんてとんでもない。今、裏へ――基二郎のところへご案内しますから」

にこにことうながされて、律は恐縮しながら店の奥へついて行った。

店の裏の綛糸《かせいと》を繰る職人たちに混じって基二郎がいた。鍋の中を覗きながら、職人の一人と話し込んでいる。

「あの、お忙しいようなら出直しますので」

「いいんですよ。おい、基！　お律さんがいらしたよ」

呼ばれて顔を上げた基二郎が小さく頭を下げた。

「仕事中すみません。何か新しい染料でもないかと……」

「何か、ってぇと？」

きょとんとした顔で問い返されて、律は困った。

「そのぅ……何か春らしい、花や鳥に使えるような色を……」

口ごもる律を、基二郎は染料が置いてある棚の方へいざなった。

「この時節だと花はやはり紅色ですかね。鳥なら鶯……鶯色の他、若苗や萌黄色《もえぎいろ》の糸もうちではよく売れておりやす。紅色もいくつか違うのがありやすが……」

基二郎の困惑が伝わってきて、いたたまれなくなった律は、巾着絵に悩んでいることを正直に打ち明けた。

「竜吉なら、たまにうちにも顔を出しますよ」

「そうなんですか？」

「独り立ちしてから二年――いやもう三年目か。まだ贔屓客もなく苦労しているようで、うちの残った染料が欲しいと訪ねて来るんです。年明けにも来てたが、池見屋で仕事をしているとは聞いてませんでした」

残り物ということで安く染料を仕入れているらしい。律もそうだが、思い通りの染料を好きなだけ買っていてはとても暮らしが成り立たない。だが残り物であり合わせの染料でも、竜吉は売れる巾着絵を描いているのだから大したものだ。

行き詰まって井口屋まで来てみたが「色ありき」も一案だと、律は思った。

もともとなんの意匠も浮かばぬままに、ここまで来たのである。

「いつも意匠を決めてから色を考えてたんですけど、此度は逆にしてみようと思います。何か一つ、とびきりの染料を分けてもらえませんか？　お代はちゃんとお支払いします」

「とびきりの……そう言われると、こっちが迷いやすや」

苦笑しながらも、ほんのしばし顎に手をやっただけで、基二郎はすぐに応えた。

「一斤染《いっこんぞめ》がありますが、いかがですか？」

紅花三斤――つまり大一斤で、絹二反――一疋《ぴき》――を染めることからその名が付いた、薄紅より更に少し薄い紅色である。幕府が鎌倉に開かれた頃までは、紅は高価で一斤染より濃い染色は禁色《きんじき》とされていた。

「一反分しかいらなかったんですが、なんだかその名の通りに作ってみたくなって、ちょうど半分残っています」

「ではまた反物を？」

「ええ、雪永さんのご友人から頼まれやして。ああその……残り物になりやすが、選《え》りすぐりの紅花を潰して作った色です。今うちにある中ではとびきりの出来だと思っていやす。残りで糸を染めようと思ってたんで、ちょっとくらい減ってもまったく構いやせん」

申し訳なさそうに基二郎は言ったが、それは「残り物」だからであって、自慢とも謙遜とも違う満足げな笑みが律には眩《まぶ》しかった。

言い値――といっても、想像していたよりもずっと安い値――で、一斤染の染料を譲り受けると、律は長居せずに井口屋を後にした。

あの基二郎さんが推す色なら大丈夫――

さあ、何を描こうかと、行きよりは足取りの軽くなった律だったが、同時に胸の隅に嫉妬と思《おぼ》しき、行きとは違う愁いが芽生えた。

井口屋は大店《おおだな》ではないが、店主の壮一郎の才覚もあって繁盛している。基二郎も店のために染料を作ったり、糸を染めたりして貢献しているようだが、採算が取れているかというとそうでもないらしい。

雪永のような粋人から注文があるのは、腕があってこそだ。だが注文がなくとも、思いつくままに染め物を楽しんでいる基二郎である。先立つものを憂えることなく、その腕を着々と伸ばしていることはやはり羨ましかった。

さもしい……と、律は頭を振った。

基二郎でさえ、反物を手がけるには道具が足りぬと、以前、言っていたではないか。

また、生まれた時から筆と染料が身近にあっただけで、一から上絵師を目指した父親よりも、己はずっと恵まれている筈だった。

上を見ればきりがない。

判ってはいるのだが、一度芽生えた嫉妬を追いやるには、しばしの時を必要とした。

六

染料の入った小壺を抱えて歩いていると、岩本町の隣町の松下町《まつしたちょう》へさしかかったところで見覚えのある後ろ姿を見つけた。

律よりまだ少し背丈が低く、細身で、重い足取りの少年は六太だった。

「六太さん」

思わず律が声をかけると、振り向いて六太は慌てて頭を下げる。

「お遣いの帰りかしら？」

先日、目も合わせずに立ち去った己が恥ずかしくて、律は殊更明るい声で問うてみた。

「はい。日本橋へ届け物を」

受け答えはしっかりしているものの、声はどこか力ない。

長屋での噂では大口の得意客が次々と、注文の断りを入れていると聞いている。

もしかして、訪ね先で断られたのかしら？

そう真っ先に思った律だが、先日の涼太の話が思い出された。

六太の母親は病床にあり、薬代欲しさに六太は玄昭堂の手先となったのではないか――というのである。

真偽を知りたいのはやまやまだが、容易く問い質せるものではない。六太は母親の病を店にも隠しているということだから、また聞きの己が具合を訊ねるのもはばかられた。

迷った律を助けるごとく、六太は再び口を開いた。

「届け先は、騒ぎを知っても動じることなく、これからも旨い茶を頼むと……ありがたいことでございます」

「そう。それはよかった――ですね」

六太に合わせて丁寧に返してから、律は小声で問うた。

「……騒ぎのもとは、見つかったのですか？」

「いいえ、それがまだ……」

言葉を濁してうなだれた六太は、律にはとても芝居に見えない。

「涼太さ……若旦那さんの話だと、大体の見当はついているとか」

「そうなんですか？」と、六太が目を丸くする。

「ええ。おそらく五人のうちの誰かだろうと……」

律が言うと、ややがっかりした様子で、しかしきっぱりと六太は応えた。

「――四人です」

「え？」

「若旦那が――女将も――疑っているのは、藪入り前に茶筒を詰めた五人の筈です」

「ええ、まあそのようなことを……」

「若旦那からお聞きかと思いますが、私もそのうちの一人でした。しかし私はやっていません。となると、私を除いた四人のうちの誰かということになります。でもこの四人は……」

「お店の信頼篤い、選りすぐりの手代だと聞いてます」

「……そうなんです」

小さく溜息をついて六太が頷いたところへ、「お律さん」と低い声が呼んだ。

振り向くと、今来たばかりの岩本町から古屋がこちらへやって来る。

傍らの六太がぎょっとしたのを見て、律は急いで囁《ささや》いた。

「今井先生のご友人よ。お侍さんでも何も怖いことはないわ」

ついいつもの口調に戻って言ったものの、近付いた古屋の顔はどことなく硬い。

六太の前掛けを見やって、古屋が言った。

「青陽堂というと、表店の——ちょうどよかった。おぬし、ついでにお律さんを長屋まで送ってくれぬか？」

「古屋さん、どうかなされましたか？」

「私が訊きたいところだよ」

律たちを回り込むようにして、古屋は来た道をさりげなく見回した。

「振り向かずに聞いて欲しいのだが——何やらお律さんをつけてる男がいるんだ」

「私を、ですか？」

「心当たりはないのかね？　年は二十六、七で、私とそう変わらぬ上背《うわぜい》の男だが」

「いいえ、まったく……」

一瞬基二郎かとも思ったが、基二郎なら古屋より二寸は背が高い。

「十軒店《じっけんだな》に行った帰りなのだが、通りすがりにお律さんが店から出て来たのが見えてな。声をかけようかと迷っていたら、向かいの店の陰から男がつかず離れずで歩き始めて……お律さんがこの子と立ち話を始めたら、その男も違う店の陰に隠れたのだ。こりゃおかしいと、男をやり過ごして呼んでみたんだ」

「でも私は、人の恨みを買うようなことは何も……」

律が言うと、古屋は眉間《みけん》の皺《しわ》を解いてくすりとした。

「恨みとは限らんだろう。どこぞでお律さんを見初《みそ》めたのやも知れぬではないか。幸い、ここからなら長屋はそう遠くないだろう？　用心のためにこの子に送ってもらいなさい。私はちょと、男の後をつけてみるよ。のちほど今井さんのところで落ち合おう。――では、お律さんを頼んだよ」

六太に言うと、古屋は律たちの返事を待たずに松下町を折れて行った。

しばしそこらに隠れて、男を尾行しようという心積もりらしい。

「なんだかごめんなさいね。古屋さんの言う通り、町まですぐだから、ご一緒させてちょうだいな」

「もちろんです。……お律さんに何かあったら、若旦那に顔向けできません」

律が涼太の幼馴染みというのは周知の事実である。まさか夫婦になる約束まで知られてはおらぬだろうが、六太のような少年までが特別扱いしてくれるのが、気恥ずかしく――それでいてどこか嬉しい律だった。

後ろを気にしないよう、また、古屋がつけやすいよう、ゆっくりと六太と並んで相生町へ戻った。

木戸の前で六太と別れて、家に荷物を下ろしてから、隣りの今井宅を訪ねた。

手短に今井に事情を話していると、「ごめんください」と早くも古屋の声がする。

「青陽堂の者だったよ」

古屋が言うのへ、律も今井も首をかしげた。

「お律さんは長屋へ、あの子は店へと戻った後に、小脇に抱えていた包みを開いてね。何かと思えば、青陽堂の前掛けだった。『ただいま帰りました』と店に入って行ったから、店の者に間違いないよ」

改めて古屋から男の人相や背格好を聞き出すと、青陽堂の手代の一人だと思い当たる。

「——とすると、つけていたのは私じゃなくて、六太さんだったんですね」

「おそらく」

事情を知らぬ古屋に、今井が青陽堂の騒ぎを話して聞かせた。

「なるほど。それでは日本橋へ遣いにやったのも、店の思惑かも知れませんな」と、古屋。

「ええ。六太が玄昭堂とつながっているのか、確かめるために、それとなく泳がせているのでしょう」

「泳がせている、なんて……」

今井の言いようにむっとしながら、律は言った。

「六太さんはやっていないと、はっきり言ってました」

「それはお律」と、今井は困った顔をした。「他の四人だって、はっきり、きっぱり、そう言ったに違いないよ。あの海千山千《うみせんやません》の女将を誤魔化すのは、並大抵のことじゃないからね」

「それにしたって」

「青陽堂もそれだけ切羽詰まっておるのだろう」

古屋が言うのへ、律ははっとした。

「こんな不始末が起きただけでも痛手なのに、半月も犯人が見つからないのでは、店の評判は落ちていくばかりだからな。たった一度の不覚が、命取りになるやも知れぬのは、いつの世でも……どこの世でも変わらぬからな」

侍らしい、きりっとした声で古屋は言ったが、律を諭すというよりも己に言い聞かせているようだった。

八ツを過ぎていたので律は茶を淹れようと土間に立ったが、古屋は早くも腰を上げた。

今宵は長屋で祝い事があるという。

「はす向かいの家の娘の、嫁入り先が決まったのですよ。それで何か贈り物でもと十軒店に行ってみたのだが、いやはや、この年になっても——いや、この年だからこそ、小間物屋なぞは気恥ずかしいものですな。まったく柄にもないことはするもんじゃない。年頃の娘が欲しがるものなぞさっぱり判らんし、向こうもこんな爺《じじい》から櫛《くし》だの簪《かんざし》だのもらったところで困るだけだと思い直して……一体いかほど包めばよいですかな、今井さん？」

これが訊きたくて、十軒店から相生町に向かう途中で律を見かけたそうである。

「あまり多いと向こうも気を遣うでしょうから、内輪の祝い事なら、まあ一朱《いっしゅ》も包めば充分でしょう」

今井の言葉に頷くと、見送りを断って古屋は帰って行った。

残された今井と己のために茶を淹れると、いつも通りの瑞々《みずみず》しく、温かい香りが九尺《くしゃく》二間《にけん》を満たした。

一口含んでほっとしたものの、どうしても青陽堂が気にかかる。

「……お金のためじゃないかって、涼太さん、言ってました。誰が仕込んだにしろ、玄昭堂からお金をもらって……だから例えば、四人のうち誰かが博打《ばくち》や、その……女の人に夢中になって」

「金のためというなら、やはりもっとも疑わしいのは六太だよ」

「先生も六太さんを疑っているんですか？」

「私にはなんとも言えないよ。六太を始め、私はどの手代ともまともに話したことがないからね。だが、金に惑わされた人間なら、これまでに嫌というほど見てきたよ。貧すれば鈍する、というだろう？　金の切れ目が縁の切れ目、とも……」

昨年の仇討ちの際に知ったのだが、今井の家は兄の博打と借金が原因で取り潰された。そんな今井の言葉には重みがあるものの、律にはやはり納得し難い。

「でも、お金、お金って、世の中、そればかりじゃないでしょう、先生？」

「うむ。確かに金が全てではないがね……しかし、金目当てではないとなると、力か身分か、恨みか妬《ねた》みか――」

「もう、先生」

期待外れの応えに律が頰を膨らませると、今井はおどけて肩をすくめた。

だが、その目が己と同じように悲しんでいるのを見て取って、律は黙って茶碗へ手を伸ばした。

七

太郎《たろう》がやって来たのは翌日だ。

律が一斤染の染料の入った壺を見ながら、ああでもない、こうでもないと、下描きの紙を無駄にしていた矢先であった。

太郎、というのは通り名で、本当の名前を律は知らない。

太郎は二月半前――霜月の半ばの捕物で、盗人仲間を裏切って、火盗改《かとうあらため》の密偵となった。保次郎と火盗改の小倉祐介《おぐらゆうすけ》が似面絵のために律と引き合わせたのだが、その際正体を隠すのに「仮に太郎といたそうか」と保次郎が言ったままになっているらしい。

「お律さん、太郎です」

そう名乗られてもすぐには誰だか判らず、おそるおそる戸口を開いてようやく思い出した。

「その節はどうも世話になりやした」

遠慮があるのか、戸口から二歩も三歩も離れて、太郎はひょこんと頭を下げた。

「太郎さん……今日はお一人で？」

保次郎も小倉も姿が見えず、隣りの今井も留守となると、独り身の女としてはどうしても身構えてしまう。元盗人だと知っているから尚更だ。

太郎もおそらくわきまえていて、遠慮がちに口を開いた。

「ええ……そのぅ、広瀬さまに――ああ、小倉の旦那にも――頼まれやして、お律さんにお礼の言伝《ことづて》とお願いに上がりやした」

「はあ……」

律より二寸ほど背が高い太郎だが、猫背なせいか立って話す分にはちょうどよい。年の頃は二十五、六歳で、細身でも肩やくるぶしなどはしっかりしている。丸顔でやや目が細く至って並の顔つきだが、身軽ですばしこそうな印象だ。

「まずはお礼をば――」と、どことなく芝居がかった様子で太郎が言った。「先日、広瀬さまに描いていただいた似面絵の男、火盗改が昨夜速やかに捕まえましてございます」

「まあよかった。……でもどうして火盗改が？」

似面絵の男は町の者を殴り、匕首を振り回して怪我を負わせたために、町奉行所の保次郎が追っていた筈である。

「それがなんとやつは、ふらりと知らぬ町を訪ねては、人気のない家を探して、盗みを働いていたんでさ」

似面絵を見た旅籠の者が男に気付き、保次郎を始めとする町方が踏み込んで捕らえてみると、行李《こうり》に七両もの金を隠していたという。

「やつはしらを切ろうとしやしたがね。町方が締め上げたら、いくつもの盗みを白状しやして……それで火盗につなぎがきたんでさ。一つ一つは小さな盗みみてぇでしたが、合わせりゃ五十両にはなろうってんで、やつは近々死罪になりやす」

「死罪……」

「お上の決めたことなんで……」

盆《ぼん》の窪《くぼ》に手をやって言葉を濁したのは、太郎も過去の盗みを合わせれば、死罪に値する十両以上を盗んでいるからではなかろうか。

「それにやつが刺した男も、もう長くは持たねぇみてぇだし……」

知らぬうちに責めるような目をしていたのだろうと、律は頷きながら目を伏せた。

「あの、それで、お願いの方は似面絵ですね？　さ、どうぞ」

太郎だけを家に上げるのは気まずいが、お上の御用とあれは致し方ない。戸口だけは開いておこうと、引き戸に手をかけると、とんでもないというように、太郎は大きく首を振った。

「いや、お願いってのは、その、店について来て欲しいんで」

「店？」

「表の青陽堂でさぁ。小倉さまに茶葉を買って来るように言われたんですや。ほんとは小倉さまご自身が訪ねたかったそうですが、忙しいお方ですからね。似面絵のお礼がてら、俺にひとっ走りして来いと……だが、茶葉のことなんざ俺はさっぱりなんでさ。この通り書き付けは持って来やしたが、俺は字が読めねぇし、俺みてぇのが一人で出入りして、小倉さまの名を出したところで、胡散《うさん》臭ぇだけかと……」

「それは……ありがとうございます」

言ってから慌てて付け足した。

「その、青陽堂はこの町の自慢の店ですから……」

「なんだか騒ぎがあって、今ちぃとばかり悪い噂になっているとか。小倉さまも案じておられやしたよ。まあ、あの若旦那はそこらのぼんぼんとは違ぇようだし、人の噂もなんとやらですや」

にかっとした太郎が頼もしい。

己の身元はどうせ知れているのだが、しごき帯のまま店に行くのは躊躇われた。しかも此度は「火盗改の遣い」という名目がある。

太郎には少し表で待ってもらって、律は手早く帯の他、着物もよそ行きに着替えた。ついでにそこらで気晴らしでもして来ようと、財布と矢立《やたて》を巾着に入れて手に提《さ》げる。

木戸を出ると、太郎も心得たように猫背をぴんと伸ばして、いっぱしの町人を装った。

「ごめんくださいまし」

暖簾《のれん》をくぐると、「いらっしゃいませ」とすぐに手代の一人が寄って来たが、律と気付くと軽く目を見張る。

以前とは比べものにならぬほど空《す》いているが、それでも十人近くの客がいた。

涼太は見当たらないが、女将の佐和は店にいて、客の相手をしながらも律に丁寧な会釈を寄こした。

後ろをついてきた太郎を小さく振り返って、律は精一杯さりげなく手代へ告げた。

「こちらの方の案内で参りました。火盗改の小倉さまのお遣いで、茶葉を求めにいらしたそうです」

露骨に振り向いた者はいなかったが、「火盗改」と聞いて客の幾人かが耳をそばだてたのが判る。

「小倉さまの――」

「ええ」と、太郎がにこやかに頷く。「旦那さまは定廻りの広瀬さまのご学友でして。私は新入りでよく知らないのですが、青陽堂は広瀬さまご贔屓のお店だとか」

「はい。広瀬さまには、贔屓にしていただいております」

火盗改も定廻りも、他の役人からは「不浄役人《ふじょう》」と呼ばれているが、町の者には馴染みのある役目である。ささやかなことだが、小倉や保次郎の名を出すことで、他の客に「間違いのない」店だと知って欲しいという気持ちがあった。

太郎から書き付けを受け取って手代に渡すと、手代はすらすらと注文を読み上げた。

日本橋に負けぬと涼太が豪語するだけあって、青陽堂は奉公人にもしっかり読み書きを教えている。涼太にしてみれば「あたり前」かもしれないが、太郎の感心した様子に律まで誇らしくなってくる。

贈り物用の茶葉がいくつかあって、それらが包まれる間、律たちは店の隅で振る舞われた茶を飲んだ。

「旨いですねぇ」

一口含んで太郎がつぶやいたのはけして芝居ではなく、律も思わずほころんだ。

「ええ、本当に」

しかし茶葉を受け取り、手代に見送られながらにこやかに店を出た太郎は、長屋へ戻ろうとする律へ声を潜めて言った。

「お律さん、ちといいですか？」

急に硬くなった声に律も眉をひそめる。

「長屋はまずい……ちょいと明神《みょうじん》さままでご足労くだせぇ」

人に聞かれてはまずい話なのだと、相生町から神田明神まで四町ほどの道のりを、緊張しながら律は太郎の後について行った。

参詣客から少し離れた木陰まで行くと、太郎は改めて頭を下げた。

「すいやせん。でもどうしても気になりやすんで」

そう前置きした太郎曰く、数日前に青陽堂の手代を一人、日本橋の葉茶屋で見たという。

「俺は別の男をつけて裏道を歩いてたんですが、通りすがりに二人の男が何やら顔つき合わせて話してたんで。俺に気付いて二人とも黙り込んだんで、どうせろくでもねぇ話なんだろうとやり過ごしやしたが、その時の一人が、先ほど青陽堂で見た手代だったんでさ」

「その葉茶屋は、もしかして玄昭堂……？」

「もう一人の男は前掛けをしてやしたが、その、俺は字が読めねぇんで、店の名は判りやせん。でも前掛けは藍染めで、真ん中に三文字入ってやした。表に回って葉茶屋だと気付いたんで……そんときゃさっきの手代は前掛けをしてなかったが、まさか小倉さま、広瀬さまみてぇにご学友っててんじゃあねぇだろうし、違う葉茶屋の者同士が裏道で密談なんて、なんだかきな臭ぇと思いやせんか？」

玄昭堂の名は知っていても、店に行ったことのない律は前掛けを見たことがない。

「そのお店の場所を教えてください」

「なんなら今から案内しまさぁ」

はたして、太郎が日本橋で案内した先は葉茶屋・玄昭堂であった。

よそ行きなのをいいことに、律は太郎をうながして店の暖簾をくぐる。

店を見回した太郎がさりげなく顎をしゃくった先には、玄昭堂の前掛けをした番頭と思しき男がいた。

八

玄昭堂で見た番頭と、太郎から聞いた手代の似面絵と、二枚を描いた。

手代の方には見覚えがあり、律の気持ちを沈ませる。

小倉の屋敷へ向かう太郎とは日本橋で別れ、長屋に戻ると指南所から帰った今井にまず相談した。

似面絵を持って今井だけが青陽堂へ向かって、三日後。

八ツ過ぎに一休みを装って涼太が長屋へやって来た。

久しぶりに三人で今井宅で顔を合わせたものの、茶を淹れる涼太の顔は険しい。

今井と律がそれぞれ茶碗を手にしたのを見てから、声を潜めて涼太は事の次第を明かした。

古茶を混ぜたのは源之助だった。

太郎が見た通り日本橋で玄昭堂の番頭と話し込んでいた者で、のちに律が似面絵を描いた青陽堂の手代である。

「……ですが、源之助はしらを切り通したままでして。となると、玄昭堂も知らぬ存ぜぬを貫くだろうと女将が言うので、あっちは放ってあります」

「では、どうするのだね？」

問うた今井に、溜息をつきながら涼太は応えた。

「……源之助の代わりに、豊吉が白状しました」

「豊吉、というと、源之助と組んで茶筒を詰めた手代だね？」

「ええ」

「じゃあ、豊吉さんもぐるになって……？」

「ぐると言やぁ、ぐるなんだが……」

実際に古茶を混ぜるところを豊吉は見ていない。しかし、源之助に言われるままに、しばし蔵を離れたという。

「のちに騒ぎになった時に、あれはそういうことだったのかと合点《がてん》したってんですが、問い詰めても源之助からははぐらかされ……だが、黙っていれば金をやると言われたそうで」

「豊吉は金に困っていたのかね？」と、今井。

「そうなんで」と、涼太は小さく頷いた。「一昨年の年明けの藪入り前に母親が病で倒れて、借金して薬代を払ったそうで。のちの藪入りの時には元気になってて安心したってんですが、昨年の年明けに借金がそのままなのを知った……と。どうやらあまりよくねぇところから借りたようで、利息を返すのが精一杯だったそうです」

涼太と同い年の豊吉には、八歳年の離れた妹がいた。まだ嫁入り前だが、借金持ちの長屋暮らしの家に縁談はなく、「このままでは嫁入りではなく、身売りする羽目になるやも」と、昨年文月――のちの藪入りの際に家族に言われたそうである。

「源之助は俺たちとは五つ違いで来年三十路。豊吉には兄弟子にあたります。常から仲の良い二人でしたし、源之助は豊吉の家の困窮を知っていたそうです。また、源之助はもう長いこと手代なのが不満だったそうで、折から豊吉にこぼしていました」

番頭の勘兵衛が暖簾分けされ、涼太が主になれば己が番頭に出世できると考えていたが、勘兵衛は居座り続けているし、佐和もなかなか隠居しないので業《ごう》を煮やしていたという。そこへ近頃、佐和が他の手代を重んじるような素振りを見せたので、つい玄昭堂の誘いに乗ってしまったのではないかと、豊吉は言った。

「豊吉さんのことは？　涼太さんや女将さんは、豊吉さんの家の事情を知ってたの？」

律が問うと、涼太はばつが悪そうに首を振った。

「いやそれが、うちには一言も……家の恥だと、何も言えずにいたらしい」

六太さんといい、豊吉さんといい、一言お店に相談していれば……

律がそう考えたのを見透かしたように、今井が言った。

「知っていたところで、店が肩代わりなぞできぬしな」

「でもお店が、その、貸してあげるとか……」

「お律、うちは葉茶屋で金貸しじゃねぇ」

予想外の厳しい声に律は口をつぐんだが、青陽堂は日頃から奉公人を大事にしていると思ったからどうもしっくりしない。そんな律を見て取り、涼太は続けた。

「……他の奉公人の手前もある。一人だけ贔屓する訳にゃいかねぇんだ」

「贔屓だなんて」

「病人がいるのも、よくないところで借金したのも豊吉の家の事情だ」

「そんな……なんだか冷たいわ」

「多少の見舞金ならともかく、豊吉んちの借金は八両かそれ以上だと言っていた。これだけ稼ぐのがどんなに大変か……ああしかし、お律は雪華の着物で五両ももらったんだったな。とすると、ぴんとこねぇのも無理はねぇが……」

「そんなことないわ」

思わず声が高くなった。

「私の方が涼太さんよりずっと……その、長屋暮らしがどんなものだか知ってるもの」

貧しい、という言葉を口にするのはかろうじて避けたが、食べる物も着る物も涼太の方が律よりずっと金をかけているのは明らかだ。

「だからお律は、無理な借金はしねぇだろう？」

「それは……でももしも、慶太郎が病になったら、借金してでもできる限りのことはしてあげたいわ」

「できる限りってぇのは一体どれくれぇなんだ？　五両か？　十両か？　百両か？　金で救える命なら、救いたいと俺だって思うさ。だがどこかで肚をくくらねぇといけねぇ。それにもしも俺が病人だったら、身代《しんだい》を——家の者に苦労をかけてまで救われてぇとは思わねぇ」

「それは私だって……もちろん物ごとには限りがあるわ。でも百両は無理でも五両、十両ならお店がしばらく用立ててあげても……」

諦めきれずに律が言うと、涼太は珍しくあからさまにむっとした顔をした。

「五両どころか、一両二両でも店が貸してちゃきりがねぇんだ。それに借金ってのはよほどしっかりした者じゃねぇと、次から次へと癖になる。うちには丁稚を入れて三十人からの奉公人がいるんだぞ。うちにはうちのやり方があるんだ」

「六太さんをつけさせたのも、お店のやり方なの？」

こちらも先日から不服に思っていたことで、余計なことだと判っていたが、なかなか会えなかった不満も混じって、つい問うてしまった。

「源之助さんには誰もつけさせていなかったんでしょう？　だってそうしていたら、玄昭堂とのつながりがもっと早くに判った筈だもの。六太さんばかり疑って――」

「六太の疑いを晴らすためにも、そうした方がいいと、女将と相談して決めたことだ。外の者に頼めねぇから、店の者につけさせるしかなくて――となると、五人一度に調べるのは無理だから、まずは六太からと」

「六太さんのためって……お店のためじゃない」

これまた余計なことだと思ったが、止められずに、律はややむくれて言った。

奉公人を――人を重んじていると思いきや、涼太や佐和が案じているのは店やその体面ばかりのように聞こえたからだ。

六太ではない、という己の勘が当たったこともあった。

「そりゃお律……」

困った顔の涼太へ今井が問うた。

「それで、玄昭堂は放っておくとしても、店の者はそうはいくまい？」

「ええ」

律から目をそらし、今井を見やって涼太は頷いた。

「源之助と豊吉は明日――睦月末日《むつきまつじつ》をもって店を去りやす」

昼過ぎに女将の佐和が、涼太と番頭の勘兵衛、そして六太を除いた四人の手代を座敷に呼んで言い渡したそうである。

――豊吉は母親、源之助は父親がそれぞれ病で、家の人手が足りないそうで、明日をもってうちを辞めることになりました――

涼太以外は、肝心の二人や番頭を含めて皆、寝耳に水だったが、「選り抜き」の者たちとあってすぐに察したようだ。

豊吉が何も言わずに震えながら頭を下げた横で、源之助は「私は……」と反論を試みたそうだが、「うちへの気遣いは無用です。悔いのないよう、せいぜい尽くしておあげなさい」と、有無を言わせぬ佐和を前にして黙らざるを得なかったという。

「豊吉さんまで？」

思わず律は声を高くした。

「ああ」

「でも豊吉さんが白状したからこそ、女将さんだって強気で源之助さんに暇を出せたのではないの？」

「そうだが、豊吉が源之助から口止め料を受け取ることなく、もっと早くに教えてくれりゃ、店はこれほど痛手を受けずに済んだ筈だ」

「それは……でも豊吉さんはおうちの借金が……きっと藪入り前になんとかしたいと、その、妹さんが身売りしなくていいように……」

源之助から受け取った金も、元金を返すまでには到底至らなかったろう。ゆえに遅かれ早かれ豊吉の家は行き詰まることだろう。

やり切れなさに言葉を濁しつつも、律にも判っていた。

お店にとっては、女将さんの決断がきっと一番の策……

でも……

それこそ百両ならともかく、五両、十両ならなんとかしたいと思うのが人情で、豊吉への同情が拭い切れない律は珍しく食い下がった。

「源之助さんに暇を出すのは当然だけど、豊吉さんまではあんまりじゃないかしら……？」

涼太はしばし黙ったが、一つ息をつくと、口を開いた。

「――お律。俺はこれまで、お前の仕事にああしろ、こうしろと口を出した覚えはねぇ。上絵はお前の本領で、お前の方がずっと仕事を知ってるからだ。それと同じで、店をやり繰りするのが俺の仕事だ。店のことは俺が一番よく知ってるし、いつも店のことばかり考えてんだ。それなのに、横から余計な口出しはしないでくんな」

今まで聞いたことのない、冷ややかな声であった。

「口出しなんて……」

律が口ごもる間に、涼太はさっと立ち上がる。

「そう店を空けてられないんで、もうお暇《いとま》いたしやす」

それだけ言うと、莫迦丁寧に土間で頭を下げてから、涼太は今井宅を出て行った。

何か説教めいたことを言われるかと今井を窺ったが、今井は至ってのんびりと手にした茶碗から茶を飲んだ。

「やっぱり涼太が淹れてくれたのは旨いなぁ……」

「はい……」

何も言われぬことがかえって苦しい。

青陽堂の話を避けて、残った茶を飲みながら当たり障りのない世間話を二、三交わしたのち、律も早々に家に帰った。

九

一斤染で律が描いたのは撫子《なでしこ》だった。

秋の七草に数えられているし、歌にも秋と合わせて詠まれることが多いから季節外れかとも思ったが、四季折々に咲くことから「常夏《とこなつ》」とも呼ばれている花である。

花びらの割れた部分は丁寧に、かつ柔らかに。がくや茎葉《けいよう》はややぼかしたものの、若苗色と苔色を取り交ぜて、一斤染の花がより映えて見えるようにした。

「こりゃまた奇をてらって——まあいいか」

広げてちらりとしただけだが、類からまずまずの評を得られて律は胸を撫で下ろす。

「撫子は、そのぅ、長く咲きますので、この先、夏も秋も使えますから……」

「だから町娘にはうってつけだってのかい？」

「はあ、まあ……」

年明けて二十三歳になり、もう娘という年頃ではなくなったものの、律のように手持ちの着物や小物が少ない女には重宝するのではないかという思惑はあった。

ゆえに律は曖昧に同意したが、撫子を描いた一番の理由は、ただそれが一斤染から思い浮かんだ花だったからだ。

許色《ゆるしのいろ》でありながら、鮮やかで人目を惹く紅色には遠く及ばない色。

そんな一斤染をじっと見つめていたら、花でありながら「草」にも数えられている撫子がぼんやりと見えてきたのである。

花びらのたおやかさを出すのに苦心したが、描き始めてみるとその手間がまた面白く、茎葉の青を入れるにつれて春らしい——町娘らしい——初々《ういうい》しさが描けたと思えた。

しかし納めて恥ずかしくない物に出来たのは、ひとえに注文が二枚と少なく、昨日の昼には既に描き終えていたからである。

昨日、涼太が今井宅へ訪ねて来てから仕事に取りかかっていたら、出来映えは芳しくなかったろうと容易に想像できた。

喧嘩――というほどでもないかもしれないが、あのように物別れしたことは初めてだった。

涼太の言葉に間違いはなく、出過ぎたことを言ったと自省している。

だからといって涼太や店の方針に賛同した訳ではなく、「助け合い」があたり前の長屋で生まれ育った律には、店のあしらいはやはり「冷たい」と感じてしまう。世間知らずの甘い考えだと頭では判っていても、感情までは押し込めない。

「――お前も、長く咲けるといいねぇ。夏も秋も、冬も……次の春もさ」

にやりとして類は手間賃を渡してきたが、次もどうやら仕事は二枚のみらしい。

このままではおとことしに逆戻りだわ――

父親の死後に、見本を持ってあちこちの呉服屋を行脚《あんぎゃ》した日々を思い出して、律は神妙に手間賃を受け取った。

「次も精一杯努めますので」

「頼んだよ」と、類が頷いたところへ、そろりそろりと足音が座敷に近付いて来た。

「お千恵？」

類が廊下へ向かって問うと、類の妹の千恵が照れた顔を覗かせる。

「そろそろお帰りかしらと思って……」

「ああ、お帰りだよ」

「じゃあ、私がお茶にお誘いしてもいいかしら？」

「勝手におし。——いや、茶なら私も相伴《しょうばん》させてもらおうかね。ちょうど一休みしたいと思ってたんだ」

「え？　お姉さんも？」

「なんだい、私に聞かれちゃまずい話なのかい？」

「そうじゃないけど……お仕事の話とは違うんだから、お姉さんは余計な口出しはしないでちょうだいね」

「なんだい、余計な口出しって」と、類は不満げだ。「大体、お律はまだうんともすんとも言ってないじゃないのさ」

「ねぇ、お律さん、どうかしら？」

華やいだ声で問われて、他に用事のない律は一も二もなく頷いた。

店とつながっている廊下を渡り、客用とは違う座敷に上がると、千恵が恥ずかしげに火鉢の傍の茶櫃《ちゃびつ》を見やった。

「……お願いしてもいいかしら」

「もちろんです」

律が茶櫃に手を伸ばすと、類が呆れた声で言った。

「お前は客に茶を淹れさせようってのかい？」

「あら、お姉さん、お律さんのお茶は本当に美味しいのよ。私、何度も教わった通りにしてるのだけど、なかなかお律さんのようには淹れられないのよ。どうしてかしら？」

「そりゃ、お前ときたら『もういいかしら？』『まだかしら？』と、いつまでもとろくさいんだもの」

「ひどいわ、お姉さん」

くすりとした類にむくれて見せる千恵は、昨年よりもずっと明るい顔をしている。

千恵は若き日に何者かに手込めにされたのちに身投げを試み、九死に一生を得てから昨年まで、池見屋を離れて雪永の別宅――椿屋敷――に住んでいた。身投げののちから記憶が曖昧になり、身を隠すようにひっそりと暮らしてきたため文字通りの「世間知らず」で、その分、三十五歳となっても若々しい。

「お正月には間に合わなかったけど、藪入りの前に越して来たの。ようやく落ち着いたから、お律さんとお茶でもと思ってお姉さんに訊いたら、今日来るって言うんだもの。急であたふたしちゃったわ。お杵《きね》さんはお遣いに出ちゃったから、お茶菓子もあり合わせで……」

杵というのは類と千恵の乳母《うば》で、椿屋敷でも千恵の身の回りの世話をしていた老女だ。

「まるで私が悪いみたいじゃないか。お律に会いたいなら前もって言っときゃいいものを」

「だって、お姉さん、仕事のことには口を出すなって……」

姉の前では甘えもあるのだろう。千恵の方が律より一回りも年上なのだが、ともすると己より年下に思える時がある。過去の記憶はいまだおぼろげらしいが、少しずつ思い出したこともあり、昨年の暮れからは物忘れも減っているそうである。

千恵とこうしてゆっくり向き合うのは、着物のお披露目《ひろめ》をして以来だった。

茶の匂いが漂い始めると、むくれ顔はどこへやら、千恵が嬉しげに目を細める。

ほんの少しだが千恵の苦悩に触れた律は、その屈託のない微笑みに、ただじんとした。

「うん。こりゃあ旨いね」

茶を一口含んで類が言う。

「でしょう？」と、千恵は得意気だ。

「お律、お前にこんな取り柄があったとはね」

「はあ、その、長屋が葉茶屋の裏でして、お茶には多少馴染みがありますから……」

「青陽堂だね。そういや、青陽堂はどうなんだい？」

「ひどいわ」

類が訊いてくるのへ、千恵が再び頰を膨らませた。

「私が訊こうと思ってたのに――」

「そりゃ悪かった。まさかお千恵まで耳にしているとは――噂ってのは怖いねぇ」

「噂……？」

小首をかしげたところを見ると、千恵が訊きたかったのは青陽堂のことではなく、涼太のことだったようだ。

藪入りからの騒ぎを律が話すと、千恵は顔を曇らせた。

「そんなことが……」

千恵が言葉を濁した傍から類が問うた。

「それでやった者は見つかったのかい？　早いとこ始末をつけないと、次を恐れて客は減ってくばかりじゃないか」

「それが……」と、律は応えを躊躇った。

口止めをされた覚えはないが、内々のことは言いにくい。

しかし己が口にせずとも青陽堂が下した「始末」はすぐに噂になるだろうし、佐和同様、女将として店を切り盛りする類の考えを聞いてみたくもある。

「昨日、手代が二人、急にお暇を言い渡されました」

「へぇ、二人もかい？」

「ええ。表向きは穏便《おんびん》に、二人とも家の人手が足りないからと……でも実際に悪さをしたのは一人だけで、もう一人は仕方なく見て見ぬふりをしたんです。その……その人のお母さんはもう長いことご病気で、薬代を借金したので――」

「まあ……」と、千恵は同情の声を上げたが、

「だからなんだい？」と、類は小さく鼻を鳴らした。

「そのぅ……その人は後悔してるんです。だから悪さをした方と違って、しらを切らずに正直に話したんです。だからその心根を買ってあげてもいいんじゃないかと……」

「そうよ。そしたらその人も心を入れ替えて、今度はお店のために尽くしてくれるんじゃないかしら……？」

「それじゃ遅いんだよ」

ぴしゃりと言って、類は律たち二人を交互に見やった。

「まったくお前たちときたら甘いんだから。そりゃ手を下したやつが一番悪いけど、見て見ぬふりしたやつも大して変わりゃしないよ。店の評判が落ちた後に神妙にしたところで遅いのさ。『家の都合』を理由に暇を出したってんなら、青陽堂は二人をとことん追い詰めるには至らなかったんだろう。となると、そう容易く噂はひっくり返せない。人の噂も七十五日というけどね。その七十五日が商売にはどんなに長いことか――あの女将ならなんとかするだろうけど、青陽堂はこれからが大変さ」

これからが大変……

類の言葉を反芻《はんすう》しながら律が肩を落とすと、千恵もやはりしょんぼりとしてつぶやいた。

「そんなの困るわ。祝言がどんどん遠のいちゃう……」

「祝言？」と、類が目を見張る。

「あ、いえ、違うんです」

「あら、だってそうでしょう？　お律さんは若旦那さんと相思《そうし》の仲なんだから」

きょとんとして問い返した千恵を見て、類がゆっくり、にんまりとした。

「ふうん……お前はあすこの若旦那と言い交わしてたのかい。それなら井口屋の次男坊になびかないのももっともだ」

「あの、言い交わしたなんて……そんな大層な……」

互いの気持ちは確かめ合ったが、香や今井はともかく、長屋や青陽堂の皆にはまだ「幼馴染み」のままの二人である。祝言なぞ、先の更に先の話であった。

にやにやする類に律が困っていると、千恵が顎に手をやった。

「それにしても青陽堂は踏んだり蹴ったりね……ほら、ええと、この前も騒ぎがあったばかりじゃなかったかしら？」

考え込んだ千恵に、類が助け船を出す。

「旦那がいなくなったことがあったね。吉原に行ったのち、しばらくさ」

「そう。そうよ。そのことよ」

思い出したことを喜んだのも一瞬で、千恵はすぐに眉尻《まゆじり》を下げる。

「旦那さまは無事だったけど、その後に女将さんが倒れたんだったわね……此度も女将さんは気が気じゃないでしょうね……」

先日、太郎と茶葉を買いに行った折、佐和はいつもと変わらぬ様子で店に出ていた。動揺がまったく見えなかったのは流石だが、胸の内には一体どれほどの葛藤《かっとう》があることだろう。

佐和とは年季が違うとはいえ、ふとした浮き沈みが筆に出てしまう己と比べると、やはり己には覚悟が足りないとひしひしと感じた。

それは取りも直さず、己と涼太の違いでもある。

——うちには丁稚を入れて三十人からの奉公人がいるんだぞ——

——これだけ稼ぐのがどんなに大変か……——

己を養うだけで精一杯の律は、涼太の言葉を思い出してますますうなだれた。

茶を飲み終えて表に出ると、八ツ過ぎの陽が眩しい。

ぐっと春めいてきた陽光の下、道行く顔はどれもにこやかなのだが、律は何やら後ろめたい思いを抱えてうつむき加減に家路をたどった。

第二章　父二人

一

物別れとなった翌々日にも、涼太は今井宅に姿を現した。

「おとといは差し出がましいことを……」と、もごもごと律が謝ると、

「ああ……」と、曖昧に頷いて、涼太はすぐに茶の用意に取りかかった。

少し店の様子を話して、一杯だけ茶を飲み干すと、慌ただしく店に戻って行く。

挨拶もそこそこに店を去った源之助と豊吉に奉公人たちは驚いたらしいが、格別騒ぎにならなかったということから、皆それなりに「始末」を受け入れたのだと思われる。

「客足を取り戻すのにしばらくかかるだろうが……まあ、なんとかなるもんさ」

「はあ……」

今井は気楽に構えているが、律は気が気ではない。

しかし涼太に会えたこと、それとなくでも仲直りしたことで、昨夜よりは胸のつかえが軽くなった気がした。

陽が長くなったこともあって、一旦家に戻った律は、矢立を持って長屋を出た。

少しだけ南に下って、神田川沿いを隅田川に向かって歩き出す。

隅田川まで半里ほどの道のりだ。八ツ半は過ぎていようが、行って帰るだけなら、日暮れ前に充分間に合う。

川岸の若葉萌ゆる様に目を細め、柔らかい香りを存分に吸い込む。

次の巾着絵は桜にしようと考えていた。

あと半月もすれば花見が始まることを思えば遅いくらいだが、予想していたとはいえ撫子で「奇をてらった」と言われてみると、やはり「ありきたり」がよかったのかと迷い始めた。

今度は「つまらない」って言われるかしら……？

しかし「花」と言えばまず「桜」というほど桜は人気で、今の時節、呉服屋や小間物屋は桜の意匠が溢《あふ》れている。

川沿いの膨らんできた桜の蕾を眺め、花開くところを思い浮かべながら、矢立で二、三描きとめる。

ふと見やると、対岸の柳原も青々しい。

あの向こうを涼太と二人きりで歩いてから、まだ十日と経っていない。

眩しい陽の下で緑たなびく柳原は、対岸とはいえ先日とはまるで別世界に見える。

少しずつ暗さを増す黄昏の中、火照《ほて》る顔を持て余しながら、涼太とつかず離れずに歩いたのが夢のごとく思えてきて、律は慌てて目をそらした。

と、ちょうど後ろからやって来た女と目が合った。

道端でぼんやり立っていたことが恥ずかしく、一歩退いて律が女に会釈すると、女は足を止めて律が手にしていた紙を見やった。

「まあ、お上手ね」

四十路近い、丸顔で笑窪が愛らしい女である。

「それほどでも……」

何やら見覚えがあるような気がして、謙遜しながら律は女の顔を見つめた。

「どこかでお会いしたかしら？」

女の方も小首をかしげたが、覚えはないようである。

「いいえ、ちょっと知り合いに似ていたので……」と、律は誤魔化した。

女の品の良い身なりから、青陽堂か池見屋ででも見かけたのかもしれない。

会釈を交わして、女は再び歩き出す。

その背を見送りながら矢立を仕舞い――はたと律は思い出した。

もしや、古屋さんの探している方……

半月ほど前に古屋に描いた似面絵の女に、面影が似ている。

しかし丸顔に笑窪のある女なぞ珍しくないし、己の描いたのは若い娘の顔である。

他に決め手はなかったろうかと、似面絵を思い出しながら律も歩き出した。

上平右衛門町《かみへいえもんちょう》を抜けて大通りに出ると、女は浅草御門とは逆の北へ折れた。

隅田川まで出て柳橋《やなぎばし》から川南を折り返そうと思っていた律だったが、しばし迷った末に、女の後を追ってやはり北へ進む。

人通りが多くなったので、見失わないように足を速めた。

女は御蔵前から八幡前を通り過ぎ、更に北へと向かったが、駒形堂を過ぎた辺りで人混みに紛れてしまった。

急ぎ追って辺りを見回すも、女の姿は見つからない。

――そううまくはいかないものね。

こんなことならさっさと声をかけて、古屋さんをご存じか訊ねてみればよかったわ……

小さく溜息をついたところで、道の反対側にある呉服屋の暖簾が目に留まった。

せっかくここまで来たのだから、少し覗いて帰ろう。

そう思って足を向けると、今度は物陰から呉服屋を窺う太郎に気付いた。

「太郎さん」

声をかけて近寄ると、太郎は慌てて律を手招いた。

「ちと、こちらへ――」

路地裏にいざなわれて戸惑ったが、太郎がせわしく表を窺う様から、誰かを見張っているのだと思い当たった。

「今、一人、女をつけてる最中でして」

「お仕事中すみませんでした」

「しかし、のちほどお律さんに似面絵を頼むよう言われてる女なんでさ。だからちょうどいいっちゃあちょうどいい。桜の着物を着た女なんです。顔見知りじゃねぇし、よかったら一緒に店に入って、女の顔を見てもらえませんかね？」

「承知しました」

二人して暖簾をくぐると、手代と思しき男がさっと寄って来た。

「いらっしゃいまし」

「おう」と、太郎が鷹揚《おうよう》に応える。「すまねぇが、今日は下見に来ただけだ。花見の着物を新調したいと、こいつが急に言い出してよぅ……おい、また改めて連れて来てやっから、ちゃっちゃっと済ませな。のんびりしてちゃ、夕餉《ゆうげ》に間に合わねぇからよ」

「は、はい」

芝居だと判っていても、太郎の亭主然とした台詞にどぎまぎする。

「お急ぎだそうですが」と、手代は如才《じょさい》なくにっこりとする。「なんでもお見せしますから、遠慮なく仰ってくださいまし」

「どうも、その……」

「おい、あんなのはどうだ？」

太郎が顎をしゃくった先には一人の女がいて、広げられた反物を丹念に眺めている。目を付けている女らしいが、伽羅色《きゃらいろ》の着物に描かれた花は桜ではない。

「あれは……あれは桃の花ですよ」

確かめるつもりで律は言った。

「へぇ、あれは桃なのか。俺には、どっちも同じに見えらぁ」

己のことだと判ったのか、女が振り向いた。

太郎はさりげなく顔を背けたが、律は会釈で取り繕いながら女の顔をしっかりと眺めた。

唇は薄いが、小顔に切れ長の目と整った顔立ちをしている。眉間の下の鼻の付け根と、唇の左上にほくろが見えた。豊満な体つきから三十路近いと思われるが、艶気のある顔は己と変わらぬ年頃に見えぬこともない。

「あちらさんも花見の着物をお求めにいらしたんですよ。しかし、花見まであと半月ほどしかありません。お仕立てになるなら急がれた方が……」

「そうらしいな。だが、今宵は顔役に呼ばれてんだ。さっさと帰って支度をしなきゃならねぇってのに、こいつが……」

「そ、そんなに急かされちゃ、気もそがれます」

「だったらもう明日にしろ。まったく、あれが欲しい、これが欲しいと、女ってのはきりがねぇやな」

ぶつぶつ言う太郎の横で手代に困った顔を向け、律は二本だけだが反物を見せてもらうことにした。

反物を比べながら、ちらちらと女を窺うと、視線に気付いた女が小莫迦にしたような目でこちらを見やる。おかげで顔はしかと覚えたが、こちらは芝居だとしても面白くない。

火盗改が追っているのなら、ろくな女ではないだろう――と、むっとしながら店を出ると、暖簾の前でなんと綾乃《あやの》と出くわした。

「あら、お律さん」

「ああ……ごご、ご無沙汰しております」

あまりの偶然に狼狽《ろうばい》して舌がもつれる。

綾乃は料亭・尾上《おのうえ》の娘で涼太に好意を寄せている。尾上は東仲町《ひがしなかちょう》にあり、ここから二町も離れていないから綾乃が店を訪ねて来たのはおかしくないが、人の多い浅草でこうもばったり出会うとは思わなかった。

「こちらは……？」

太郎を興味津々に見やって綾乃が問うた。

「こちらは、その……」

律が言いよどんだところへ、先ほどの女と一緒にいた手代が表へ出て来た。

「ああ、綾乃さま。いらっしゃいまし」

手代がまず綾乃へ、それから律たちにも声をかけた。

「綾乃さまのお知り合いでしたか……どうぞご贔屓に」

律たちの相手をした手代とは違う者だが、ただの冷やかしだと思っていた客が、名の知れた大店の娘の知人だと知って驚いているのが見て取れた。

太郎をちらりと見やるも、太郎は慣れた口調であっさり言った。

「面倒くせぇから、俺ぁ先に行くからよ」

「あ、あの……」

律がまごまごする間に、太郎は見送られた女客の後を追って行ってしまう。

「是非また明日いらしてくださいまし」と、手代。

「明日？」と、綾乃が小首をかしげる。

「ええ、おかみさんが花見の着物を新調されるそうで……ねぇ、おかみさん？」

「おかみさん？」

「ち、違います」

かろうじてそれだけ応えると、手代も困った顔をした。

「すみません。ご様子からてっきり――」

夫婦ではないが深い仲の男女、という含みは、しっかり綾乃に伝わったようだ。

事情を話したいのは山々だが、太郎が火盗改の密偵だとは明かせない。ましてや太郎が追っている女は店の客なのだ。今後の出入りを考えたら、ここで芝居がばれるのは得策ではなかった。

だが、太郎と違い、律はこういった芝居に慣れていない。

どうしたものかとあたふたしていると、五間と離れていないところで男児が一人、こちらを窺っていることに気付いた。

風呂敷を背負った男児には見覚えがある。

弥吉ちゃん――

律にとっては地獄に仏、渡りに舟だ。

「弥吉ちゃん！　ああ、あの、それではまた……」

これ幸いと、律はちょこんと頭を下げて、呉服屋を離れた。

律が歩み寄ると、弥吉はさっと目をそらして歩き出した。

「弥吉ちゃん、お久しぶりね」

にっこり律は笑いかけたが、少し背の伸びた弥吉はむっつりしたままだ。

「忘れちゃったかしら？　慶太郎の姉の律よ」

「……もちろん覚えていやす」と、やっと応えた弥吉の顔は硬い。

「弥吉ちゃん、あの――」

何かあったのかと問う前に、弥吉はぼそりとこぼした。

「……お律さんは、青陽堂の若旦那といい仲なんだと思ってやした」

声変わりしておらずとも、慶太郎よりずっと大人びた台詞である。

「慶太郎だってそう思ってんのに……なのにあんな男と──見損ないやした」

冷ややかに言って足を速めた弥吉の後を、はっとして律は追った。

「待って。違うのよ、弥吉ちゃん──」

二

弥吉の母親の奈美《なみ》は、幾人もの男に夢中になって弥吉や清をないがしろにすることが多かった。最後の男は盗人で、奈美は男の片棒を担いで捕まり、牢で自害したのである。

奈美が死した時、弥吉は既に九歳だった。奈美の暮らしぶりを理解し、蔑《さげす》みながらも、母親ゆえに憎みきれずに、獄中死の知らせを受けて号泣《ごうきゅう》した。

とはいえ物心ついてからずっと、母親とその男たちに振り回されて生きてきた弥吉だ。律を「見損なった」のも無理はない。

でも、まったくの誤解だもの──

「弥吉ちゃん、違うのよ。あの人はお上の御用で……」

声を潜めて言うと、弥吉は足を止めて律を見た。

「お上の……？」

「ええ」

迷ったが、ここでいい加減な嘘を重ねれば弥吉の信頼を損なうだろう。そう判じて、律はできるだけ正直に話すことにした。

「他の人には内緒にしてね。私たちの後に女の人が帰って行ったでしょう？　さっきの男の人はお上の命《めい》であの女の人をつけていたの。お店の前で会ったのは偶然だけど、後でどうせ似面絵を頼むから顔を見といてくれと言われて、一緒にお店に入ったのよ」

「似面絵を……」

しばし考え込んでから、納得したようだ。

困った顔をして、それからぺこりと頭を下げた。

「すいやせん。勝手に早合点しちまいやして……」

「ううん。だってそんな風にお芝居したんだもの。誤解されても仕方ないわ。私は下手くそだったけど……」

胸を撫で下ろしながら律が言うと、弥吉はようやく微笑んだ。

「そういや、なんだかおろおろしてやしたね。でも、店の者や尾上のお嬢さんはうまく騙せたと思いやす」

店の者はともかく、綾乃に誤解されては困るのだが、今となってはどうしようもない。

「弥吉ちゃん、綾乃さんを知ってるの？」

「もちろんです。浅草の店者で、尾上と綾乃お嬢さんを知らねぇのはおりやせん」

「そういえば、弥吉ちゃんのお店も浅草だったわね」

「ええ。よかったらちょっと寄ってってください」

「そうね。せっかくこうして会えたのだもの」

弥吉の勤める海苔屋は「長谷屋《はせや》」といって田原町《たわらまち》にあった。尾上のある東仲町の西隣りである。

持ち合わせがあまりないし、そう贅沢《ぜいたく》はできぬから、今井と自分の分の海苔を少しだけ買うと、弥吉に続いて店主が見送りに出て来た。

「弥吉が大層世話になったそうで、弟さんには藪入りに饅頭まで差し入れてもらって……どうかこちらをお持ちになってくだせぇ」

「いえ、そんなつもりでついて来たんじゃないんです。それに弟のは一石屋のご厚意ですから、どうかお構いなく」

律は慌てて断ったが、「まあそう言わずに」と店主と弥吉に押し切られて、土産の海苔を受け取った。

「すみません。ありがとうございます」

弥吉のためにささやかでも売り上げに貢献するつもりだったのに、かえって悪かったと律は頭を下げた。しかし同時に、弥吉が店に大事にされていることがありありと伝わってきて嬉しくなった。

「弥吉ちゃん——ううん、もう弥吉さんね。早く長屋に帰って、弥吉さんのこと、先生に伝えたいわ。先生、きっと喜ぶわ。海苔ももちろん……でも次はどうかお構いなくね。そうでないと伺いにくくなるから……」

照れ臭げに頷いた弥吉に会釈を送ってから、律は長谷屋を離れた。

十間ほど歩いてから振り返ると、弥吉は何やら言われながら表を片付け始めていた。

長谷屋は間口二間で青陽堂の四分の一だが、浅草という場所柄に夕餉時とあって、そろそろ店仕舞いというのにちらほらと途切れずに客が来ている。駆け込み客の中には店主や奉公人と軽口を叩く者がいて、町の者に親しまれている様子が更に律の胸を温かくした。

と、少し離れたところで、やはり長谷屋を窺っている男に律は気付いた。

和やかに店先を眺めていた律とは対照的に、長谷屋を端から端まで睨《にら》み付けている。

——また密偵さんかしら？

とすると太郎に続いて二人目である。

浅草は神田と違って賑やかで、諸国からの見物客も多いから盗人を始めとする悪者が紛れ込むのにもってこいだ。そう思えば悪者を調べる岡っ引き、下っ引き、密偵たちがあちこちにいても不思議ではないのだが、太郎と違って男には剣呑《けんのん》な気配が漂っており、それを隠さぬあたりが気になった。

もしかしたら、盗みの下見ということも……？

考え過ぎだと律は内心苦笑した。吾郎の台詞ではないが、「お奉行所御用達の似面絵師」などと持ち上げられて、近頃はつい人や物事を疑ってしまう時がある。

それでも念のために男の顔をしっかり盗み見て、記憶が薄れぬうちにと、町を離れてから矢立で簡単に描きとめた。明日かあさってには太郎が女の似面絵を頼みに来るだろうから、その時に男に心当たりがないか、似面絵を見てもらえばいいと思ったのだ。

ついでに呉服屋で見た女の似面絵も覚え書きとして描いたものの、そうこうするうちに六ツの鐘が鳴り始める。

草花を眺めつつ隅田川まで散歩するつもりだったのが、古屋の探し人やもしれぬ女、太郎、弥吉と次々に出会って、思いも寄らぬ遠出となってしまった。

弥吉と再会できたのは嬉しい偶然だったが、綾乃のことは喜べない。

律を「恋敵《こいがたき》」と呼んだ綾乃である。太郎と男女の仲を誤解されたのは気が重かった。以前「お上の御用」として共に男をつけたことがあるから、此度も話せば判ってもらえるだろう。だがそのためだけに、浅草随一の料亭を訪ねるのは躊躇われる。

海苔の入った包みを抱えて悶々と家路を急いでいると、御蔵前にさしかかったところで後ろから呼ばれた。

「お律さん」

六太であった。

青陽堂の前掛けを揺らしながら、振り向いた律に足早に寄って来る。

六太さんにまで——今日は一体、なんて日なんだろう……

「こんばんは、六太さん」

「これからお帰りですか？」

「ええ。田原町まで行って、すっかり遅くなってしまいました」

「田原町から？」

六太が驚いたのは、田原町からだと御蔵前を通るのは遠回りになるからだろう。南西へ道を折れながら帰れば早いのは判っていたのだが、あまり外出をしない律は道をよく知らない。しかも浅草と神田の間には武家屋敷が連なっていて、一人で行くのは気が進まなかったのだ。

「私は道に疎《うと》くて……」

「では私が案内いたします。暗くならないうちに急ぎましょう」

そう言って六太は微笑んだが、どこか硬い笑みであった。

「六太さんも、遅くまでお遣い、大変ですね」

「いえ」

応えてからしばし黙って、六太は付け足した。

「浅草まで出たのは届け物のためですが、遅くなったのは、その、少し家に寄っていたんです。母の具合が思わしくなく……」

六太の母親が病だというのは涼太から聞いて知っていた。

「それは心配ね」

「はい……しかし、遣いの帰りに様子を見て来い、母も私の顔を見れば少しは元気づけられるだろうと、若旦那が言ってくれたんです。先だっても、用事の帰りに挨拶に寄ってくださったそうで……見舞金も弾んでくださって、滋養のあるものを食べさせるようにと……ありがたいことです」

六太が言うのを聞いて胸がやや軽くなった。

用事の帰りに寄ったというのは六太を疑っていたからなのだが、見舞金を渡したり、六太が母親に会えるよう融通《ゆうずう》を利かせてくれているらしい。

この間は何やら冷たいことを言ってたけど、やっぱり奉公人のことをちゃんと考えているんだわ――

それにしても、藪入りから半月しか経っていないのに見舞いに行けということは、六太の母親はよほど具合が悪いとみえる。少しずつ暖かくなっているとはいえ、長屋暮らしでは満足に食べられず、暖も取れずに風邪で死す者も少なくない。

具合を訊ねてみたかったが、これも出過ぎたことだろうかと迷っていると、六太が再び口を開いた。

「……ところで、先日のお侍さんですが」

「古屋さん？」

「はい。その……あの方は、どういった方なのでしょうか？」

「どういった、というと――お役目のことですか？　お役目は聞いていないけど、今はもう隠居だって仰ってたわ。家督は弟さんにお譲りしたんですって」

「弟さんに……それはまたどうしてですか？」

「ご子息を亡くしたそうです。御新造さまも相次いで……」

「江戸にお住まいなのですか？」

「いいえ、今はお国の飛騨に。昔、定府として江戸にいらしたそうですよ。今井先生とはその時にお知り合いになったそうで」

「定府というと――それはいつ頃のお話でしょうか？」

「もう大分昔よ。江戸を離れたのが十四年前と仰ってたもの……ああでも、古屋さんはああ見えて、今井先生よりお若いんですって」

涼太同様驚くかと思いきや、「そうですか」と六太はどこか上の空だ。

おっかさんが心配なのね……

古屋のことを訊ねてきたのは、気を紛らわせたかったからだろう。

御蔵前を抜けて西に折れ、鳥越明神と武家屋敷をいくつか通り過ぎると、見知った佐久間町が見えてきた。

「六太さんもだけど、今日は浅草で、本当に次から次へといろんな人に会ったのよ」

黙っていては気まずくなると、律は殊更明るく話しかけた。

「広瀬さまのご学友のお抱えの人に、尾上の綾乃さん……綾乃さんはご存じでしょう？」

「ええ。尾上はうちのお得意さまですから。あの騒ぎの後も変わらず、うちの茶を頼んでくださいました。今日も私は尾上に届け物に伺ったんです」

「そうでしたか」

「定廻りの旦那さまのご学友というと、小倉さまですね。ではお抱えの方というのは、五日前にお律さんが店にご案内してくださった方では――？」

「そうよ。すごいわ。よく覚えているのねぇ」

律が感心すると、六太はほんのり照れ臭そうに首を振った。

「お律さんを見知っているのだから、このくらいは当然です。一見客《いちげん》まで覚えている若旦那の足下にも及びません」

「涼太さんは本当によく人を覚えているものね。――ああそれで、綾乃さんに会った後、前に涼太さんにお世話になった子にも出会ったの。弟の友達で、今は浅草の海苔屋さんに奉公してるのよ」

話しているうちにちょうど一石屋の前に差しかかったが、残念ながら店はもう暖簾を下ろした後である。

「弟さんには藪入りの際にお会いしました」

「ええ、とても喜んでたわ。挨拶してもらったのが嬉しかったみたいで、六太さんみたいにしっかりしないと、って言ってたわ」

「そんな……私などまだまだです。しかし、一日に三人ものお知り合いに出会うとは」

「三人じゃなくて、六太さんを入れて四人よ。ああそうだ。もう一人——お知り合いじゃないんだけど、古屋さんの探し人らしき女の人も見かけたのよ」

もとはといえば、あの女の後を追って浅草まで行ってしまったのだ。

「古屋さんは……女の方をお探しなのですか？」

私ったら、つい調子に乗って——

おしゃべりが過ぎたと律は悔やんだが、六太は律が似面絵が得意で、それが人探しに役立っているのを知っている。

「ええ、その……昔お世話になった方だそうで……」

深い仲だったとは言い難く、尻すぼみに律は言った。

六太は更に問いたげな顔をしたが、世間話にはできぬし、何より少年——異性——には話しにくい事柄だ。

幸いもう長屋まで半町もない。

足を速めて木戸まで来ると、律は微笑みながら急いで言った。

「おかげさまで思ったより早く帰って来れました。どうもありがとう、六太さん」

「いえ、あの……どうも、おやすみなさいまし……」

そそくさと木戸をくぐって家に向かうと、今井の声がした。

「お律かい？　遅かったね。もらった煮染めがあるんだが、夕餉を一緒にどうだい？」

「それがもう、先生、聞いてください――」

残り飯を碗についで箸と共に持参すると、律は今井の家に上がり込んで、このほんの一刻ほどの出来事を語り始めた。

三

「縁談？」と、涼太は眉をひそめた。

番頭の勘兵衛にいざなわれ、客を通す座敷ではなく、更に奥の家の座敷に向かうと、女将の佐和が待っていた。

奉公人には漏らせぬ店の相談ごとかと思いきや、座った途端に「涼太に縁談がきています」と切り出されて、涼太は戸惑った。

まあ、こいつも「店の相談ごと」には違ぇねぇんだろうが……

「宮浜《みやはま》さんを通して一つと、もう一つは——」

「もう一つ？」

思わず問い返した涼太を一瞥して、佐和は淡々とした声で続けた。

「もう一つは尾上さんからです」

「尾上……」

いつかは話があるのではないかと思っていたが、何故、今と思わずにはいられない。

いや、今だからこそ……か。

騒ぎからじきに二十日が経とうとしていた。

このほんの二十日足らずの間に客足はめっきり衰えた。

否、町の者や昔からの小口の客はそうでもない。中には既に、二度、三度と、いつもより足繁く顔を出してくれる者もいる。同情や店の様子を確かめるためから訪れたのだとしても、これらの客のほとんどがこれからも贔屓を約束してくれたのはありがたい。ただし料亭や旅籠《はたご》のような大口の客はそうはいかず、毎日のように一軒、また一軒と取引をやめたいという知らせが届いていた。

もともと混じり物の被害を被《こうむ》ったのは、こちらから届け物を請け負った大口客か裕福な粋人たちのみである。武家に被害がなかったのは不幸中の幸いで、父親の清次郎が名の知れた茶人だからか、今のところ武家や粋人たちの客離れはほとんどないのだが、彼らに売れる茶葉は高価でも量が伴わないから、売り上げを大きく左右することはない。

だが料亭や旅籠、茶屋の注文量を考えると、一軒の得意先を失うことは、一人客の十倍、二十倍どころか、時には五十倍、百倍もの痛手となるのだ。

瓦版が出た訳でもないのに、これだけ早く噂が広がったのは、玄昭堂の仕業《しわざ》だと涼太たち店の者は考えている。

「尾上さんは無論、綾乃さんとのお話ですな」と、勘兵衛が確かめた。

「ええ。川北に店を構える者同士、一緒にこちら側を盛り立てていきませんか――と、旦那さまから直《じか》にお話をいただきました」

「宮浜さんからというのは……？」

宮浜というのは日本橋は伊勢町《いせちよう》にある料亭だ。尾上よりもやや小さいが、場所柄、尾上をしのぐ商売をしていると思われる。店を構えたのは四十年ほど前と、尾上とそう変わらぬのだが、向こうは四代目、尾上は三代目が店主であった。

「瀬戸物町《せともの ちよう》の堺屋《さかいや》の娘さんはどうか、と。おかみさんたちの仲が良いそうで」

「さ、堺屋？　冗談じゃねぇ」

声高になって涼太は言った。

というのも「堺屋」は茶道具屋で、あの玄昭堂の店主の弟が婿入りした店だからだ。つまりその娘を娶《めと》るというのは、玄昭堂と縁続きになるということである。

「涼太」

名を呼ぶだけで、佐和は涼太の言葉遣いをたしなめた。

「すいません、女将さん、つい……しかし、いくらなんでも玄昭堂の姪を娶る訳には……」

「では、尾上さんの話を受けますか？」

「え？」

まじまじと女将——母親——の顔を涼太は見つめたが、その目から胸中を読み取ることはできなかった。

おふくろは、俺とお律のことを知ってる筈じゃあ……？

「いやあの——こ、この店の大事を前に、縁談もへったくれもないでしょう？　お断りしてください。堺屋も尾上——さんも」

狼狽しながら涼太が言うと、佐和の前に勘兵衛が口を開いた。

「いや、若旦那、そりゃ早い」

「早い？」

「若旦那のお気持ちは判らんでもないですが、そう急がずにここはどうかご一考を」

「一考も何も、俺、いや私は——」

「若旦那、何も今日明日に祝言を、というんじゃありません」

涼太を遮って、珍しく厳しい顔で勘兵衛が言う。

「この度のことは玄昭堂の企みに間違いありません。女将さんの代になって、うちが手を広げたのが面白くなかったんでしょう。旦那さんのおかげもあって、名のある方々から、いくつも得意先を紹介していただきましたし……玄昭堂の房治《ふさじ》さんが弟さんを堺屋に婿にやったのも、旦那さんに張り合ってのことだったと私は思っております」

佐和より二歳年下の勘兵衛は年明けて四十五歳になり、玄昭堂の主の房治は勘兵衛より更に二歳年下の四十三歳ということである。弟の歳は定かではないが、堺屋に婿入りしたのは清次郎が三十路を過ぎて茶人として名を知られてきた頃だという。

「源之助を取り込んでうちを潰そうと、うちの得意先に先回りして取引をもちかけて……それでうちがあたふたしている間に、綾乃さんのことを聞きつけたんでしょう。おそらく宮浜さんのおかみさんや……源之助を通じて」

苦々しく源之助の名を口にした勘兵衛だが、その目にはやるせなさが滲《にじ》んでいる。勘兵衛は源之助の兄弟子《でし》でもあった。よって涼太よりずっと、源之助の「裏切り」がこたえていると思われる。

「それで先手を打とうと堺屋――弟さんに頼み込んだんでしょうが、どうしてどうして、尾上さんも素早いものです。綾乃さんが若旦那に気があるのは、火を見るより明らかですからね。尾上さんとそのお父上は綾乃さんに甘いようですし、私が尾上さんでもこの機を逃しませんよ。娘と娘の嫁ぎ先と、双方に恩を売ることができるんですから……」

商売人らしき一面を見せて勘兵衛は言った。

「尾上さんとご縁ができれば、浅草一円に顔が利くようになります。しかし、そう考えれば、堺屋と縁を結ぶのも悪い話じゃありません」

「えっ？」

「もしも姪御さんをうまくうちに送り込めたら、潰さずに乗っ取ろうと、房治さんは考えている筈です。それならうちはそれを逆手《さかて》に取って、ゆくゆくは玄昭堂を乗っ取る算段をするまでです。房治さんの目の黒いうちは難しいかもしれませんが、若旦那に跡取りが生まれる頃には、向こうも代替わりしてるでしょう。玄昭堂の若旦那とは幾度か顔を合わせております。涼太さんとは比べものにならないぼんくらですよ」

「だが、勘兵衛さん、そううまくは――それに、跡取りなんてまだ先の先の話で」

「若旦那のお年を考えたら遅いくらいです。赤子というのは、祝言を挙げれば授かるものでもありませんから……」

言葉を濁したのは、嫁いで三年経っても懐妊しない妹の香と、いまだ孫に恵まれぬ佐和への配慮だろう。

「女将さんも、番頭さんと同じようにお考えなのですか？」

できるだけ動揺を見せぬよう――だが内心おそるおそる問うてみると、佐和はまるで仕入れの話をしているかのごとく、いつも通りの口調で言った。

「勘兵衛の言うことにも一理あります。また、沈んだ顔ばかりでは、お客だけでなく運気も逃げていきますからね。めでたい話で店の気概を高めるのも良案といえるでしょう」

「女将さん……」

「とはいえ、お前の伴侶のことですから、しばしじっくり考えてみなさい。勘兵衛の言い草じゃありませんが、今日明日にどうこうしろとは言ってません。私は構いませんよ。お前がどちらを選ぼうと」

どちらもごめんだ――

喉元まで出かかったものの、何故か声にはならなかった。

困った顔をして勘兵衛は涼太を見た。

「若旦那、どうか……」

「若旦那には若旦那のお考えがおありでしょうが……ここは一つ、店のためにご思案いただきたく……」

おそらく律との仲を知った上での台詞だろうが、ついかっとして――そんな己を抑えるべく涼太は顔をしかめた。

「店のためというなら、他にもできることはあるんじゃないのか？」

「ええ」

やり場のない苛立ちを含んだ涼太の問いに、勘兵衛は迷わず頷いた。

「今更ですが、昨年――いいえ、四十路を迎えた時にでも、私は店を退いてしかるべきでした……」

「何もそんな」

慌てた涼太へ、勘兵衛は小さく首を振った。

「源之助が不満を募らせていたことに、私は薄々気付いていていました。豊吉はともかく、源之助、作二郎、恵蔵……この三人のうちの誰かがいずれ番頭となり、そうならずとも、皆で若旦那と店を盛り立てていくのだと考えていました。先代に雇い入れてもらって三十数年。暖簾分けの話も二度いただきましたし、駄賃仕事でもあれば長屋で余生を過ごすだけの小金もあります。ただ店があまりにも居心地がよく……つい長居をして、結句、源之助のような者を出す羽目になりました。ですから若旦那が身を固め、店がまた落ち着いたら、私は今度こそ若いのに道を譲りたいと思っています」

勘兵衛の両親と兄妹《きょうだい》は既に亡くなっていて、身寄りは叔父と甥だけである。妹が亡くなってからのこの四年ほどは藪入りも店で過ごしていた。他の手代から伝え聞いた話によると、勘兵衛にもいくつか縁談はあったそうなのだが、それこそ今の己とそう変わらぬ年頃に、相思だった娘を病で亡くしてから独り身を貫くことに決めたらしい。

涼太が何も言えずにいると、佐和が静かに口を開いた。

「その時までは……どうか店を頼みますよ」

「はい、女将さん」

佐和にうながされて、勘兵衛と共に店に戻った涼太だが、どうにも気が重い。

俺はお律と一緒になるんだ。

何を迷うことがあるもんか――

そう己に言い聞かせるのだが、奉公人たちが己に向ける、不安と希望がない交ぜになった目を見る度に胸がざわめく。

――ここは一つ、店のために――

店の者たちには鷹揚に笑みを返しつつも、勘兵衛の言葉が脳裏に浮かんでは消える。

客はちらほらと途切れずにあるが、先月までは客を待たせることもざらだったのに、今は手持ち無沙汰の手代や丁稚が目について涼太の気を沈ませる。

が、店で暗い顔は見せられない。

少ない客に会釈を送りながら、涼太は長火鉢の横にいた手代に声をかけた。

「代わろう。お前もここで見ておいで」

夏場を除いて、店ではできるだけ淹れ立ての茶を、順番や商品を待つ客に振る舞うことにしている。これだけ空いていると客を待たせることはまずないのだが、それならそれで一人一人にゆっくり賞味してもらおうと、数日前から時が許す限り涼太が茶を淹れていた。

沸いた湯と茶器を確かめて、茶瓶に湯を注ぐ。茶葉が開くのを待つ間も無駄にせず、鉄瓶に水を足して五徳《ごとく》にかけておく。頃合いを見計らって盆の上の五つの茶碗に等しく茶を注ぎ、傍らで手代と共に己の所作を見ていた客の二人に自ら盆を差し出した。

「よろしければどうぞ一杯」

茶を含んだ客の顔がほころぶのを見て、少し気持ちが和らいだ。

抹茶《まっちゃ》は茶人の清次郎に及ばぬが、煎茶《せんちゃ》なら店の誰よりも上手く淹れられると自負している。暇なのは考えものだが、訊ねられるままに淹れ方や茶器について客と語り合うのは、ささやかだが「店のため」に己ができることであった。

そうこうするうちに八ツの鐘が鳴った。

今井宅で一休みしたいと思ったものの、同時に二つの縁談が頭をかすめる。

律には黙っておくつもりだが、今井の考えを訊いてみたくはあった。

しかし、律の不在を狙って訪ねるのは難しいし、何より「会いたい」のは今井より律の方である。

律の顔を見たのは四日前で、それも茶をほんの一杯飲む間と短かった。その前は店のことに口出しされたのが面白くなく気まずいまま別れていたから、本当はもっとゆっくり話をしたかったのだが、店が気になって早々に切り上げたのだ。

いくら店が空いているからといって、奉公人の手前、自分ばかり休んではいられない。今は「店の大事」で、手代扱いとはいえ己は青陽堂の「若旦那」なのだ。三十人からの奉公人を養っていく責があるし、佐和でようやく三代目となった店を潰したくはない。

だが突き詰めて考えてみると、己の不安は店が傾く——潰れる——ということよりも、己が「若旦那」ではなくなることにあるような気がする。律には上絵があるが、自分から店を取ったら一体何が残るのか。

——俺のことより店のことだ。

自分のことを考える都度に、涼太はそんな己を叱咤してきた。

店や奉公人をないがしろにしているつもりは毛頭ないのだ。むしろ店に尽くすことが一連の不安を拭う——奉公人も己も救う——唯一の策だと承知している。

となるとやはり……

またしても座敷での勘兵衛の台詞が思い出されて涼太が小さく頭を振ったところへ、傍らの手代が「若旦那」とそれとなく袖を引いた。

顔を上げると、入り口に佇む綾乃が目に留まる。

「綾乃さん、いらっしゃいませ」

声をかけて近付くと、綾乃がほんのり頰を染める。

「涼太さんがいらしてよかったわ」

「今日はまだ少し風が冷たいようで。よかったらお伴の方も一緒にお茶をいかがですか？」

「ありがたくいただきますが、今日は……一人なのです」

綾乃は時折店を訪れるが、一人というのは珍しい。

新しく茶を淹れて差し出すと、綾乃は優美な仕草で茶碗を手に取った。人目を惹く顔立ちと身なりの綾乃だから、「美味しいです」と微笑む様に、店の者や客までもが目を細めた。

「お店には朔日《ついたち》の昼過ぎに六太が茶を納めに行った筈ですが……何か、至らぬことでもありましたか？」

「いいえ何も。通りすがりに、家で飲むお茶を少し買い足しに寄っただけです」

通りすがりということはないだろう。

もしや縁談のことかと頭を巡らせつつ、綾乃に頼まれるままに茶を包んだ。

見送りに表へ出ると、案の定、躊躇いがちに綾乃が切り出した。

「あのぅ……父からそちらへお話があったと思うのですが……」

頷くべきか、まだ知らぬふりをするべきか迷ったほんの一瞬に、目が見慣れた岩井茶色《いわいちゃいろ》の着物をとらえた。

はっとして見やると、顔を伏せた律が遠回りするごとく道の反対側を歩いて行く。

狼狽は隠し通したつもりだが視線は誤魔化せず、つられて振り向いた綾乃も律を見た。

綾乃はすぐに涼太に向き直ると、急にはきとした声で言う。

「尾上と青陽堂で、ご縁を結ぼうというお話です。涼太さん、一緒に玄昭堂をぎゃふんと言わせてやりましょうよ。及ばずながら、私も尽力いたしますので……」

顔を真っ赤に染め、勢い込んで綾乃は続けた。

「ですからその……お店のためにも、このご縁談、どうかじっくり考えてくださいまし」

うつむいたまま律が足を速めた。どうやら「縁談」はしっかり聞かれてしまったようだ。

「私の一存では……女将や店の者とも相談いたしますので……」

なんとも情けない応えだが、今の己には精一杯だった。

綾乃が木戸へ向かう律の方をちらりと見やる。

涼太を見つめ、一歩近付いて綾乃がきっぱり言った。

「涼太さん。私、見たのです」

「な、何を？」

「朔日に、うちの近所の呉服屋でお律さんを。男の人と一緒にお花見の着物を見繕いに来てたんです。男の人もまるでご亭主のような気安い様子で……お店の人も『おかみさん』って誤解したくらいで……」

「お律……さんが？」

まさか。

そんなことがあるものか。

「そうですか。お律さんもよいお年頃ですから、浮いた話が一つ二つあっても不思議じゃありません……」

そんなことを言って取り繕った涼太だが、店に戻ったのち、なかなか仕事が手に付かなくて困った。

四

風を避けるために、長屋の戸口がそれぞれ閉まっていたのは幸いだった。

小走りに家まで戻ると、律は引き戸を開け閉めして土間で胸を押さえた。

尾上さんから縁談が――

綾乃が涼太を好いているのは明らかだから、いつか話がくるのではと思っていた。

でも、何も今でなくとも……

思いかけて、頭を振った。

今だからこそ、店の――青陽堂のためにも、尾上は縁談を持ちかけてきたのだ。

ぺたりと上がりかまちに座って、律は今度は唇に手をやった。

神無月の半ばに涼太と接吻を交わした日が、遠い、遠い昔に感ぜられた。

――綾乃さんとはなんでもねぇんだ――

あの言葉に嘘はなかったと思うし、今でもおそらくそうだろう。

今は……まだ。

木戸に差しかかる前に綾乃の声がはっきり聞こえた。

——私、見たのです——

「呉服屋」「お花見」「おかみさん」と言った言葉から、先日浅草の呉服屋の前で見聞きしたことを話しているのが察せられた。

——あれはお上の御用だったんです。

踵《きびす》を返し、そう伝えたい衝動にかられたが、足が勝手にずんずん先を急いで、あっという間に木戸をくぐり抜けていた。

店を第一とするなら、尾上との縁談は青陽堂には願ったり叶ったりだろう。

——俺が好きなのはお前だけだ——

そう言ってくれた涼太を律は信じている。

が、秤《はかり》にかけられるのが他の女ではなく、涼太の愛する青陽堂ならどうだろう？

嫁いでも上絵をやめたくないと己が悩んだように、「妻」か「店」かを選ばねばならぬとしたら、涼太は店を選ぶのではないだろうか？

だとしたら、仕方ない——

諦観《ていかん》というほど大げさなものではないが、裏長屋で生まれ育った身なれば、「どうしようもない」「諦めるしかない」ことはこれまでにいくらでもあった。ゆえに胸の奥では、思ったよりあっさりこの縁談を受け入れている己がいる。

また、ものの判らぬ小娘と違って、一人で身を立てている律である。店を――全てを捨てて己を選ばれても暮らしは立ちゆかぬだろうし、そのような駆け落ちのごとく見通しの立たぬことを涼太がするとは到底思えない。

しかし心は別である。

せっかく――やっと――相思になれたのに……

いずれ一緒になろうと、互いの気持ちを確かめ合ったのは年の暮れ、ほんの一月と十日あまり前のことである。幼い頃から何度も諦めかけた恋ではあったが、よもや成就《じょうじゅ》して二月と経たぬうちに、こんなことになるとは思いも寄らなかった。

でも先生は「なんとかなる」って……

客足が衰えているのは町の者の目にも明らかだ。買い支えるほどの金はないが、様子見と人寄せを兼ねて、長屋の者が誰かしら毎日青陽堂を訪れている。これは律たち又兵衛長屋の者に限ったことではないようだし、大店ならではの蓄えもあるだろうから、今すぐ店が進退に窮することはない筈だ。

そう言い聞かせてみるものの、今度は類の言葉が頭をよぎる。

――そう容易く噂はひっくり返せない。人の噂も七十五日というけどね。その七十五日が商売にはどんなに長いことか――

大口の得意先がいくつか既に青陽堂に見切りを付けて、玄昭堂と取引を始めたと聞いている。尾上は変わらず青陽堂から茶を仕入れているそうだが、綾乃との縁談を断ったらどうなることか。

そろそろ八ツ半になろうかという刻限で、涼太が茶を飲みに現れるのではないかと、律はそわそわし始めた。

——綾乃さんの言ったことを、涼太さんは丸々信じたりしない。

とすれば真偽を確かめに、きっと長屋に来るだろう。

せめて太郎さんとの誤解は早く解きたい……

このまま今井宅を訪ねるか、涼太が来るまで待つか迷っているうちに、向かいの佐久の声がした。

「りっちゃん。ちょっといいかい？」

立ち上がってすぐに引き戸を開くと、佐久がにっこりとして手招いた。

「うちで話そうよ。帰って来たばかりで火も入れてないんだろう？」

誘われるままに佐久の家に上がって、火鉢の横に座る。

「もう半月もすりゃあ花見だってのに、今日はまた冷えたもんだね」

「ええ」

「池見屋さんに行って来たんだよねぇ？　どうだい？　上絵の仕事の方は？」

「まあ、その、相変わらずです」

――桜か。まあこれなら花見までには売れるだろうね。駆け込み客もいるからね――

呆れられも、けなされもしなかったが、褒められもしなかった。

残っていた一斤染に赤紅色を添えて、本物よりやや赤味の強い桜を描いてみた。これももちろん「町娘」を意識しての工夫であったが、「駆け込み客」と類が付け足したのには揶揄《やゆ》が込められていたように思う。

見る目や、じっくり選ぶ時がある者には売れないということだろうか。

類のことだから、訊けば教えてもらえたろうが、怖《お》じ気づいて訊けなかった。

手放しの賞賛がなかったのが既に「答え」であった。

「まだまだ、おとっつぁんのようにはいかなくて……」

「うんうん。そりゃ仕方ないよ」と、佐久は大げさに頷いた。「職人さんが一人前になるのは大変だもの。それにさ、りっちゃんは何から何まで一人でやってきたじゃないか。お美和《みわ》さんが亡くなる前もあれこれ家のことを手伝ってさ。亡くなった後は、伊三郎さんと慶ちゃんの二人をずっと一人で世話してきてさ。その上、上絵の修業をしてきたんだから、ほんと感心しちまうよ」

「それはどうも……」

仕事や涼太のことで気落ちしていたから佐久の言葉は嬉しいものの、一体何ごとかと戸惑った律へ、案の定、佐久は基二郎を持ち出した。

「基二郎さんだってねぇ、一人だったら、あんなに早く上達したかどうか……ああも好き勝手に修業できたのは、お店と壮一郎さんがいてこそだもの」

「しかし、基二郎さんは染め物がお好きで、天賦《てんぷ》の才もおありかと……」

恵まれていると思っているのは律も同じだが、けしてそれだけではない。同じ染料を扱う職人として基二郎を敬する律である。

「そうそうそう。そりゃもちろん、才があってのことだよ、りっちゃん」

またしても大げさに同意して佐久は続けた。

「でもほら、りっちゃんだって同じじゃないか。りっちゃんも小さい頃から絵を描くのが好きで好きで——しかも、大人顔負けに上手でさ。だから伊三郎さんも、早くからりっちゃんを仕込んだんだよ」

「はあ」

「だからね、ここらで一丁、とことん上絵に打ち込んでみちゃどうだろうねぇ？」

「え？」

「井口屋さんへ行けばね、いくらでも好きなだけ絵を描いて暮らせるよ」

律が問い返す前に、佐久は早口でたたみかける。

「染料は使い放題な上に、お米代やら味噌代やら、お家賃やら、なんの心配もいらないんだよ。それに家のことは女中がいるからね。食事の支度も、掃除も洗濯も繕いものも、なんにもしなくていいんだよ。上げ膳据え膳で──なんとまあ、羨ましいことさね──一日中、りっちゃんの好きなように、絵を描いて過ごしていいんだって。それから、ええと、上絵の前に……ああそうだ、下染めってのをするんだよね。こないだ池見屋さんに納めた着物は、基二郎さんに下染めを頼んだんだってね。基二郎さんは近頃、反物も手掛けてるそうじゃあないの。夫が染めた反物に、妻が上絵を描く……まさに願ったり叶ったりのご良縁──」

「お佐久さん！」

声高に止めたのは律ではなく、香だった。

断りも入れずにがらりと引き戸を開くと、仁王立ちになって香は佐久を睨み付けた。

「黙って聞いてれば次から次へと都合のいいことばかり──」

「そんなこたありませんよ。どれもほんとのことばかりです」

「基二郎さんとのお話は、もうとっくにお断りした筈です」

「おや、そうですか？」

しれっとして佐久は言った。

「でもたとえそうでも、どちらもいまだ独り身だし、心変わりということも──」

「りっちゃんは、井口屋へはお嫁に行きません！」

顔を赤くして言い切った香に、佐久の声もやや高くなった。

「あのねぇ、お香さん。お気持ちは判らないでもないけれど、私だって赤ん坊の時からりっちゃんを知ってるんですからね。お美和さんも伊三郎さんもいない今、いい加減なとこに、りっちゃんを嫁入りさせる訳にはいきませんよ」

「うちがいい加減だって言うんですか？」

「香ちゃん」

急ぎ土間に降りると、律は香を押し出すようにして表へ出た。

「お佐久さん、今日はもうお暇します」

律が頭を下げると、流石に言い過ぎたと思ったのか、佐久は気まずそうに頷いた。

「香ちゃん、今日はお外で一休みしましょ」

「りっちゃん――」

他の長屋の戸は閉まったままだが、家にいる者たちは皆、聞き耳を立てているとみた。

長屋を出ると、御成街道まで香をうながして、一軒の茶屋の縁台に座る。

風が冷たいからか、表の縁台に座っている者が他にいないのは幸いだった。

「りっちゃん、どうして止めたのよ」

香はむすっとして――それから不安げに律を見た。

「まさか、お佐久さんの言う通り、心変わりしたっていうんじゃ……？」

「嫌だ、香ちゃん。ひどいわ。そんな筈ないじゃないの。ただ、いくらなんでもあれは無作《ぶさ》法《ほう》よ。盗み聞きして、勝手に人様の家の戸を開けたりして」

「だって——だって、いつまでもしつこいんだもの。りっちゃん、どうしてはっきり言わないの？　ちゃんとお断りしないから、お佐久さんがあの手この手でつけ込んでくるのよ。あでも、悪いのはお兄ちゃんね。早く母さまを説《と》き伏せないからこんな始末に……店が大変なのは判るけど、こうなったら私が母さまに直談判《じかだんぱん》するわ。お兄ちゃんのお嫁さんは、りっちゃんしかいないんだから」

「香ちゃん、それが……」

先ほど涼太と綾乃から見聞きしたことを話すと、香はまず目を見張り、眉を吊り上げ、それから青ざめてつぶやいた。

「尾上が……」

長年の親友なればこそ、香の葛藤が手に取るように伝わった。

「前々から思ってたんだけど、お店のためには、綾乃さんみたいなお嫁さんがぴったりなのよ。私は絵を描くことしか能がないんだもの」

上絵の他は、お金も、得意先の当ても、商才もない……

「でもお兄ちゃんが一番好きなのはりっちゃんだわ」

「涼太さんは若旦那よ。私よりもお店や奉公人のことが先だわ。尾上さんもそれを知ってて縁談を持ちかけてきたのよ。香ちゃんだってそう思うでしょう？」

「それは……でもりっちゃん、なんだかりっちゃんもあんまりよ」

「あんまり……？」

「だってなんだか、冷たいわ。どうしてりっちゃんまでお店のことばかり……そりゃ私だってお店は心配だけど、まるで、りっちゃんが好きなのは『若旦那』で、お兄ちゃんじゃないみたい」

「そんな……香ちゃんこそあんまりよ」

即座に言い返したものの、香にじっと見つめられて律は困った。

出会った時から「跡取り」、のちの「若旦那」だったから、そうでない涼太を想像するのは難しい。それだけ青陽堂が身近だったせいもある。長屋の向こうにはいつもどっしりと青陽堂が店を構えていて、客と奉公人が出入りする賑やかな光景があたり前だった。

「……でも『若旦那』の涼太さんが好きなのは本当だと思うの」

眉をひそめた香に、律は急いで続けた。

「誤解しないで。涼太さんのお金や身分を当てにしたことはないわ。ただ、涼太さんはお店や奉公人、お茶やお客さんを本当に大事にしてるでしょう。商売がうまくいってる時はそりゃあ楽しそうで……それに暮れに会った時、涼太さん、言ったのよ。『俺はお前さえよけりゃあいい』って。夫婦《めおと》になってても上絵をずっと続けたいって、私が言ったら……私が上絵を大事にしているように、涼太さんもお店を大事にしているのだから……だから、もしもの時は私も同じことを言うつもり」

言葉にすることで、少し自分も落ち着いてきた。

まさかとは思っていても、つい悪い方へ、悪い方へと考えてしまうのは、長屋暮らしで染みついた貧乏性ゆえだろうか。

——一緒に玄昭堂をぎゃふんと言わせてやりましょうよ——

綾乃のしっかりとした声が耳によみがえる。

私はとてもあんな風に、涼太さんを励ますことができない……

「もしもって……やめてよ、りっちゃん」

わざとらしくおどけて香が言った。

「ちょっとお客が減ったくらいで、うちはびくともしないわ。それより、これで尾上と片が付くから、かえってよかったんじゃないかしら」

「片が付く？」

「綾乃さんに気を持たせるのは悪いって、私、何度も言ったのよ。でもお兄ちゃんは、こっちからは何も言えないって、はぐらかしてばかりで——でもこれでやっと、真っ向からお断りできるってものよ」

「香ちゃんたら……」

香に合わせて律も努めて笑顔を作った。

互いに不安を隠そうとして——隠しきれぬまま、律たちは早々に茶屋を後にした。

五

御成街道で律と別れた香は、一旦伏野屋に戻ると見せかけて、すぐに踵を返した。

半町ほど後ろを歩いて、律が長屋へと戻って行くのを見届けてから、裏口へと急ぐ。

廊下を渡って内側から店を覗くと、手持ち無沙汰にしていた手代が気付いて目を見張る。

手代が涼太へ目配せするのを確かめてから廊下に引っ込み、待つことほんのしばし。

渋面《じゅうめん》の涼太がやって来て短く問うた。

「なんの用だ?」

「母さまは?」

「船問屋だ」

注文と挨拶を兼ねて自ら出かけて行ったという。

「じきに戻って来るだろうが……」

「いいのよ。好都合だわ。尾上から縁談があったそうね」

妹でも年子だから、香は遠慮なくずばりと切り出した。

「香……」

「今度こそ、きっぱり断ってよね、お兄ちゃん」

たりめぇだ――

そんな応えを期待したのに、涼太の目に浮かんだのは躊躇いだった。

「何よ。まさか受けるつもりじゃあないでしょうね？」

「……まさか」

ようやく涼太は応えたが、歯切れの悪さが迷いを露呈していた。

隙を突いたのは己だが、不用意な涼太の返答に香の方が狼狽してしまう。

「ねぇ……もしかして、そんなにうちは危ないの……？」

「滅多なことを言うんじゃやねぇ」

「だって……」

「店のことは案ずるな。お前が口出しすることじゃねぇ。大体『うち』ってなんだ、お前はいつまでも娘気分で……お前のうちは伏野屋《ふしのや》だろうが」

「ずるいわ、お兄ちゃん。跡取りはお兄ちゃんだけど、私だって父さま、母さまの子よ。案ずるな、口出しするなって、いつも私ばかり除《の》け者にして――」

「声が高い」

怒った声で言いながらも、涼太は香を奥の座敷へとうながした。

廊下に誰もいないのを確かめて襖戸《ふすまど》を閉め、立ったまま涼太は言った。

「玄昭堂は船問屋にも手を回そうとしていたらしい。女将が自ら出向いてったのは、これ以上、間違いのねぇようにするためだ。船問屋とは長い付き合いだし、向こうも軽々しく玄昭堂を信じたりしねぇ。うちを信じてくれているからこそ、向こうから『なんだか話がおかしい』と伝えに来てくれたんだ」

「そうだったの……」

「玄昭堂は源之助をそそのかして、手筈を合わせてから、前もってうちの得意先に売り込みに回りやがった。ことを起こして一息にうちを潰すつもりだったらしいな。船問屋まで巻き込みやがって……正直に言やぁ、店はよくねぇ。一度離れた客を取り戻すのに、しばらく苦労するだろう。だが女将も俺も――親父も店のみんなも――店のために踏ん張ってんだ」

涼太の真剣な眼差しに、香はただ頷いた。

「……縁談のことは、堺屋のと合わせて俺がなんとかするからよ。お律に余計なことを吹き込むんじゃねぇぞ」

「堺屋って、何？」

問い返すと涼太はしまったという顔をしたが、それも一瞬で、手短に堺屋との縁談を打ち明けてきた。

「なんて厚かましい。うちを見くびるにもほどがあるわ！」

思わず頭に血を上らせた香だったが、涼太にたしなめられる前に口をつぐんだ。

商売にかかわってこなかった己が激高《げっこう》したところで、何も変わらない。

お兄ちゃんや母さまは、きっと、もっと悔しい筈だわ――

感情のままに店に押しかけた己が急に恥ずかしくなって、香はもごもごと暇を告げて家路についた。

途中で拾った駕籠《かご》に急がせたから六ツより大分早く帰れたものの、着替えに向かう前に運悪く廊下で姑《しゅうとめ》の峰《みね》と鉢合わせた。

「川北に行ってたそうね」

「はい。先生に和独活《わどっかつ》を頼まれていまして……」

和独活というのはうどの根を干して作った、頭痛や眩暈《めまい》に効く煎《せん》じ薬である。

今井には時折、頭痛薬や止血薬などを頼まれるが、此度はまったくの嘘だった。だが、峰にとっては今井宅も実家も同じで、嫁が遊びに出るのが面白くないのだから、この程度のささやかな嘘に罪悪感を覚えることはない。

「おうちのご商売はどうなんですか？」

「変な噂のせいで客足は落ちておりますが、兄は案ずることはない、と」

「変な、とはなんですか。此度のことは青陽堂の落ち度ですよ。おかげさまでうちまで、混じり物がないか念を押される始末で……まあおうちが無事なのは何よりです。あなたも帰るところがなくなっては困るでしょうからね」

古茶が混じっていたのは本当だから、落ち度は否定できない。しかし「帰るところ」などと、離縁を臭わせた嫌みは流石にこたえた。

その場は曖昧に相槌を打ってやり過ごしたが、夕餉もあまり進まず沈んでいると、寝間《ねま》で夫の尚介《しょうすけ》が声をかけてきた。

「香、浮かない顔をしているね。またおふくろが何か余計なことでも言ったかい？」

「いいえ……ただうちが――ううん、青陽堂が心配なだけです」

お前のうちは伏野屋だろうが――と、言った涼太の台詞を思い出して香は言い直した。

峰からの嫌みは隠したが、青陽堂や涼太の縁談のことを洗いざらい打ち明けた。

「お兄ちゃんは、店のことは案ずるなって言うんですけど……」

「涼太がそう言うなら、平気だろうよ」

「でも、なんだかいつものお兄ちゃんとは違ってたんです。縁談を断っていないのは、店のことがあるからだわ。それくらい、私にだって判ります」

「そうだね。堺屋を断って宮浜という得意先を失うのは仕方ないが、尾上を断って浅草一円の客にそっぽを向かれるのは、今の青陽堂には大層な痛手だろう。日本橋はやはり玄昭堂が幅をきかせているからね」

「お兄ちゃんにはりっちゃんがいるっていうのに――でももしも……もしも店が潰れるようなことになったら……」

峰の嫌みのせいで、律と涼太はもとより、己の身の上にも不安が生じる。

もしも私が「青陽堂の娘」でなくなってしまったら……

子もなせず、年増から中年増になりつつある己には、大店の娘であることが大きな拠《よ》りどころだったのだと、今更ながら思い知らされる。

「こら、香。縁起でもないこと言うんじゃないよ。つるかめつるかめ」

ややおどけながらたしなめて、尚介は困った笑みを浮かべた。

「家柄を重んじるのはお武家ばかりじゃないからね。縁談に商売が絡むのは、けして珍しいことじゃない。だからもしも——万が一——涼太がお律さんより尾上を選ぶとしたら、青陽堂を思ってのことだろう」

「じゃあ……尚介さんも、私が青陽堂の娘じゃなかったら見向きもしなかったの？」

「香なら町で会っても目を留めたろうが、おそらく求婚には至らなかっただろうね。私はほら、そういうことが苦手な性質《たち》だから……しかしそれを言うなら、私だって香に訊いてみたいもんだ」

「えっ？」

「香こそ、私が伏野屋の跡取りでなかったら、見向きもしなかったんじゃないのかい？」

「そんなこと……ありません」

今でこそ最愛の夫だが、出会った頃はつれなくしていた香である。尚介の人柄に惹かれて相思になったものの、身分を引っくるめて嫁入りを決めたのは否めない。

「私は、そのぅ……」

口ごもった香にくすりとしながら、尚介は更に訊ねた。

「商売ってのはいつどこで足をすくわれるか判ったものじゃないからね。もしも、私が一文無しになったら、香はどうする？　家も奉公人も女中もなくしてしまったら、香はとっとと私に見切りをつけて――」

「そんなことしません」

これは間髪《かんはつ》を容《い》れずに応えることができた。

「ひどいわ、尚介さん。私はそんなことで夫に見切りをつけるような女じゃありません」

「そうは言っても、香、金の切れ目は縁の切れ目ともいうし……私は薬のことしか知らないから、うまいこと薬屋に雇ってもらえればいいんだが、住み込みでも長屋暮らしでも、先立つものがなくちゃ、とても今のようにはいかないよ」

「身体が利くうちは、お金なんてなんとでもなります。長屋暮らしも悪くないのよ。尚介さんはご存じないでしょうけど――私も暮らしたことはないけど――りっちゃんと仲良しだから尚介さんよりは詳しいわ」

安普請《やすぶしん》の長屋ではいろんなことが筒抜けらしいが、一挙一動《いっきよいちどう》を見張られているように感じるのは伏野屋とて同じである。それなら多少貧乏しても、長屋の方がのびのび暮らせるのではないかと思うくらいだ。

「二人だけなら、私が縫い物の内職でもすれば、なんとかなるんじゃないかしら？　甘いかしら？」

半ば真剣に言ってみると、尚介は目を細めて苦笑した。

「甘い……だろうね。だが、香にそう言われれば、なんとかなるようにも思えるよ」

「もしかして――うちも危ないんですか？」

はっとして問うと、尚介は更に苦笑を漏らす。

「やめとくれよ、香」

「だって」

「お前の心意気は頼もしいが、私にも見栄《みえ》がある。主としては店の者に、男としては好いた女に、余計な苦労はさせたくないものだ。涼太も似たようなものだろう。青陽堂は女将さんもしっかりしているし、涼太も私よりずっと商才がある。だから、香、今は黙って見守っておあげ。お前には難しいかもしれないが……」

「ひどいわ」

今度は甘えを含めて頬を膨らませると、尚介が腕を伸ばして抱き寄せた。

じっと尚介の肌身の温かさに触れていると、この上なく安堵《あんど》する。

尚介が言うように己は甘いのだろう、と香は思った。

店や仕事を持たない香には尚介が「一番」だ。

それゆえに律たちほど迷いがないのは認めるが、だからといって己の「一番」が他に引けを取るとも思っていない。

尚介の背中に手を回すと、尚介の腕にも力が加わる。

言葉にならない幸せを嚙みしめながら、香は黙って更に細腕に力を込めた。

六

茶のひとときに涼太が現れたのは三日後だった。

今井曰《いわ》く今日は春分で、昼と夜の長さがほぼ等しくなる日——これを境にますます春らしくなる日なのだが、表はあいにくの曇り空だ。

呼ばれて今井宅に上がったものの、挨拶を交わすと手持ち無沙汰になって律は困った。

「この数日、寒いからなぁ。花見をどうしようかと、又兵衛さんが悩んでいるよ」

「他の大家さんも似たようなもんですや。こんな塩梅《あんばい》じゃ、見頃が読めませんからね。みんな頭を痛めてますよ」

花見なぞ、縁談に比べたらどうという悩みでもないと思うから、呑気な二人を律は恨めしい気持ちで交互に見やった。

三つの茶碗に涼太が茶を注ぐと、狙ったように保次郎がやって来た。

「おお、よい香りですな」

戸口を開いた途端に目を細めた保次郎へ、涼太が自分の分の茶碗を差し出した。

「お先にどうぞ」

「悪いね、涼太。非番だというのに、通りがかりに喧嘩の仲裁《ちゅうさい》をする羽目になって、喉が渇いて困ってたんだ」

「喧嘩ですか？」

「何、喧嘩は喧嘩でも、犬も食わない――」

「なんと、定廻りの旦那さまが夫婦喧嘩の仲裁ですか？」と、今井が笑い出す。

「しかし先生、これがまたすさまじいもので――籠《かご》や湯桶、茶碗はまだしも、茶瓶に鍋にまな板まで投げ合ったのですよ。終いには亭主は心張《しんば》り棒、おかみは出刃《でば》を手にしたものだから、私も腰の物に手を――」

「抜いたのですか？」と、涼太が目を丸くする。

「まさか」

言下《げんか》に否定してから、保次郎は苦笑を漏らした。

「いやはや、危ないところだったよ。出刃を間近に見て、つい手が腰に伸びて……しかしこいつは抜いても法度《はっと》、抜かずとも法度という厄介な代物《しろもの》だからね。柄に手をかける前に二人とも引いてくれたからよかったものの、鯉口《こいぐち》を切ることも忘れていたから、抜こうとしたところで抜けなかったんじゃないかと思うんだ」

「広瀬さん……」

笑うに笑えず、律たちは一様に困った顔をした。

文武両道の兄・義純《よしずみ》が亡くなったのち、跡を継ぐ形で定廻りに登用された保次郎だが、文人であっても武人からはほど遠かった。

「同輩に柔術の道場に通わぬかと誘われてるんだが、やはりそういった心得があった方がいいんだろうね？」

涼太を見やって保次郎が問う。

「はあ、それはないよりはあった方がいいでしょう」

「定廻りになって随分ましになったと思うんだが、女子から見たらまだまだ頼りないようなのだよ」

そう言って、保次郎は今度はちらりと律を見た。

ぴんときて律は問うてみた。

「広瀬さん、女子というのはもしや、霜月にお話のあった方ですか？」

「そうなんだ」と、保次郎が肩を落とす。

顎に手をやって涼太が言った。

「ええと確か、御蔵番《おくらばん》の娘さまでしたかね。次女で、叔父上さまのつてだという？」

顔合わせはまだだが、母親の覚えもめでたく、家柄も釣り合っていると喜んでいた筈だ。

「相変わらず物覚えがいいなぁ、涼太は。そうとも、その女子だよ」

「……一体、どうしたんで？」

「どうしたもこうしたも、顔合わせが年の瀬に間に合わず、睦月は私が月番で忙しく……先日やっと顔合わせの運びになったものの、余暇は主に書物を読んで過ごすと言ったのが、ご両親どころか当人の気に障ったようなんだ。同心ともなれば、暇があれば武芸に励むべしというのだよ。それで結句、此度も破談に……」

「そりゃあ、広瀬さん、ご縁がなかったんですよ」

涼太が言うのへ、律も頷いて付け足した。

「広瀬さんは、立派にお役目を果たしていらっしゃるんですから」

「涼太、お律さん、かたじけない」

冗談めかして小さく頭を下げてから、保次郎は律たちを交互に見やって言った。

「……なんだか二人とも急に顔が明るくなったが、私の破談がそんなに可笑《おか》しいかね？」

「と、とんでもない」

「とんでもありません」

声が重なって、思わず涼太と顔を見合わせる。

涼太のどこかほっとした顔を見て、気持ちが微かに和らいだ。

保次郎には悪いが、「破談」という言葉に律も何やら安堵を覚えたからだ。

「む。相変わらず仲がよろしくて何よりだ。ねぇ、先生」

「さよう。二人とも相変わらずですよ、広瀬さん」

縁談のことを耳にしているのか、いないのか、とぼけた返答を今井が返した。

「ところで、お律さん。小倉から礼を言付かってきましたよ。先日は水戸弁天《みとべんてん》の似面絵を二十枚も描いてくれたとか」

「水戸弁天?」と、涼太。

「女盗賊でお巾《きん》という名なのだがね。二つ名を水戸弁天というそうだ。私は似面絵を見ていないんだが、水戸の出で、弁天さまのごとく色気のある女らしいよ」

「ほう……」

「へぇ……」

今井ばかりか涼太まで興味深げになったのは面白くないが、太郎との誤解を解くよい機会だと、律は腰を浮かせた。

「下描きがあるから取って来ましょう。ちょうど浅草にいたので太郎さんに頼まれて、私も一緒に呉服屋に入って、その『水戸弁天』さまとやらの顔を見たんです」

急ぎ、あの日描いた下描きを家から持って来ると、男三人が覗き込んだ。

「この口元のほくろが曲者《くせもの》だな……」

「ええ……」

保次郎と涼太が小声で囁く横で、今井はくすりとしたのみだ。

「それでこの人は捕まったんですか？」

律が問うと、顔を上げて保次郎は首を振った。

「いや、まだ捕らえてはいないんだがね。太郎によると、あちこちで怪しい動きが見られるそうだから、火盗がお縄にする日も近いだろう。おや？　こっちの男は一体誰だね？」

保次郎が指したのは、巾の似面絵の下に重なっていた男の似面絵だ。

「この人は、海苔屋さんの前で見て、ちょっと怪しいと描きとめただけで……でも、太郎さんは覚えがないそうです」

巾の似面絵を取りに来た太郎に見せてみたものの、少なくとも太郎の見知っている盗人や密偵、岡っ引き、下っ引きではないという。

「まあ、太郎が知らぬ者も江戸にはたくさんいるからね……しかし、お律さん、御用聞きでもないのに、いつもありがたいよ」

「いえ、この日はたまたまです」

あの日の顚末《てんまつ》を手短に保次郎に話して聞かせると、傍らの涼太が徐々に合点した顔になって、律は胸を撫で下ろした。

弥吉とその奉公先のこともやっと涼太に伝えることができ、涼太が久しぶりに屈託のない笑顔を見せてくれたのも嬉しかった。

二杯目の茶を飲んで保次郎が暇を告げると、今井も律たちを見て言った。

「今宵は恵明と飲む約束をしてるんだ。少し早いが、この分だと雨になりそうだから、片付けは二人に任せてもいいかね？」

雨になりそうというのは本当だったが、ひととき遅れたところでさほど変わらぬだろうから、これは律たちへの今井の厚意に違いなかった。

保次郎と今井が連れだって出て行くと、やや気まずい沈黙が漂った。

空いた茶碗に手を伸ばすと、同時に伸びてきた涼太の指が触れた。

さっと手を引いたのは涼太の方だ。

茶碗を取って盆に載せ、律は涼太を見た。

二人きりで三尺と離れていないところに座っているのだから、自然と胸の鼓動は速くなったが、喜びよりも不安が強い。

「ここは私が。涼太さんはお店のことがあるでしょう？」

「片付けていってても大してかかりゃしねぇ」

ぶっきらぼうに言って涼太は火鉢の炭に灰をかけ始めたが、目をそらした横顔に迷いが見てとれる。

尾上からの縁談はきっぱり断ったからよ――

そんな言葉を期待していた律はややがっかりしたものの、驚くには至らなかった。

「あの……太郎さんのことは誤解だったんです」

「ああ。おかしいとは思ったんだ。だが、まったくの作り話にも思えなくてよ。ああいった事情があったんなら、綾乃さんが誤解したのも無理はねぇ」

綾乃の名が出たことで、縁談のことへと話が進むかと思いきや、涼太は灰ならしを置いて茶瓶をつかんだ。

「洗ってくっから、お律は火消しをしっかり頼む」

応える前に律の前にあった盆をつかむと、涼太は開けっぱなしの引き戸から出て行った。

仕方なく律は灰ならしを手にしたが、もう火は充分落ちている。

井戸端で涼太が茶器をすすいでくるほんのひとときが、ひどく長く感じた。

やがて戻って来た涼太は盆を上がりかまちに置いて、律の方へ押しやった。

「拭いといてくんな」

そのまま目も合わさずに帰ろうとした涼太を、律は慌てて引き止めた。

「待って」

向き直って一歩足を戻したが、土間に立ったまま涼太は問うた。

「なんだ?」

「あの……縁談のことで」

小声になった律に合わせて「ああ」と涼太も小さく応えたが、次の言葉を躊躇っている。

息苦しさを振り切るように、律の方から切り出した。

「お佐久さんからまた話があって……」

「お佐久さんから？」

「ええ、井口屋さんはどうかと、また……それを香ちゃんが耳にして、あわや喧嘩に」

笑い話にするついでに、尾上との縁談を打ち明けてくれないだろうかという律の目論見《もくろみ》は、あっけなく玉砕した。

「判っちゃいねぇな、香のやつ」

にこりともしないで涼太は言った。

「井口屋なら、仕事場の心配はいらねぇし、染料も使い放題だ。店のことは兄貴が仕切ってんだから、弟も弟嫁も気楽なもんだ」

嫌み混じりだが、井口屋へ嫁げと言わんばかりの台詞である。

「いいんですか、涼太さんは？　私が——だって、私は……」

「いいも悪いも……ほんとのことを言ってるだけだ。うちじゃあ、好きにするにも限りがあらぁな。店に出なくったって、嫁にもちっとは得意先への挨拶やら、奉公人の世話やらしてもらわねぇと……それでなくたって、今は店の大事で——」

「判りました」

「え？」

「お店の大事にお引き止めして悪うございました」

毅然《きぜん》として言ったつもりだったが、うまくいかずに声が震えた。

「お律」

「火は落としましたし、茶器もしっかり拭いておきますから、ご心配なく……」

うつむいて、律は盆を引き寄せた。

涼太は数瞬立ち尽くしていたが、すぐに黙ったまま踵を返した。

遠ざかる涼太の足音が聞こえなくなるまで、律は盆の縁を見つめ続けた。

七

昼の九ツ前に家を出て、湯島天神と神田明神を回って八ツ前に戻って来ると、半分開いた戸口から今井が呼んだ。

「お帰り、お律。ちょっと寄っておいで。古屋さんが来てるんだ」

「あ、はい……」

足を止めてそのまま土間に入ると、今井が棚の茶碗を指さした。

「ちょうど次の茶を淹れようとしていたところだ。湯が沸くまで、あともう少し――」

「では先にお水を一杯いただきます」

二日前、涼太と気まずく別れたのちに雨が降り、昨日、今日と明らかに暖かさが増してきている。

さあ、花見はいつにしようか――と、長屋どころか、町中、否、江戸中が浮き立っているというのに、律の胸は晴れぬままだ。

「池見屋に行って来たのかい？」

「いえ、池見屋には昨日……」

言葉を濁して律は誤魔化した。

昨年、五日で五枚仕上げていたところを、今は二枚だけなのだから、ぐっと容易になった筈なのに、どうも調子が上がらない。家にこもっていると涼太のことばかり考えてしまうから、既に仕上げていた巾着絵を、昨日、早めに納めに行ったのだ。

出来は悪くなかった……

ただ花が前と同じく桜だったために、呆れた声で類は言った。

――なんだい、まったく。ありきたりにもほどがあるよ。いや、それよりもう手遅れさね。店で寝かしとくのは邪魔くさいから、二枚とも持って帰んな。虫食いになってなきゃ、次の年明けに買ってやるよ――

時季を外したことは判っていたのだが、五日前の帰り道で涼太の縁談を耳にしてから、下描きに身が入らなかったのだ。少し冷え込んで花見が遅れそうなこともあって、前に描いた時に使わなかった下描きを流用したのである。

意匠を決めて、布に下絵を入れ始めてからは没頭できたから、色使いを含めまずまずの出来になったし、だからこそ「買い取ってやる」と言ってもらえたのだと思いたい。

それともあれは、「おととい来やがれ」だったのかしら……?

一昨日を意味する「おととい」は「おとつい」が転じた言葉で、「おと」は「遠」、「つ」は「の」、「い」は「日」を表すことから、「遠の日」ともいえるのだと、その昔、指南所で今井から教わったことがある。

よって、まだずっと先の遠い日である「次の年明け」と言った類の台詞は「おととい来やがれ」――つまり「二度と持って来るな」という意味だったやもしれなかった。

「どうした、お律?」

「いいえ、なんにも」

余計なことを教えてくれたものだと、今井に八つ当たりめいた気持ちを覚えた律だが、次の仕事はもらえたのだから、と、気を取り直した。

ただし次は十日で二枚だ。

――ゆるりと花見をしておいで。見飽きりゃ、次は違うものが描けるだろう――

からかい口調で類はそう締めくくり、顎をしゃくって律に帰るようにうながした。

類に言われたからではないが、今日は気晴らしと桜以外の花見を兼ねて散歩に出かけていたのである。

「お律さん、先ほど今井さんから聞いたのだが……」

躊躇いがちに古屋が切り出した。

「すぐ近くで、何やら、似面絵に似た女子を見かけたとか……」

「はい。十日——いいえ、九日前の朔日でございました。すぐ近く、と、いいますか。川沿いの新《あたら》シ橋を過ぎた辺りでお見かけしました」

駒形堂の近くまでつけて見失ったと伝えると、新たに似面絵を頼まれる。

「前に描いてもらったのはここに……」

肌身離さず持ち歩いているとのことで、丸めた似面絵はよれよれになっていた。

川沿いで会った女の顔を思い出しながら、年相応の似面絵に描き直したものの、ほくろや傷のない顔だから決め手に欠ける。

それでも出来上がった似面絵を古屋は喜んでくれ、懐紙に一朱を包んで寄こした。

「お代は結構でございます」

自らを「貧乏隠居」と呼び、宿ではなく長屋に滞在している古屋である。今井の知己《ちき》ということもあって、金をもらうのは気が引ける。

「それは困る。私に恥をかかせんでくれ」

「しかし……」

「まあそう遠慮せずに」

半ば押し付けられるように渡されて、受け取らざるを得なかった。

茶を飲み干して、古屋が腰を上げた。

「まだ陽が高いから、私はちょっと駒形堂まで行って来ますよ。ええと、新シ橋というのは和泉《いずみ》橋の次の橋でしたな？」

女を探して、律の通った道をたどってみようというのである。

「あの……よろしければご案内いたします」

せめてもの返礼にと、律は申し出た。

「ありがたいが、お律さんは帰って来たばかりではないか」

「しかし、訊ねて回るなら、古屋さんよりお律の方が町の者も気が楽でしょう」

律が応える前に今井が言った。

「そうだ、お律。浅草に行くなら、長谷屋でまた少し海苔を買って来ておくれ」

長谷屋には遠回りになるが、これも古屋への気遣いだろう。律が頷くと、古屋も「それなら」と恐縮しながら微笑んだ。

隠居で着流しとはいえ、脇差しを差している古屋と連れ立って歩くのは気を張るが、女を見失ったことにどこか無念を感じていた律である。

朔日とちょうど似たような頃合いだから、また女が通りかからぬかという期待もあった。

御用聞きでもないのに……

内心苦笑した律を振り返って、古屋は盆の窪へ手をやった。

「今井さんの言うとおりでな……描いてもらった似面絵を見せながら、心当たりを尋ね歩いているのだが、私はこの顔だし、町の者はなかなか打ち解けてくれぬのだ。お春《はる》が見つかったところで、今更なんだと言われるだろうし、いやはや、お律さんがついて来てくれたのは心強い」

「お春さん、と仰るのですね」

「うむ」

頷いて古屋は川沿いの桜を見上げた。

律もつられて見上げると、膨らんだつぼみの間にいくつももう開いた花がある。

桜とは違う意匠を探しての散歩でも、桜ばかりが目に入って困ったが、ありきたりでもなんでも――いや、毎年馴染んだ光景だからこそ、その美しさにほっとする。

「その名の通り春に生まれ、春が好きで……とりわけ花が好きで、まさに花が咲くように笑う女子で……おお、こりゃつまらんことを」

古屋のいう「花」は「桜」だ。

息子ばかりに執心していると思っていたから、女への想いも本物だったと知って少し嬉しくなった。

……でも、奥さまは？

上役の言いなりに身を固めたとしても、十年も一緒に暮らし、子までなしたのだから情がなくはないだろう。

朔日と同じ道のりをたどってみたが、そううまい偶然はなく、女の姿は見当たらなかった。

その代わりといってはなんだが、駒形堂の近くの店で訊いてみると、「見覚えがある」という者がいた。

笠屋の主で、笠を求めた女と隅田川堤の花の見頃などを話したという。

花の話と聞いて律も古屋も色めいたが、女は「さく」と名乗ったそうである。

「大年増だったが、それこそ花が咲くように品のいい笑顔でねぇ……」

主はそう言ったものの、名前違いにがっかりした古屋へ、店を離れてから律は言った。

「お名前は、変えているのやもしれませんよ」

「そうかね？」

「……家を出たのかもしれません。その……父無し子《ててなしご》を生んだとしたら……」

後ろ指を指されたり、親から勘当されたりということもありうる。

「そうか……」

それなら名を変えていてもおかしくないと、古屋も思い直したようである。春が以前住んでいたのは小石川《こいしかわ》――伝通院《でんづういん》の傍だったというから、浅草に住んでいるなら家を出たことは確かだろう。

四十路なら、子連れで後妻になっているということも……

ちらりとそんなことも頭をかすめたが、ほんの少しの手がかりに一喜一憂している古屋にはとても言えなかった。

古屋の滞在している長屋は元鳥越町だが、律が寄ろうとしている長谷屋は田原町で駒形堂からそう遠くない。

「私も少し長屋の皆へ土産にするか」と、古屋。「とはいえ、江戸者には浅草海苔なぞ、珍しくもないだろうが……」

貧乏隠居といってもそうかつかつではないらしい。長屋に滞在している分、旅費に余裕があるようだ。江戸へ来た一番の目的は息子探しでも、おそらく最後となるだろう江戸での暮らしを古屋は楽しんでいる。

「美味しい海苔はいつだって喜ばれます。先日だって、先生も長屋のみんなも美味しい、美味しいって喜んでくだすったんです」

「そうだな。あの今井さんがお遣いを頼んだほどだ。そんなに旨いのなら、家に土産にしてもよいな。海苔なら年寄りにも軽いものだ」

「おやめください、年寄りだなんて……先生よりお若いのに」

「だが、皆、私の方が年上だと勘違いするのだよ。お律さんもそうだったろう？」

苦笑した古屋に、律もようやく緊張がほぐれてきた。

田原町に入り、長谷屋が見えてきたところで、律ははっとした。

今日は笠をかぶっているが、先日と同じ男が長谷屋の店先を窺っている。

「どうかしたかね、お律さん？」

「あ、あの男の人なんですが……」

言いかけた矢先、店の中から大きな物音と、怒鳴り声が聞こえてきた。

「こら、弥吉！　何してやがる！」

「すみません！」

「危ねぇじゃねぇか！　気を付けろ！」

頰を張ったような音が続いて律は思わず足を速めた。

――と、律の行く手を遮るごとく、店を窺っていた男が駆け出し、笠を取って店先に叩きつける。

「てめぇこそ何しやがんでぇ！」

「なんだ、てめぇは！」

しばし遅れて律と古屋が店先に駆けつけると、既に取っ組み合いが始まっていた。

八

「年端のいかねぇ餓鬼をこき使いやがって！」

「こき使うたぁ、なんだ！　奉公人ならあたりめぇのことをさしてるだけだ！」

そう言って店主は男を蹴り飛ばしたが、口元が切れていることから男は既に店主を一発殴ったようである。

「弥吉ちゃん！」

呆然としている弥吉の元へ律は駆け寄った。

右の手のひらが切れて、血が滲み始めている。

辻斬りによって、やはり手のひらに傷を負った己の父親を思い出して、律は慌てた。

「弥吉ちゃん、血が――」

手ぬぐいを取り出した律の後ろで怒号が続く。

「血が出てんじゃねぇか！　この野郎！」

「この野郎たぁ、なんだ！　この野郎！」

再び男が組み付いて、主と二人、そのままもつれて店の外へと転がった。

若い手代がおろおろする横から、律の手を振りほどいて弥吉が走り出る。

「やめてください！」

取りなそうとしたところを二人に弾かれそうになり、弥吉はよろけた。

「弥吉ちゃん！」

「やめんか！」

律の叫びに古屋の一喝が重なった。

古屋を見やって男二人がぎょっとする。

古屋の左手は鞘を固く握りしめている。

「やめてください……旦那さん。為吉《ためきち》さんも」

震えた声で弥吉が言うと、二人はやっと互いから手を離した。

「為吉さん？」

律と主がつぶやくように問うと、応える代わりに小さく頷いて、弥吉は為吉に問うた。

「為吉さん、どうして……」

「どうしたもこうしたもねぇや」

鼻を鳴らし——しかし、ばつが悪そうに為吉は続けた。

「仕事が早く終わったから、ちょいと様子を見に来たのさ。そしたらてめぇ——こいつが、ああしろこうしろと、おめぇを小突き回してんじゃねぇか」

「そ、そんなことはありません」

「庇うこたねぇ。俺ぁちゃあんと見てたんだ。藪入りん時もその後も――やれ、あれを片付けろ、これはこっちだと、店仕舞いはお前に任して、客にへいこらしやがってよぅ……」

「違います。うちは住み込みは私だけで、店仕舞いが遅いから、通いの人は店仕舞いの前に帰ってしまうんです」

「だからといって、おめぇだけをこき使うってのは……大体、藪入りにも帰さねぇたぁ、いってぇどういう了見《りょうけん》なんでぇ！」

「そいつぁ、聞き捨てならねぇな！　帰って来んなと言ったのはそっちだろうが！」

「なんだと！」

「なんだと、じゃねぇ、莫迦野郎！」

「そりゃこっちの台詞だ、莫迦野郎！」

あわや再び……というところを、古屋が一睨みで止めた。

「……俺ぁ、帰って来んなとは一言も……」

顔を歪《ゆが》ませて、為吉が言った。

「嘘をついてまで、うちには帰りたくなかったのか？　そりゃうちは藪入りでもてぇしたことはしてやれねぇけどよぅ……お清もおこんも、おめぇの帰りをどんだけ楽しみにしていたか……遅ぇな、まだ戻って来ねぇなって、何度も木戸の外へ出てってよぅ。なんかあったんじゃねぇかって、二人があんまり心配するもんだから、浅草まで来てみりゃ、おめぇが一人くるくる働いてんじゃねぇか……」

こっそり呼びつけてみたが、「人手が足りなく忙しいので、またのちほど」と弥吉は急ぎ店に戻ってしまったという。

「仕事なら仕方ねぇと、女房子をなだめたが、それなら一体いつ会えるのかと、二人ともしょんぼりしちまって……」

清と妻のこんだけでなく、為吉自身も弥吉が気がかりだったのだろう。朔日と今日、仕事を早めに切り上げて様子を見に来たというのである。

「ご……ごめんなさい。おれ――私が――」

額を地面につけてひれ伏した弥吉へ、古屋が穏やかな声をかけた。

「まずは傷の手当てを。また喧嘩になっても困るから、話には私とお律さんが立ち会おう」

九

先ほどの大きな物音は、弥吉が木箱を落とした音だった。

店仕舞いを急ごうと無理して木箱を三ついっぺんに運ぼうとしたが上手くいかず、転んでしまった。商品を庇う形で転んだために、箱の角で手のひらを切ったという。

主――慎吾《しんご》というそうである――が頰を張ったのは、商品の心配からではなく、無理をして怪我した弥吉を戒めるためだったようだ。

傷は思ったよりずっと浅く、手当てを施した律はほっとした。

弥吉が長谷屋に奉公に出て一年になる。

昨年は正月を妹の清を引き取った為吉夫婦の長屋で過ごし、藪入りの後から長谷屋に勤め始めた。のちの藪入りの文月には為吉の長屋へ戻ったが、先月の藪入りは長谷屋で過ごした。

「弥吉が『店にいてもいいか』ってんで、『どうした？』って訊ねてみりゃあ、『帰って来んな』と言われたと……そうまで言われて帰せるもんか。ここらなら、藪入りでも客があるからよ。うちみてぇな小商いは稼げる時に稼いでおかねぇといけねぇ。いつもは倅と二人だが、弥吉がいるってんなら助かるやと、つい仕事を頼んじまった」

慎吾はそう言ってうなだれた。

その横で弥吉もうつむいたまま膝を握りしめている。

「帰りたくなかったんじゃないんです。でも帰ると……情けねぇんですが、なんだか清が羨ましくて……清を引き取ってもらっただけでありがてぇし、清におとっつぁん、おっかさんができたのは嬉しいんですが……やっぱりなんだか、俺だけ一人に思えて……それなら仕事に打ち込んだ方が、気も紛れるし、旦那に恩返しにもなると……」

「何、言ってんでぇ！」

為吉と慎吾の声がぴったり重なった。

顔を見合わせてから、再び揃って口を開く。

「清を引き取った時から、おめぇもうちの子だと思ってらぁ」

「ゆくゆくはお前を養子にしようと――」

「なんだと？　てめぇにはもう跡継ぎがいんだろうが！」

「てめぇこそ、奉公に出しといて今更、父親面すんじゃやねぇ！」

いがみ合ってから、どちらを選ぶのかと迫らんばかりに二人は弥吉を見つめた。

「弥吉……父親面ってんじゃねぇけどよ。俺は為吉、おめぇは弥吉と名前も似てらぁ。だから、はなから縁があると俺は思ってたのよ」と、為吉が言えば、

「それをいうなら、慎吉《しんきち》と弥吉が兄弟でもおかしくねぇや。なぁ、弥吉？　俺ぁこれからも二人が兄弟よろしく暮らしてくれたらと……」と、慎吾が言う。

慎吉というのは慎吾の息子で、律が手代だと思っていた男であった。威勢のいい父親と違って、色白で線の細い、二十歳そこそこの若者だ。

つまらぬ張り合いを始めた二人を、慎吉が横からおっとりと取りなした。

「おとっつぁん――為吉さんも……どちらも父親になりたいのなら、そうしたらよいではないですか」

「そうとも」と、古屋も頷いた。「よいではないか。父親が二人いても。二人とも弥吉を想う心に偽りはないようだし、何やら息も合うようだ」

「とんでもねぇです！」

またしても二人の声が重なった。

二人揃ってむっとすると、申し合わせたようにそっぽを向いた。

律と慎吉がこらえきれずに吹き出すと、ようやく弥吉も顔を和らげた。

笑いを収めると、慎吉は為吉の方を向いて居住まいを正した。

「うちは母が亡くなってから二人きりでして……私はこの通りなまっちろく、思うように身体が利きません。それで住み込みを一人雇おうと考えてたところへ、縁あって弥吉にきてもらいました。この一年、弥吉と一緒に暮らして、父と私がどれだけ励まされたか……勝手にもう弥吉はうちの者――息子や弟と思って暮らしておりました。店だけでなく、家のことも弥吉に助けてもらっているのは否めません。特に店仕舞いは、弥吉がきてから頼りっぱなしで……申し訳ありません」

丁寧に頭を下げた慎吉を見て、弥吉が慌てた。

「いいんです、慎吉さん。私は元気なのだけが取り柄なんだから。為吉さん、旦那さんも慎吉さんも、本当によくしてくれるんです。だからなんの心配もいらないんです」

「でもなぁ、弥吉」と、口を開いたのは慎吾の方だ。「親ってのはよぅ……なんにもなくても子を心配しちまうもんなのよ。だからよ……おめぇも藪入りくれぇは家に顔を出して、為吉さん――いや、おとっつぁん、おっかさんにお清と、みんなを安心さしてやんな」

慎吾が申し出て、弥吉は六日後──藪入りから一月後にあたる十六日に、為吉の家に一日戻ることとなった。

「そんなら、俺ぁもう帰りやす」

暇を告げて為吉が立ち上がった。

「早く帰って、かかあとお清におめぇが帰って来ると伝えてやりてぇ。二人とも飛び上がって喜ぶに違ぇねぇ。だがそれまでは……こっちのおとっつぁんと兄ちゃんの言うことをよく聞いて、怪我なんざしねぇようにするんだぜ？」

「はい」と、弥吉が頷くと、為吉と慎吾も遠慮がちに互いを見やった。

顔かたちは三人三様なのに、照れ臭げな表情はどれも同じだ。

古屋の長屋がある元鳥越町へ向かいながら、律は言った。

「慎吾さんと為吉さん、二人ともよいおとっつぁんになりそうですね。ありがとうございました。二人を後押ししてくだすって……」

「いやいや、此度のお手柄は慎吉だ。身体は弱いらしいが、しっかり者だよ。私の口出しはまあその……私欲の混じったもので、礼を言われるのは心苦しい」

父親として息子に受け入れてもらいたいという思いが、慎吾と為吉を援護した大きな理由なのは律にも判っていた。

しかし。

お春さんと息子さんが見つかったとして――もしも、息子さんが古屋さんの御子でなくとも――古屋さんは「父親」を名乗りたいのではないかしら？

それは亡くした妻子の「身代わり」ともいえるかもしれない。

ううん。

亡くなった奥さまこそ、お春さんの「身代わり」だったとも……

古屋の妻が気の毒だと思う反面、家の都合で娶った嫁なら仕方ないと、何やら意地悪な気持ちになってしまったのは、綾乃に嫉妬しているからだろう。

「三人とも顔かたちは似ておらぬが、よい親子になりそうだな。羨ましいことだ」

黙ってしまった律を気遣うごとく古屋が言った。

「ええ。……血がつながってなくても、ああして身内になれるんですね」

春が見つかったとして、古屋への想いが残っているかは五分五分だと思っている。息子を産んだというのも伝え聞いただけなのだ。

が、今は古屋を励ますつもりで律は頷いた。

「そうとも」と、古屋は微笑んだ。「夫婦なぞ、その最たるものだ」

「え？」

「そうだろう？　まったくの他人が一緒になって、一つの家を育んでゆくのだから……」

つぶやくように応えた古屋の低い声からは、亡き妻への愛情が充分に感じ取れた。

それはそれで喜ばしくも、どことなく妻に綾乃、春に己を重ねている律は、なんとも複雑な思いを持て余した。

十

六日後、律は大川端《おおかわばた》にいた。

大家の又兵衛、今井を始めとする長屋の皆と、花見に出て来たのである。

いくつか近隣の長屋の大家たちが申し合わせていて、慶太郎の幼馴染みである市助《いちすけ》や夕が律を見つけて駆け寄って来た。

「慶ちゃんのお饅頭、美味しかったです」

「うん、美味しかった――です」

夕と市助がそれぞれ目を細めたのは嬉しいが、慶太郎がいないのはやはり寂しかった。

「一石屋さんも、一緒にお花見できたらよかったんだけど……」

無理を承知で律がぼやくと、後からやって来た夕の母親もしんみりとして言った。

「うちも今年で最後です」

「じゃあ、お夕ちゃんも奉公に？」

「ええ。親類のつてで馬喰町の旅籠に……といっても、次の年明けからなんだけど、これも最後の花見、夏には最後の花火、秋には最後の紅葉《もみじ》狩り……もう、なんだか今から寂しくなっちまってねぇ……」

「やだわ、おっかさんたら。『今生の別れ』じゃないんだから」

習いたてらしい言葉を使って夕は笑い、市助や他の子供らに交じって遊び始める。

「まったくもう、親の心、子知らずですよ。ああ、お律さんはまだ子供はいないけど、慶ちゃんを奉公に出したのだから判るでしょう？」

「ええ、判ります」

慶太郎が己を想い慕ってくれる気持ちは折々に伝わってはいるのだが、奉公に出た時も、先日の藪入りの時も実にあっさりとしたものだった。男児だからと思っていたが、夕の様子からすると、年や立場が違うかららしい。

ふいに、年増となって三年経った己の年が意識された。

夕の母親が戻って行くと、傍らで話を聞いていた今井が苦笑した。

「まあ、お夕も慶太郎も奉公先が近いじゃないか。年に二度は会えるし、通りすがりに様子を窺うこともできる。これが朱引の外だとそうもいかない」

「それは判っているんですけど……」

「親の話じゃなくて子供らの話だよ」

「どういうことですか？」

「帰ろうと思えば帰れる家がそこにあるだけで、子供ってのは安心するもんだ。近いにこしたことはないが、遠く離れていても、想いを馳せる――帰ることのできる――親兄弟がいるというのは心強いと思わないか？」

「ええ……」

私が殊更寂しく思うのは、私には「帰れる家」がないからなのか……

家を出たことはないが、両親を亡くしている律である。親しい親類もいないから、いざという時は今井を頼るしかないが、いつまでそう甘えていられるか。

両親と兄を亡くした今井もまた、身寄りのない身であった。故郷を捨て、士分を捨て、江戸に長く暮らす今井だ。町の者には慕われていて、懇意にしている両替商もいるとはいえ、時にはもう帰れぬ家や帰らぬ人を想うことがあるのだろう。

しかしそれなら尚更、弥吉に親兄弟ができたのは喜ばしい。

長谷屋での一件を涼太に伝えたかったのだが、この六日間、涼太は茶のひとときに現れなかった。それどころか、ざっと見渡した限りでは花見にも来ていないようである。

店の都合で奉公人たちとの花見は別のことが多いが、町の花見には涼太一人でも毎年顔を出していて、不在なのは初めてだ。

店の苦境を考えれば、花見どころではないのやもしれない。

だが、弥吉のことをきっかけに先日の至らぬ振る舞いを謝りたかった律は、気落ちしたまま好きでもない酒を口に運んだ。

長屋の皆と雑談に興じながらも、時折、涼太の姿を探して辺りを見回す。

何度目かにそうした矢先に、見覚えのある姿が近付いて来るのが見えた。

涼太ではなく、壮一郎――井口屋の店主である。

さりげなく目を落としたものの、なんと此度は佐久ではなく、佐久の夫の茂助《もすけ》が呼んだ。

「壮一郎さん」

「こりゃ、茂助さん」

「井口屋さんもいらしてたとは……」

「絶好の日和《ひより》ですからなぁ……」

何やらわざとらしい挨拶が交わされたのち、佐久が茂助を小突くのが見えた。

「お、弟さんもご一緒で？」

先日香と言い合ったからか、今日は佐久は夫に任せようという魂胆《こんたん》らしい。

これまでの茂助はどちらかというと妻のお節介ぶりに呆れていたのだが、どう佐久に言い包《くる》められたのか、慣れない口調で壮一郎に話しかけた。

「いやそれが、店の者との花見は明日でして……今日のうちに済ませたい染め物があるから、町の花見は遠慮する、と。いやはや、付き合いの悪いやつで困ります」

「はあ、仕事で……そりゃ仕方ありませんなぁ」

それだけ応えて妻の顔を窺った茂助に業を煮やしたのか、佐久が早々に口を開く。

「仕事に熱心で何よりですよ。基二郎さんは店の者の信頼も篤《あつ》いですからねぇ。町の花見はともかく、店の人たちとの花見は外せませんからねぇ。それだけお店を大事にしてらっしゃるんでしょう」

基二郎がいないのにはほっとしたが、また縁談を蒸し返されるのかと困った律はちらりと勝の方を見やった。

が、勝は曖昧に頷いただけである。

勝の夫の甚太郎《じんたろう》や又兵衛、他の長屋の面々も同じく、頷いたり微笑んだりするので、律はうろたえた。これまでこの縁談に乗り気なのは佐久だけで、あとの皆はそれとなく涼太との仲を後押ししてくれていると思っていたのだ。

頼みの綱の今井は、知り合いを見つけて少し前に座を外していた。もしかしたら壮一郎は、それをも見計らって近付いて来たのやもしれなかった。

「まあ、近頃は雪永さんを筆頭に、洒落《しゃれ》た方々からの注文も多くて……店の役に立っておる分、裏の仕事場を少し広くしてやろうかと思っております」

「まあそりゃ羽振りのいいことで」

「――ですから、お律さんも、是非またいらしてください」

にこにこしながら壮一郎は律へ言った。

「あら、りっちゃん、井口屋さんにお邪魔してたのかい？」と、佐久もにっこりとする。

「あの」

「先月……染料を買いに行っただけです」

「そうだ。今度は茂助さん、お佐久さんもご一緒にいかがです？　お絹《きぬ》も――娘も二つになってようやく夜泣きがなくなりましてねぇ。人前でも大人しくできるようになりましたから、一つ会いに来てやってください」

「もちろんですよ、壮一郎さん」

「それならささやかですが、うちで宴を用意いたしましょう。――お律さん、雪永さんの注文で描いた着物は、うちの基が下染めをしたそうですね。宴では是非その話を聞かせてください。父も母も喜ぶでしょう。ああ、宴には雪永さんもお呼びしてみましょうか？」

宴と言いつつ、態《てい》のいい顔合わせである。

――りっちゃん、どうしてはっきり言わないの？――

「あ、あのっ」

香の台詞が思い出されて、勢い込んで律は言った。

「私は――私は遠慮いたします。基二郎さんのお嫁さんには、どうか他の方を……基二郎さんにはもう伝えてありますから」

「いやいや、そんなつもりは――」

壮一郎は手を振ったが、あからさまな断りに驚いたようである。

「……そうですか。それならお佐久さん、縁談はこれきりにしてください」

少し度胸がいったが、律にしてはきっぱりと言えた。

「でもね、りっちゃん。若旦那には縁談が二つも――」と、佐久が慌てて取りなす。

判っていた。

お節介ではなく、親切心から佐久は、再び――そして性急に基二郎を薦めてきたのだ。

青陽堂と涼太の様子から、今度こそ縁談を受けると踏んでのことだろう。その時になって律が傷つかないよう――律から他の男を選ぶよう仕向けるつもりだったのではなかろうか。

他の者も佐久と意を同じにしているようだが、思いやりだと判っていても、今は煩《わずら》わしさだけが先に立つ。

佐久を遮って律は言った。

「そういったお話でないのなら、宴はますます遠慮申し上げます。親しい方とお身内でお楽しみくださいますよう」

「お律さん、どうかそう頑《かたく》なにならずに……」

「頑なになど……そんなつもりはないと仰るのなら、この話は今日ここで、お仕舞いにしていただきとう存じます」

しっかり頭を下げて一礼すると、壮一郎と佐久が困った顔を見合わせる。

「りっちゃん……」

「なんともはや……」

後悔はしていないものの、せっかくの花見の座がしらけたことに変わりはない。

気まずい沈黙の中、律は立ち上がった。

「少し……悪酔いしたみたいです。先に戻りますから、皆さんはごゆっくり……」

そそくさと宴の席を離れて、律は一人で家路をたどった。

鬱々《うつうつ》していたところへ杯を重ねたものだから、悪酔いもあながち嘘ではなかった。

まだ八ツを少し過ぎたばかりで、天気も良いから、どの通りも賑やかなものだ。

それなのに一人で隠れるように歩いている己はみっともなく……惨めであった。

長屋の木戸が近くなると、青陽堂の前で手代と共に客を見送る六太が見えた。

店に戻る前に律に気付いた六太が、近寄って来て頭を下げる。

「もうお帰りですか？」

「ええ、ちょっと疲れが出たみたいで……」

涼太さんに会いたい——

そう思ったのが顔に出たのか、何も問わぬのに六太が言った。

「若旦那は昼から浅草に出向いておりまして……あと半刻《はんとき》もすれば戻る筈ですので、お律さんがお帰りだと伝えます」

「いえ、いいのよ。お忙しいでしょうから……」

気を利かせてくれたのだろうが、「浅草」と聞くとどうしても尾上を——綾乃との縁談を思い浮かべてしまう。

木戸をくぐって家に帰ると、誰もおらず、陽気もいいのに律は戸口を閉めた。

水瓶から茶碗に水を注いで一口含むも、生ぬるさに顔をしかめる。

汲み直して来ようと水瓶に手をかけたところへ、「ごめんくださいまし」と声がした。

「誰もいないようですよ」

「そんなの困るわ」

「良い日和だから、長屋のみんなで花見に出かけたんでしょうよ」

「お花見なんて……困ったわ。どうしましょう？」

「どうするもこうするもありませんよ。お留守なら、お類さんの言い付け通り、文を置いて帰るだけです」

「そんなの嫌よ」

千恵と杵であった。

「お千恵さん！」

急ぎ井戸端まで出てみると、千恵と杵が目を丸くする。

「お律さん、お花見は……？」

「つい先ほど、一足早く戻って来たところです。どうも飲み過ぎてしまったようで」

「そう、それはよかったわ」

手を叩いて千恵が喜ぶものだから、今度は律の方が面食らう。

「お千恵さん」

杵がたしなめると、千恵ははっとして頭を下げた。

「ごめんなさい……長居はしないから許してちょうだい。今日は私、お仕事で来たのよ」

「お仕事？」

「お仕事の話のお遣いよ。ちゃんと伝えて帰ったら、お姉さんが——ううん、女将さんがお駄賃をくれるのよ」

「さ、さようで……」

「ついて来るなと言われたんですが、そうもいきませんでしょう？　口出し無用だのなんだのと、ここへ来るまでに一刻《いっとき》はかかりました」と、横から杵が口を挟んだ。

「いいじゃないの。ちゃんとたどり着いたのだから……ええと、お着物よ、お律さん」

「えっ？」

「お着物を頼みたいってお姉さん——女将さんからの言伝です。ね？　お杵さん？」

「ええ。それで意匠は——」

「待って！　口出しはしない約束よ」

杵を軽く睨み付けてから、千恵は律に向き直る。

「意匠はお花……桜のお着物よ」

「桜——ですか？」

思わず問い返した律の手を取って、千恵は無邪気に微笑んだ。

「そうよ、桜よ。よかったわね、お律さん」

第三章　春愁

一

千恵の言伝通り、律は翌日、朝一番に池見屋を訪れた。

「なんでも桜の着物を注文してくださるとか……」

「そうだよ。よかったね、お律」

千恵と同じことを言いながら、千恵とは違うからかいを込めた笑みを類は漏らした。

「巾着絵は済ませたのかい？」

「いえ、まだ……」

じっくりいいものを――というのは言い訳で、期限が十日あることに甘えていた。

桜以外の意匠に迷っていたし、その上、何をしていても涼太のことばかり考えてしまって筆が進まなかった。

花見で涼太に会い、仲直りできれば、何か妙案でも浮かぶのではないかと期待していたものの、涼太には会えずじまいのままである。

「ふん」と、類は鼻で笑った。「そんなこったろうと思ったよ。昨日は花見に出てたんだってね。そりゃ、気晴らしにゆるりと花見して来いと言ったのは私だけどね。その顔じゃなんにも手をつけてないんだろう？　まったく呑気なもんだ」

　年に一度のことなのだから、類にあれこれ言われる筋合いはない。しかし、結句、気張らしにはならず、涼太も基二郎も仕事に励んでいたことを思うと、何も言い返せなかった。

「巾着絵の方はもういいから、着物にかかっとくれ。桜ならすぐに描けるだろう？　今日を入れて十日で頼むよ」

「と、十日？」

　思わず声が高くなる。

　千恵の着物に二月半もかかったのは、なかなか意匠が決まらなかったからだ。だが花は桜としても、好みは千差万別である。

まずは客に会って、好みを伺い、意匠を煮詰め、下染めをして……となると、十日ではとても難しい。

「そうだ。弥生の朔日には納める約束だからね」

「そんな無茶な」

「そうでもないさ。意匠はこちらに任せると言われてる。桜であればなんでもいいそうだから、お前が好きに描けばいい。花は決まってるけど、好きに描いていいなんて、絵師には嬉しい話じゃないか。あの雪華の着物だって三日で仕上げたんだろう？　今日にでも意匠を決めて、明日にでも下染めを頼みに行くんだね。そうすりゃ五日は上絵に費やせる」

「しかし……」

「出来合いではなく、そこそこいい物を、できるだけ安く、早く。それが向こうさんの注文なんだ」

できるだけ安く、早く――

投げやりな注文に律はつい顔をしかめた。

「不満かい？　ならこの仕事は竜吉に回すとするよ。なんであろうと、いつであろうと引き受ける、どんな仕事でもいいから寄越してくれ、と言われてるからね」

こともなげに言われて、律は慌てた。

「ま、待ってください。もちろんお受けします」

「そうかい？」

「はい。早速お話を伺ってきますので、お客さまの居所を教えてください」

「お前は何を聞いてたんだい？　そんな暇はないんだよ。桜ならなんだっていいんだ。向こうさんの手間を取らせるなんてとんでもない」

「で、でも好みがありますから、せめて着る方のお年頃やお人柄を知りたく……」

「歳は二十一だったか二だったか……日本橋の高城屋《たかぎや》って乾物屋の娘で、名前は貴《たか》。注文主も店に来たのもその娘だよ。うちに来た時は袷《あわせ》は砂色《すないろ》のみと地味だったけど、帯は鳶色《とびいろ》が地色の唐織《からおり》だった」

それだけでは大した手がかりにならぬと思ったが、「お帰りだよ」と類が手を叩いて手代を呼んだので、律は仕方なく立ち上がった。

日本橋の高城屋……

池見屋を出ると、律は御成街道をまっすぐ、神田川の南へ――日本橋へと急いだ。

二

日本橋の番屋で「乾物屋の高城屋」を教えてもらって歩いて行くと、見覚えのある一画にたどり着いた。

二十日ほど前に太郎に案内されて、玄昭堂を訪ねた通りだ。

玄昭堂を横目に通り過ぎ、更に半町ほど進んだところに高城屋はあった。

遠目からでも貴という娘が見えないかと窺ったが、店にいるのは奉公人らしき男たちだけだ。嫁ぐ前の香でさえ、店先にいることはまずなかったのだから仕方ない。

客の手間を取らせるなと類に釘を刺された手前、店の者に訊ねる訳にはいかなかった。

斜め向かいの塗物屋の表に出ていた丁稚らしき少年に貴のことを訊ねてみるも、「二十歳ほどのお優しい方です」と、大した手がかりにならない。

更に背格好や身なりなどを訊ねようとした矢先、「無駄話はおよしなさい」と、横からたしなめる声がした。

「すみません」

少年と律が同時に謝ると、手代と思しき男は愛想笑いを浮かべながらも、探るような目で律を見た。

「塗物をお探しで？」

「あ、いえ……」

とっさの機転も利かずに、律はただ小さく頭を下げてその場を離れた。

池見屋に行ったから着物はよそ行きだが、律の着物など高が知れている。塗物を買う金など持ち合わせていないし、日本橋に勤める者なら冷やかしかどうか見極める目を持っていよう。冷やかしでさえない律は、手代にはさぞ胡散臭い女に見えただろう。

意匠は任せると言われていても、どうせ描くなら着る者に似合った上絵を入れたい。

そう思って日本橋まで出て来たものの、これでは限られた時間を無駄にするばかりだと律は踵を返した。

再び玄昭堂の前に差しかかり、何気なく暖簾の向こうへ目をやると、見覚えのある顔が見えて律は足を止めた。

おそらく源之助――青陽堂を裏切った手代と思われる。

青陽堂から暇を出されて、早速《さっそく》、玄昭堂へ移ったのだろう。律にしてみればこれだけでも裏切りは明らかなのだが、混ぜ物の「証拠」にはならぬのが悔しい限りだ。

視線に気付いた源之助がこちらを見たが、すぐに目をそらした。

腹立たしい気持ちで律も歩き出したが、日本橋を渡る手前の袂で名前を呼ばれた。

「お律さん……お律さん、ちょっとお待ちを」

振り向くとやはり見覚えのある顔であったが、源之助ではなかった。

「あなたは……」

「豊吉です。その……青陽堂に勤めていた……」

丁寧に頭を下げた豊吉は玄昭堂の前掛けをしている。

「……豊吉さんも、玄昭堂にお勤めなんですか？」

やや鼻白んで問うと、ばつの悪い顔をして豊吉は頷いた。

「その……家には帰れませんので、致し方なく……」

人通りの多い袂を離れて、少し空いたところへ豊吉は律をうながした。

「先ほどお律さんをお見かけして、追いかけて来たんです。若旦那に——青陽堂にお伝えして欲しいことがありまして……」

「青陽堂に？」

「はい」と、豊吉は神妙に頷いた。

豊吉の声や目、仕草は、少なくとも律には嘘がないように見える。

声を潜めて豊吉は言った。

「堺屋から若旦那に縁談があったと思うんですが……」

「堺屋？」

尾上の間違いではないかと一瞬思ったものの、昨日の佐久の台詞を思い出した。

――でもね、りっちゃん。若旦那には縁談が二つも――

頭に血が上っていたからうっかり聞き逃してしまっていたが、佐久を始めとする長屋の者たちはこの堺屋とやらからの縁談も知っていたのだろう。

「若旦那は、お律さんには言わずに、内々に済ませようとしているんでしょう。おそらくお断りになるかと思いますが、念のためにお伝えしたく……堺屋の娘は玄昭堂の旦那の姪っこです。もしもこの縁談がまとまったら、姪っこを通じてゆくゆくは青陽堂を乗っ取ろうって魂胆なのです」

「そんな……」

「お律さんに余計なことを言ったと、若旦那はお怒りになるでしょうね。しかし、万が一にも青陽堂が堺屋の口車に乗らぬように、どうかお知らせ願いたいのです。直にお伺いしようかとも考えたのですが、なかなか川北まで足を伸ばすことは叶わずにおりました。店では何やら逐一見張られておりますし、届け物には出してもらえません。私が青陽堂にしたことを思えば当然ですが……」

「もう一人の——源之助さんという手代にそそのかされたと聞きました」

「ええ。しかし甘言《かんげん》に乗ったのは私ですから。裏切りは裏切りです。今まで散々お世話になっておきながら……私が……愚かだったんです」

縁談よりも、本当はこれを伝えたかったのではないかと律は思った。

表向きは「家の都合で暇をもらった」ことになっているし、源之助と違って反論もせずに始末を受け入れた豊吉は、礼も詫びも充分に伝えられぬまま店を去ったのではなかろうか。

「……玄昭堂はいかがですか？」

「給金は悪くないですが、それだけです。私も源之助も、ただの新参者じゃありませんからね。なかなか打ち解けられないのは仕方ありませんが、源之助は店の処遇にいろいろ不満があるようです」

「そうですか……」

源之助はもとより、今となっては豊吉にも手放しには同情できない。

曖昧に相槌を打った律へ、察したように豊吉は急いで言った。

「では私はこれで戻ります。腹の具合がよくないから、厠に行くと嘘をついて出て来たものですから……」

律の応えを待たずに一礼すると、豊吉は足早に玄昭堂へと戻って行った。

律も踵を返し、人混みに紛れてゆっくりと日本橋を渡る。

袂や通りの賑わいにやや疲れを覚えて、一休みしたくなったものの、無駄使いは禁物だと己を戒める。

――と、またもや「お律さん、ちょっとお待ちを」と声がした。

振り向けど、誰が呼んだのか判らず戸惑っていると、笠をかぶった男が近付いて来た。

「太郎さん」

充分近付いてから笠を少し上げた男は、火盗改の密偵・太郎であった。

「急に呼び止めちまってすみません。橋の向こうでお見かけしたんですが、何やら話し込んでらしたんで、こっち側の方が話しやすいかと」

「見ていらしたんですか？」

「あいつともう一人――前に俺が見かけたやつは、あっちの店に移ったようで」

近頃よく日本橋に出入りしているという太郎は、玄昭堂を気にかけていたようだ。

「お律さんとつなぎを取ってるってことは、あいつは青陽堂の間者《かんじゃ》なんで？」

「まさか」と、律は苦笑した。「あの二人は青陽堂からお暇を出されたんです」

それだけで太郎には通じたようだ。

「でもさっきの人は青陽堂を裏切ったことを悔いていて……それでお店へのお詫びを私に言付けたかったそうなんです。玄昭堂では何やら見張られているようで」

「そりゃそうだ」と、太郎は頷いた。「悔いていようがいまいが、裏切りは裏切りだ。やっちまった悪事は消えねぇし、そう容易く信じてもらおうってのは虫がよ過ぎらぁ」

太郎自身に言い聞かせているような台詞である。

「それにしても、太郎さんが見聞きしていたなんて、ちっとも気付かなかったわ」

「そう見つかってばかりだと、御役御免になっちまいます」

今度は太郎が苦笑して付け足した。

「先だってのことも小倉さまにお叱りを受けました。ほら、浅草でお律さんにうっかり見つかっちまって、お巾の面を確かめてもらった時のことです」

「あれはたまさかです。滅多にないことですよ」

「はぁしかし、俺が変な芝居に巻き込んじまったせいで、お律さんとお許婚《いいなずけ》に大変なご迷惑をおかけしたそうで、今日はそのお詫びを言いたく……」

「お、お許婚？」

驚いて問い返した律へ、太郎は無邪気に微笑んだ。

「へぇ……五日ばかり前でしたかね、俺が小倉さまのお屋敷につなぎに行ったら、広瀬さまがいらして、ちょうどいい、話がある、と呼びつけられまして。お律さんに余計なことをさせるな、お許婚との喧嘩の元になったらどうする、と」

呉服屋での話を聞いて、律と涼太の間に横たわっていた気まずさとその原因を、保次郎はすぐに推察したのだろう。

それにしても「許婚」なんて——

気持ちを見抜かれているのは知っていたが、まさかそのように公言されていたとは思わず律はうろたえた。

一月前なら驚きつつも喜べただろう。だが今は——二つ目の縁談を聞いたばかりということもあり——嬉しさよりも「破談」の不安が先走って困るばかりだ。

「そんな大層なことでは……お叱りを受けただなんて、私こそ、余計なことを広瀬さまにお話ししてしまいました」

「お叱りったって、こっちもそう大層なことじゃなかったんでさ。話のついでに広瀬さまには旨い茶を馳走になりやして……しかしお詫びは別ですや。何か、俺に出来ることありやせんかね？　金は融通できやせんが、遣い走りでもなんでもいたします」

「いいんですよ、そんな」

言ってからふと思いついた。

「ああでも、もしも——」

今日明日に時が許せば、高城屋の娘を見てきてもらえないかと、律は切り出した。

「高城屋の娘の貴ですね。お安い御用で。ちょうど今日は夜まで暇なんで……ああ、ちと字を書いてもらえやすかね？」

店と娘の名を矢立で紙に記すと、太郎は恭《うやうや》しく受け取った。

「じゃあ、明日にでも長屋にお伺いしやすんで」

「無理はしないでくださいね」

盗人だったとは到底思えぬ人懐こい笑みを漏らすと、太郎は日本橋を折り返して行った。

三

翌日の昼過ぎ、太郎は今井と共に長屋にやって来た。

「ちょうど木戸の外で居合わせてね。何やらお律に用事らしいな。よかったら、うちで一休みしないか？」

太郎と二人きりにならぬよう気遣ってくれたようである。

「お貴さんは三人兄弟の真ん中で、上に兄貴、下に弟がおりやす。背丈は五尺四寸ほど。やや面長《おもなが》で、眉毛はしゅっと、目元はきりっとで、ちょいと強《こわ》い顔立ちなんだが、笑うと真っ白な歯が眩しくて……姐御《あねご》というにゃあ貫禄が足りねぇが、気っ風のよさげな女子でした」

湯が沸くのを待つ合間に、早速似面絵をしたためる。

どこからか帰宅した貴を一目見ただけらしく、細かな造作は判らないが、眉や目、唇の形で大体の顔かたちをつかむことができた。

「着物は？　どんな着物をお召しになっていましたか？」

「ええと確か、先生の着物に似た緑色で……帯は鼠色《ねずみ》、そうそう、こいつもなんだか先生の帯のような……そんな色でした」

今日の今井の着物は柳色で、春らしいといえば春らしいが、年頃の娘が着るには地味な色である。帯は江戸鼠《えどねず》で、粋な色とされているものの、柳色と組み合わせると、娘らしい華やかさからはほど遠い。

「こんなことを言うのはなんだが、何やら爺臭い娘だなぁ」と、今井が苦笑する。

「そうなんでさぁ。俺もおんなしことを思って――おっと、いけねぇ。先生のことじゃあ、ありやせんぜ」

盆の窪に手をやった太郎と今井は笑い合った。

「……ああそれから、お貴さんはかねてからの輿入《こしい》れが決まったそうで、今は支度に忙しいそうです」

「輿入れというと、どちらへ？」

「伊豆《いず》だったか駿河《するが》だったか……すいやせん、近くの店の者に訊いたんですが、そいつもうろ覚えでして」

うろ覚えは仕方ないとして、どこか近隣の店にでも嫁ぐのかと思っていたから、伊豆だの駿河だの朱引の外だということが驚きだ。

「それで弥生の始めには江戸を発つとか」

だから着物を急いでいるのか――

しかし、嫁入り道具として持たせるのなら、尚更いい着物に――貴に喜んでもらえる着物に仕上げたい。

朝からあれこれ意匠に迷っていた律だが、話を聞いてますます焦りを覚えた。

律の胸中とは裏腹に、茶を含んだ太郎は目を細めて喜んだ。

「旨《うめ》ぇなぁ……茶なんて俺ぁこれまで、出がらししか飲んだことがなくてよぅ――なかったもんで」

わざわざ言い直した太郎へ、今井が微笑んだ。

「小倉さんもお茶好きだからね」

「そうなんです。先日は広瀬さまと一緒に相伴にあずかりやしてねぇ……ああ、つい長居しちまいやして。もう帰りやすから」

「長居なんてとんでもない。まだいらしたばかりじゃありませんか。それも私の頼みごとでわざわざ長屋まで足を運んでもらって」

「しかしですね、お律さん、あんなのは屁《へ》の河童《かっぱ》……ああいや、これぞ、お茶の子さいさいってなもんでさぁ。あれだけじゃお詫びになりやせんし、旨い茶の礼もありやすし、他に何か御用があれば……」

「いいんですよ。もう充分してもらいましたから。それにお茶は先生のお茶ですもの」

「なら先生、何か用向きがあれば是非」

「たかだか一杯の茶で大げさだ。……しかしおぬしを見込んで一つ、暇があればでよいから頼みたいことがある。手間賃はきちんと払うよ」

「暇つぶしなら手間賃なんざいらねぇです。いってぇ、なんなんで？」

「一人、女の行方を探して欲しいのだ」

春のことであった。

古屋もいよいよ後一月——弥生末日を待たずして江戸を発つという。

「今なら多少の手がかりもあるし……」

神田川沿いでそれらしき女を見たこと、駒形堂の近くの店では「さく」と名乗っていたらしいということを律が言うと、太郎は頷きながら胸を叩いた。

「合点でさ。浅草には近頃よく出入りしてるんでちょうどいい。あの女盗賊のお巾とその一味が、日本橋と浅草を行ったり来たりしてやがるんで」

もともと日本橋から浅草への道中で相生町に寄ったらしい。

春の似面絵を新たに一枚描いて渡すと、太郎は早速浅草へ向かうべく長屋を出て行った。

茶を飲み干すと、律も家に戻って再び下描き中の紙と向き合った。

今から着物を仕立てても、ここらの花見には手遅れだ。飛鳥山《あすかやま》なら弥生の頭でも間に合いそうだが、嫁入り道具の一つとしたら、江戸での花見を偲《しの》ぶためではなかろうか……

江戸の桜といえば隅田川堤、寛永寺《かんえいじ》などが有名だが、川と桜、寺と桜ではなんとも野暮ったい。

屏風絵じゃあるまいし――

「桜」ならなんでもいいとは言われているが、いざ下描きを始めてみると、そう好き勝手には描けないことに気付いた。思い切って己の好きな桜にしようと筆を取っても、つい類の言葉を思い出してしまって手が止まってしまうのだ。

――作り手がいて、売り手がいて、買い手がいる。たとえ巾着絵一枚だってお前一人の物じゃあないんだ――

安く、早く、などと投げやりな注文であっても、代金をもらう以上、客には喜んでもらいたい。また、注文してよかったと、客にも類にも言わせてみたいという意地もあった。

姐御肌の気っ風のよい娘なら、意匠ははっきりしている方がよいだろうか？

だが類や太郎が見た着物の色合いからして、派手な色は避けた方がよいようにも思える。

地味な――例えば男勝りの――女なら、着物に華やかさを求めてはいまい。

しかし、となると、そもそも「桜」が似合わぬように思えて溜息が出る。

十枚ほど描いてみたが、どれもこれもしっくりこない。

雪華の着物は三日で仕上げた。

染料作りから始めて、基二郎が下染めに費やしたのは四日間。

出来合いの染料を使うとしても、今日明日に意匠を決めてしまわねば八日後の期日に間に合わせるのは難しい。

新たな焦りを覚えたところへ七ツの鐘が聞こえてきた。

ちょうど喉の渇きを覚えたところである。

今日も涼太さんは来なかった……

筆を置いて、棚の茶筒をぼんやり見つめていると、二つの足音が近付いて来た。

四

「お律。先生」

呼びかけたのは保次郎だが、連れ立って来たもう一つの足音には覚えがない。

返事をして引き戸を開けると、保次郎とその後ろに老爺《ろうや》の姿が見えた。

「よかった、お律が家にいて。ああ、もちろん先生も……邪魔をしてもよいですかな？」

「もちろんです」

隣りの引き戸から同じように顔を覗かせた今井が、にこやかに保次郎たちを招き入れる。

筆を取りに律が一旦引っ込むと、また一つ違う足音が耳に届く。

涼太さん――

急ぎ律は表に戻ったが、涼太は何やら曖昧に頷いただけで今井の家を覗いた。

「先生――ああ、お客さまでしたか。それなら私は明日にでも出直して……」

「涼太、ちょうどいい」と、今井に代わって保次郎が応えた。「急いでないなら、茶を淹れてくれぬか？」

「お安い御用で」

土間で湯を沸かし始めた涼太の隣りで草履《ぞうり》を揃えて、律は今井宅に上がり込んだ。

「こちらは正三《しょうぞう》さん」

「諏訪町で大家をしております」

腰が曲がっている正三は、律の大家の又兵衛より十歳は年上に見える。

「正三さんの長屋に一人困った店子《たなこ》がおるのだ。その者の叔父を探すのに、お律に似面絵を頼みたい」

店子の名は康太郎《こうたろう》で、今年で二十四歳と、涼太と同い年だという。

「十二になって一度奉公に出たのだが、五年ほどで店が潰れて家に戻ってきたそうだ。それからは通いであちこちで勤めてみたがどこも長続きせず、この四年ほどは仕事はせずに母親に小遣いをせびって暮らしていた」

「なんとまあ、いい若い者が」

今井が言うと、正三が悲しげに頷いた。

「母親の方は蕎麦《そば》屋と旅籠の二軒を行ったり来たりして、朝から晩まで働いておったというのに……苦労が祟《たた》ったのか、師走に亡くなりました。疲れた、少し横になりたい、と言って、それきりでした」

「それはまた……」と、律も今井と共に眉をひそめる。

「稼ぐ端《はし》から息子にむしり取られて、これといった財もなく――正三さんを始めとする長屋の者はこぞって康太郎に働くように勧めたのだが、こやつは聞く耳を持たず……家財道具は一通り売り飛ばしてしまい、他に金の当てがなくなって、近頃は長屋の者からこまごまと盗みを働くようになってしまったようなのだ」

「……働き口が見つかるまで食べ物くらいは、と朝夕は皆で世話しておりましたが、遊ぶ金までは面倒みきれません。盗みの尻尾がつかめていないので皆、我慢しておりますが、このままでは遅かれ早かれ、お上の世話になってしまいます。しかし長屋の――私の不行き届きを問われますのは、こちらも業腹《ごうはら》でして……四十九日も過ぎましたし、長屋ではもう充分義は尽くしたと思っております」

それで康太郎を長屋から追い出したいのだが、ただ放り出す訳にはいかない。

父親とは死別したそうだが、幸い、母親には弟――康太郎にとっての叔父がいるそうだ。

「麻太郎《あさたろう》さんといって、芝の方に住んでいる筈なんですが……」

「筈、と仰るのは？」

上がりかまちに座って、火加減を見ている涼太が問うた。

「麻太郎さんに会ったのはもう五、六年は前なんです。康太郎のことで母親の――ああ、麻太郎さんからすると姉にあたるお作《さく》さんと喧嘩になって……それきりお作さんも会わずじまいで、亡くなったことも知らせることができずに、もう二月になろうとしてます」

「お作さん……」

思わずつぶやいた律を涼太が見やった。

「なんだ、お律、心当たりがあるのか？」

「いえ……」

春に似た女が「さく」と名乗ったのを思い出しただけである。父親は死別したと嘘をついたとしても、息子の歳がまったく合わないし、この長屋にも佐久がいるように「さく」という名前は珍しくない。

「とにかくその叔父を探し出し、康太郎を引き取るよう説得したいのだが、長屋の者が麻太郎を目にしたのはほんの幾度か。皆、顔はうろ覚えでな。一番覚えているのが正三さんなのだが、芝まで探しに行くのは大変だ。探すのは長屋の者たちが手分けするとして――」

「それで似面絵を」

合点して律は筆を取り上げた。

正三から麻太郎の顔かたちを訊き出し、目や鼻、唇などをいくつか描く。

涼太が茶を振る舞う間に、律はそれぞれの部位を組み合わせて似面絵を二枚描いた。
五、六年前に三十代半ばだったという麻太郎は、細面《ほそおもて》で大人しそうな顔立ちなのに、口元を結んでむっとしているのは、正三が最後に見た通りを描いたからだ。
「こりゃこりゃ……」

出来に驚く正三に、保次郎が頷いてみせる。

「しばらく探してみて、駄目なようなら致し方ない。町《ちょう》役人と相談して、穏便に済ませる手立てを何か考えようではないか」

「広瀬さま……まこと、ありがとうございます。お非番なのに、うちのこんなつまらない、いざこざに尽力してくださるとは……」

「なんのこれしき。小さな揉め事が大事《おおごと》にならぬうちに、なんとかするのも私の役目ゆえ」

「お律さんもありがとうございました」

保次郎に言われていたらしく、正三が懐紙に包んだものを出しながら言った。

「先生も……それから涼太さんと言いましたかな？　その前掛けからして表店の者ですな」

「はい」

「葉茶屋にお勤めなだけありますなぁ。今まで一番旨い茶じゃったよ。こりゃ何か、すごくお高い茶なのかね？」

「上物《じょうもの》ではありますが、並外れて高価な茶ではありません」

「ほう……今日は持ち合わせがないんじゃが、近々息子を遣いにやりますで、ちと覚え書きをもらってもよいかねぇ？」

「お安い御用です。お律さん、ちょいと筆を貸してください」

律の渡した筆で、涼太はさらさらと茶の名前を書き損じの紙に記した。

近くの茶屋に長屋の者を一人待たせていたそうで、似面絵と覚え書きを丸めると、正三は恐縮しながら帰って行った。

「……広瀬さま、お非番だというのにお役目ご苦労さまでございます」

「涼太、皮肉はいらぬから、もう一杯茶を淹れてくれ」

「皮肉なんてとんでもねぇです。物事は大事になってからじゃ遅いですからね。立派なお心がけですや。ねぇ、先生？」

「ああ。本当に頼りになる同心さまだ」

「先生まで、からかうのはよしてくださいよ」

「からかってなんかいやしませんよ。なぁ、お律？」

「ええ、もう、本当にご立派になられて……」

照れた保次郎は困った顔をしたが、今井と共に微笑んだ涼太の顔を見て、律もようやく気持ちがほぐれてきた。

涼太に会うのは十日ぶりだ。

涼太まで基二郎を薦めるようなことを言うのが悲しくなって、つんけんしたまま別れて以来であるが、今更謝るのはおかしな気がした。しかも今井と保次郎の前である。

そもそも、涼太さんがあんなことを言うから……

井口屋に嫁げば仕事場の心配はいらないし、染料も使い放題。店を気遣うこともなく、気楽に仕事に打ち込める。

涼太が言った通り、それは「ほんとのこと」には違いない。しかし何やら嫌みめいた言い方は、ちっとも涼太らしくなかった。

気を取り直して、律は花見の時に話せなかった長谷屋での顚末を語った。

「そんなら俺も今度、近くを通ったら覗いてくらぁ」

想像通りに涼太が喜んでくれたのは嬉しいが、涼太が長谷屋を訪ねるとしたら、浅草への届け物――つまり尾上への行き帰りではなかろうか。

もう……

己に嫌気が差して律は内心つぶやいた。

私ったら、なんでもかんでも綾乃さんにくっつけて……

綾乃を思い出すと、自ずと昨日、豊吉から告げられたもう一つの縁談が頭をよぎる。

堺屋とやらとの縁談と豊吉の言葉を伝えたかったが、これもまた「店への口出し」にならぬだろうかと律は迷った。

その場にはいなかったが、律の花見の席での啖呵《たんか》――というほどでもないが――を今井は聞き及んでいる筈である。だが今井は翌日律に具合を訊ねただけで、縁談については一言も口にしなかった。

――先生もきっと、堺屋からも縁談があることを知っていたんだわ。

私一人だけ、なんにも知らなかった。

尾上との縁談だって、たまたま耳にしただけで……

ちらりと保次郎を窺ってしまったのは、太郎に漏らした「許婚」という言葉にすがりたくなったからだろう。しかし保次郎は涼太同様、弥吉の果報に嬉しげだ。

「お律？　他にも何か？」

「いいえ、なんにも」

こちらを見やった涼太に短く応えたところへ、表から六太の声がした。

「若旦那、女将さんが店仕舞いの前にご用があるそうで……」

「ああ、もう帰るところだ。すまねぇ、お律。片付けを頼んでいいか？」

「ええ、もちろん」

こちらを覗いた六太がうつむいた。

「どうした、六太？」

「いえ、その……古屋さまがいらしているかと思ったので」

「古屋さま……？」

怪訝《けげん》な顔をした涼太の声に、駆けて来る足音が重なった。

「若旦那！　六太さん！」

たまに見かける、慶太郎と変わらぬ年頃の丁稚である。

「新助《しんすけ》、何ごとだ？」

「あ、あのっ」

保次郎を見て、新助という丁稚は慌てて深く頭を下げた。

「あのっ……諏訪町からお遣いの人が来て——来まして、六太さんのおっかさんが」

さっと六太の顔色が変わった。

「あ、その……お母さまが、危ないと……」

尻すぼみになって新助は目を潤《うる》ませた。

五

新助と六太を伴って、涼太は急ぎ長屋の木戸を出た。

佐和が遣いと思しき男と共に店の前で待っていた。

「六太、このまますぐに行きなさい。追って荷を届けさせます」

有無《うむ》を言わせず、佐和は六太をうながした。

「女将さん、ありがとうございます」

頭を下げた男は諏訪町の長屋で見かけたことがある。

「ありがとうございます」

急ぎ同じように頭を下げた六太の肩に触れて、佐和は言った。

「いいから、早く行きなさい」

六太が男と連れ立って行ってしまうと、佐和がこちらへ向き直って言った。

「新助は店仕舞いの支度を始めなさい。涼太は奥に行って、恵蔵に六太の身の回りの物をまとめるように——ああ恵蔵、ちょうどよいところへ」

振り向くと、話を聞きつけたらしい恵蔵が急ぎ近付いて来る。

源之助と豊吉が店を去ってから、六太は恵蔵の下で手代見習いとなっていた。

「お路さん——六太の母親が危篤《きとく》だそうです。六太は遣いの者と帰しましたが、お前も後を追いなさい。六太の着替えを急ぎまとめて、座敷に来なさい」

「はい。女将さん」

すぐに心得て恵蔵は踵を返した。

「諏訪町なら私が出向きます」

「涼太。お前が行けば、向こうに余計な気を遣わせてしまいます。六太の世話は恵蔵がしているのだから、恵蔵が出向くのが一番です。お前もお見舞いと提灯《ちょうちん》の用意をして座敷に来るように。——新助、お前はちょっと裏で顔を洗っておいで」

袖で涙目を拭こうとした新助の手をやんわり取って、懐から出した手ぬぐいを握らせると、涼太は新助をうながして裏口へ回った。

新助はまだ十二歳で、慶太郎よりは一歳年上だが、年に二度の藪入りを心待ちにしている子供だ。親兄弟と仲が良いから、母親が危篤と聞いて六太よりも衝撃を受けたようである。

当の六太も驚いてはいたが、どこか覚悟した目をしていて涙は見せなかった。

束の間悩んで、見舞金として一分を包んだ。先日も一分渡してあるが、あれはもともと表だったものではない。一分でも多いと言われるかもしれないと思ったものの、金額を告げると佐和はただ頷いた。

茶ともらい物の干し柿を包んで、提灯や見舞金と合わせて恵蔵に持たせた。

店仕舞いを始めようと、涼太も恵蔵の後を追って腰を上げたが佐和が呼び止めた。

「待ちなさい。縁談二つ——考えてみましたか？」

用がある、と六太を長屋へ寄越した佐和だったが、まさか縁談のこととは思わなかった。

「その、それは多少は……」

「ではまだ決心してはいないのですね？」

「そりゃ——それはあの、女将さんがじっくり考えてよいと……」

「しかしお話をいただいてから、もう半月経ちますからね。そろそろ店として、なんらかの返事をせねばなりません」

どちらもお断りしてください——

そう言いたいのに、言えずに涼太は目を落とした。

堺屋は断ろうと決めている。

玄昭堂を乗っ取ることができれば、商売は倍以上となる。が、そう簡単にはゆかぬだろうし、うまくいったところで、一度は店を陥れようとした者たちと、肚を探り合いながら仕事をすることになる。何よりそのために見知らぬ女を娶るのは論外だ。

堺屋を断れば、紹介元の料亭・宮浜を失うだろうが、日本橋はもともと玄昭堂が幅を利かせているから諦めがつく。

しかし堺屋を断った時点で、自ずと尾上との話がまとまりそうなのが涼太には怖い。

己がはっきりすればよいだけだと思いつつ、そうできない自分に落胆している。

これ以上客を失って、店が立ちゆくのかどうか……

黙り込んだ涼太へ佐和が言った。

「……源之助と豊吉のことは私の落ち度です。勘兵衛の言い草じゃありませんが、甘えていたのでしょうね。皆や、お前にも……」

溜息を飲み込んで佐和は続ける。

「とはいえ、お前に全ての始末を押し付ける気はありません。盛り返すのに今ひとときかかるでしょうが、せめて先代から受け継いだものに劣らぬものをお前に渡せるよう、力を尽くします。だからお前は目先のことにとらわれずに、もっと先を見据えて伴侶を選びなさい」

それだけ言うと、佐和の方が先に座敷を出て行った。

慌ただしく店仕舞いを終え、夕餉を食したのちに、恵蔵が戻って来た。

路の具合はよくないが、痛みは少し治まったようだ。しかし、今日明日でなくとも、もう半月と持たぬだろうというのが医者の見立てらしい。

佐和は湯屋に行き、勘兵衛は帳簿をまとめている。

女中に一人分の膳を持って来させて、涼太は座敷で恵蔵と向き合った。

「六太も帰ると言いやしたが、とんでもねぇと止めてきました」

二人きりだからか、やや伝法《でんぽう》な口調になって恵蔵が言った。

「なんでまた……」

「店が大変な時だから、と。だが、そいつは言い訳で、あいつもつれぇんでしょう。仕事に打ち込んで怖いことを忘れたいんでさ」

「怖いこと、か」

「あいつぁしっかりしてるが、新助と二つしか変わりやせん。あの年でおっかさんを亡くすのは、そりゃあ怖いことですや。ましてや六太は他に身寄りがいやせんからね……」

箸を忙しく動かしながら恵蔵が言った。

「……六太のためにも、店を頼みますぜ、若旦那」

「え？　ああ……」

「六太だけじゃねぇです。このままじゃ私もおいそれと店を出られませんや」

「店を出る？　恵蔵さん、それは一体どういうことで――？」

慌てた涼太へ、恵蔵はにやりとした。

「私も三十路を過ぎたんで、そろそろ嫁取りをして通いになりてぇんですよ」

「そ、そうか」

「ご安心くだせぇ。店を辞める気はこれっぽっちもありやせん。女将さんや旦那さんには大層世話になりやしたし、店主って柄でもねぇんで暖簾分けもいりやせん。小難しいことは女将や若旦那、勘兵衛さん……ゆくゆくは作二郎さんにでも任して、これまで通り暮らしていければ私は満足なんで」

騒ぎで暇を出した源之助よりも恵蔵の方が年上だが、帳場の仕事など細かいことは源之助の方が向いているようだった。作二郎は恵蔵よりも更に年上だし、勘兵衛に似ているところも多いのだが、番頭として勤め上げるよりも暖簾分けを喜びそうである。

今はもう、暖簾分けどころじゃねぇんだが……

それだけに恵蔵の言葉は嬉しいが、尚更、店を大事にせねばという思いが強くなる。

「若旦那、そう気負うこたありやせんぜ」と、恵蔵が苦笑する。「……あいつらは浅はかだったんでさ。残った者は皆、店の味方です。皆で力を合わせりゃなんとかなりやすや」

かき込むように夕餉を済ませて、恵蔵は自ら膳を下げるべく座敷を出て行った。

ことが起きてから一月が過ぎたところである。

恵蔵の言う通り、店の者が一丸となって働いてくれているのはありがたいが、二日後にまた一軒、得意客を失って涼太の気は沈んだ。

昨日に続いて今日も今井宅での一休みは遠慮しようと考えていたが、八ツを少し過ぎた頃に表から戻って来た新助がそっと耳打ちした。

「裏口でお律さんがお待ちです。急ぎではないと仰っていましたが……」

「判った」

短く応えて、用意した茶を客に差し出した。

急ぎではないとはいえ、律が己を呼び出すのは珍しいからすぐにでも駆けつけたいところだが、客を放って行く訳にはいかない。

しばし客の問いに応え、次の茶を用意する合間を見計らってさりげなく店の奥に引っ込むと、涼太は一目散に裏口を目指した。

「待たせたな」

「いえ、お仕事中にすみません」

四半刻近く待たせてしまったが、安堵を浮かべた律に涼太もほっとした。

だが、己を見上げた目は不安げだ。

「何かあったか？」

「あの……さっき佐久間町から戻って来た時に、六太さんを見かけたの」

「六太を？」

「離れたところでうろうろ迷っているようだったから、声をかけたんだけど、なんでもないって……おっかさんの大事なのに、なんでもないことはないだろうと……その、差し出がましいようだけどそう言ったの。そしたら、おっかさんが持ち直したから、ちょっとお店が気になって出て来たと……でも、でもね、涼太さん、とてもそれだけには思えなかったのよ」

沈痛な面持ちで訴える律に胸が締め付けられる。

抱き寄せたいのをぐっと我慢した。

平気だ。

安心しろ。

俺がなんとかする――

そう力付けたいのに、できぬ己が不甲斐ない。

神ならぬ身だから、人の生き死にまでなんとかできると思うほど傲慢《ごうまん》ではない。

ただ今の己が——尾上との縁談に迷っているような男が——律に寄り添うのは許されないような気がした。

「……持ち直したってのはおそらく嘘だ。あいつはおとといも店に帰ろうとして——うちのもんが言うには、仕事に打ち込んで気を紛らわしてぇんじゃねぇかって」

「そう……」

目を落とした律がいじらしく、思いつくままに涼太は言葉を紡《つむ》いだ。

「明日にでもまた、手代に様子を見に行かせようと思ってる。店のことは案ずるなと、しばらく家で、おっかさんに孝行しろと伝えるつもりだ」

「それならよかったわ」

少し和らいだ声で律は頷き——だがすぐに躊躇いながら切り出した。

「それから……私、三日前、豊吉さんに会ったの」

「豊吉に？　どこで？」

「日本橋で。着物の注文があったのだけど、注文してくれたのが日本橋にあるお店の娘さんで……」

一昨日会った時には聞かなかったが、律の仕事は順調らしい。

「それで、あの、言伝があったんですがおとといは言いそびれて……堺屋の娘さんは玄昭堂の姪御さんだそうで、縁談は——もしも縁談があったら、それは乗っ取りが目的だと。そう伝えて欲しいと言われました」

お律に余計なこと吹き込みやがって――

源之助と豊吉が玄昭堂で働き始めたことは既に耳にしていた。

豊吉まで、という思いはあったが、家の借金を考えたらすぐにでも働き口を見つけたかったのは理解できる。またこうした注進《ちゅうしん》をしてくるあたり、豊吉なりに後悔し、店を気遣っているのだろうと思わぬでもないが、今更という苛立ちと、律への引け目が相まって、やや強い口調で涼太は応えた。

「堺屋はいいんだ。そうやすやすと向こうの手に乗るもんか。お律が案ずることじゃねぇ」

「そう……それならいいんです」

それだけ言うと、律はまっすぐに涼太を見つめた。

試されているような気がした。

町の花見の様子は、二軒隣りの噂好きの長屋のおかみ・兼《かね》から聞いていた。

しつこく弟との縁談を進めようとする井口屋の壮一郎へ、辺りの者がぎょっとするほどはっきりと、律は断りを入れたという。

俺が言ったんだ。

――俺が好きなのはお前だけだ、お律――

――店を継いだ暁には、俺と一緒になってくれ――

そう求婚したのは己で、その心は今も変わらない。

俺もはっきりしなければ……

尾上との縁談も断る。

俺を信じてくれ――

喉元まで出かかった言葉を止めたのは、脳裏をよぎった路の声だった。

――若旦那……六太をよろしくお願い申し上げます――

俺は……俺が店を潰す訳にはいかねぇ……

「……そろそろ店に戻らなきゃならねぇ。六太や堺屋のこと、わざわざすまなかったな」

「ううん……じゃあ、また」

「ああ」

くるりと踵を返して、律は長屋の方へ足を踏み出した。

帰りを急ぐ律の背中に失望を見た気がして、涼太は目を落として足音が遠ざかっていくのを聞いた。

六

家に帰った律は、矢立を取り出し、巻き付けていた紙を一枚ずつ広げた。

意匠に迷って朝から再び、道々の桜を描きながら、神田川沿いを隅田川まで歩いて戻って来たのである。

心細さから帰りしなにわざわざ佐久間町を回って一石屋に寄ってみたが、慶太郎は遣いに出ていていなかった。何も買わずに帰るのはきまりが悪く、饅頭を二つ頼むと、売り子であるおかみの庸《よう》が気を遣って倍の四つを包んでくれた。

四つでは長屋の皆に配るには足りないし、今日は今井も恵明を訪ねて留守にすると聞いていた。よって律は饅頭の包みを丸ごと、遠慮する六太に押し付けた。

――何か、涼太さんに伝えたいことがあったのではないのかしら？

店が気になったと言っていたが、多少持ち直したとしても、まだ危うい母親を置いて店に戻って来るというのはおかしい。

律が声をかけると、六太は困った目を向けた。

なんでもない、と言いつつ、瞳には迷いが、口元には躊躇いが何度も浮かんで消えた。

――仕事に打ち込んで気を紛らわしてぇんじゃねぇかって――

それなら判る、と、律は並べた下描きをじっと見つめた。

堺屋のことは案ずるな、と涼太は言った。

しかし、尾上のことはまたしても何も口にしなかった。

見つめた涼太の目には迷いが感ぜられた。

それが己への想いゆえか、問い質す術《すべ》も勇気も、律にはなかった。

今は、着物のことだけを考えよう——

そう思っても、涼太の顔がなかなか頭から離れない。

……振り出しに戻っただけだ。

溜息をつきながら、律は思った。

もしも……もしも涼太さんが尾上さんとの縁談を受けるとしたら——

仇討ちを覚悟した時に、一度は諦めた恋ではないか。

そう、己を叱咤してみる。

それだけじゃないわ。

思わぬ不幸は両親の死で充分経験している。

美和の死も伊三郎の死も突然だった。

いつ、何が起きるか判らないのが世のありようなのだ。

涼太のことにしろ、仕事のことにしろ、浮かれていた己が甘かったのだ。

頭を振って鬱念《うつねん》を追いやると、律は描いてきたばかりの絵を一枚ずつ手に取った。

律の一番の遠出といえば飛鳥山だ。飛鳥山の北にある王子村は朱引の外だが、飛鳥山では「江戸を出た」とは言い難い。

伊豆であれ駿河であれ、生まれ育った江戸を離れるには相当の覚悟がいるだろう。しかも嫁入りとあらば、奉公人とは違って藪入りもなく、頻繁《ひんぱん》な帰郷は許されまい。下手をすれば二親《ふたおや》の最期を看取ることもままならぬだろうから、これが家族との今生の別れとなることもありうる。

安く、早く、ということから、嫁入り道具とは違うのかとも考えた。判っているのは、貴という嫁入り前の娘が着るということだけだ。

事情がなんであれ、注文主のお貴さんには訊けないのだから、私が「良い」と思うものを描くしかない……

詰まるところは「お前が好きに描けばいい」という類の言葉に従うしかないのだが、それがこうも難しいとは思わなかった。

江戸の花……

律が思い浮かべるのはやはり水辺の桜であった。

大川――隅田川――と神田川のみならず、川と堀による水路が江戸の繁栄を支えてきた。また神田上水、玉川《たまがわ》上水と水道網も整備されており、「水道の水で産湯《うぶゆ》を使う」のを江戸者は自慢にしている。

地色を水の色とするなら浅葱《あさぎ》……ううん、派手好みでないのなら、水浅葱――錆浅葱……

だが地色が地味だと、花が暗くなりそうだ。

涼太のことばかり気にかけて、花見で花を楽しまなかったことを今更ながら律は悔いた。

又兵衛たち近隣の大家がここぞという日和を選んでの町の花見は、一人で散策しながら眺める花とはまた違った味わいがある。

人の騒ぎをものともせず、ゆったりと流れていく大川ときらめく水面《みなも》。

桜の合間の空は青く眩しく、町の者と笑い合いながら、時折こぼれる花びらを目を細めて追う喜び……

花の眩しさを描くためには、地色を変えぬ方がよいように思えてくる。

表で描いてきた絵を眺めながら、更にいくつか意匠を描き出してみた。

湯屋に行く間も惜しんで、夕餉は冷や飯をつまんだのみ。

床に入ってからも夜半まであれこれ思い描いて、翌朝は暗いうちに起き出して、決めた意匠を紙にしっかり描き込んだ。

膝から下に、川の流れに見立てた大きめの流水文様を桜鼠《さくらねず》と梅鼠色《うめねずいろ》で入れ、桜の花はそれこそ桜色か薄桜で入れることにした。

下染めが必要なのは裾の方だけだから、わざわざ外で頼まずとも己でできる。

でも、染料はどうしよう――

基二郎に頼めばすぐに揃いそうだが、花見での己の振る舞いを思い出すと、井口屋には顔を出しにくい。父親の代から通っているいつもの染物屋に行こうと支度を始めて、ふと思い出した顔があった。

泰造《たいぞう》という元紺屋《こんや》の主で、今は浅草は六軒町《ろつけんちよう》で染め物をしている男である。隠居の身で一人気ままに染め物をしているがゆえに、井口屋ほど染料の数はないだろう。しかし時季柄、桜色を使う仕事は一通り終えている筈だから、もしや染料が残っていないかと期待した。

駄目で元々だ。収穫がなければ、その足でいつもの染物屋に行けばいい——と、律は浅草への道のりを急いだ。

御蔵前から駒形堂へと北へ進み、見物客の多くが雷門《かみなりもん》へと向かうところを川に並行して歩いて行くと六軒町が見えてくる。

泰造の店——というよりも家——は一度しか訪ねたことがないが、隅田川に面した小屋はすぐに見つかった。

ちょうど泰造は表に出ていて、外に干してあった反物の乾き具合を確かめている。

「泰造さん」

「ああ、あんた……ええと、お類さんとこの上絵師だったな」

「律と申します」

「ああ、そうそう。お律さんな。どうしたい？　今日は基と一緒じゃねぇんだな」

「今日はその……染料を売っていただけないかと……」

「染料なら、基のとこにたんまりあるだろう。なんだ？　基と喧嘩でもしたか？」

「そんなんじゃないんです」

からかい口調の泰造に、律は正直に事情を話した。

花見での一幕まで話すと、泰造は笑い出した。

「壮一郎の野郎、そりゃ泡食ったろうな。それこそほんの十日ばかり前に、壮一郎と会ったのよ。そんときゃ、まるで基とあんたが近々祝言を挙げるような口ぶりだったぞ。だから俺ぁてっきり――」

「……その通りです」

ひとしきり笑うと、泰造は今度は顎に手をやってにやりとした。

「それで基んとこには行きづれぇから、俺のところに来たってんだな」

「下描きは持って来たか？」

「はい。ここに」

描いたばかりの下描きを取り出して、泰造に見せながら色合いを説明した。

「裾が梅鼠……この辺りから桜鼠と二筋、三筋と川が流れるように……」

「なんだ、俺が染めるのはこれっぽっちか？」

裾を指さして泰造が眉根を寄せる。

「はあ、その、少しなので下染めも自分でやろうと――」

「けどあんた、急いでるんだろう？　客の事情とはいえ、お類さんも容赦ねぇなぁ。ま、それはそれで面白くていいけどよ。花びらの方はこいつでどうだ？」

律の返事を待たずに家の中に入ると、泰造は染料の入った壺を顎でしゃくった。ちょんと筆先に付けて端布《はぎれ》に一筆、二筆してくれたものを見ると、一斤染のようである。

もともと花びらは、残っている一斤染を薄めて使おうと思っていたところだった。

「一斤染なら、基二郎さんから譲っていただいたものがありまして……」

言いかけて律は口をつぐんだ。

端布の上の色は、ほんのりと、ごくごくわずかに灰色がかっている気がしたからだ。

「基の一斤染は見ちゃいねぇが、どうでぇ？　俺の方がちぃとばかり粋じゃあねぇか？」

「ええ、これなら――」

「一色の濃淡だけじゃ花がつまらねぇだろう。そいつは俺の色だけでもおんなしだ。癪《しゃく》だけどよ、基の一斤染と合わせて使ってみちゃあどうでぇ？」

まさに今、律も同じことを思ったばかりである。

「梅鼠はちと手持ちがねぇなぁ……ええと、梅屋渋《うめやしぶ》に鉄漿《てつしょう》、明礬《みょうばん》……石灰《せっかい》はまだたんまりあるから……」

ぶつぶつと染料の材料をあげ始めた泰造は、もうすっかり職人の顔になっている。

「まあ桜鼠と合わせて任しときな。あんたはまずこいつを持って帰って、花の方から描くんだな。これからいい梅枝を探してくっから、あさっての朝、またおいで。身頃の布を忘れんじゃねぇぞ」

「ああ、あの、でも」

此度の着物の代金は一両二分と、雪華の着物の三分の一にも満たない。

いいものを描きたいのはやまやまなのだが、一から染料をあつらえてもらう上に、下染めまで頼むとなると、一体どれだけ支払う羽目になるのか。

しどろもどろに代金を口にすると、泰造は大げさに眉じりを下げて呆れてから苦笑した。

「なんともしわい仕事を受けたもんだな、お類さんも、あんたも……なら、大負けに負けて全部引っくるめて一分でどうでぇ？」

それじゃあ、泰造さんは儲けにならない——

そう思ったのが顔に出たのか、泰造が小さく鼻を鳴らした。

「いいってことよ。こんなのは俺にゃあ、ちょちょいのちょいだ。安く、早く——なんてぇ客は、一緒にぎゃふんと言わしてやろうや。ああだが、お類さんにはちゃあんと伝えてくれよ。下染めは俺がしたってな。花びらもどっちが俺の色だか、ちゃあんとな。俺ぁじきに五《い》十路《そじ》の爺だが、まだまだ若ぇもんには負けねぇぜ」

何やら基二郎に対抗心を燃やしている泰造が、律は頼もしいやら、羨ましいやら、だ。

いつも気負ってばかりの律には、泰造の競争心や遊び心が新鮮だった。

私も、竜吉さんや基二郎さんに負けない仕事をしなくちゃ——

意匠を決めてしまったのと、染料の目処《めど》が付いたことから、昨日よりずっと胸が軽くなった。ゆとりを得た律は、帰りがけに差しかかった諏訪町で六太のことを思い出した。

朝のうちに家を出たから、先ほど四ツを聞いたばかりである。

涼太は、手代をまた様子見に送ると言っていた。ゆえにこれこそ出過ぎたことだとは思われたが、母親の病を店にはずっと隠していたという六太である。己の見た迷いがなんであれ、結句引き返したということは、何か店の者には言いにくいことがあったのではないか？

とはいえ律は、諏訪町のどこに六太の長屋があるのかを知らない。

通りすがりの青物屋であさつきと生姜《しょうが》を買って、番屋に行ってみることにした。運良く番人が長屋を知っていればよし、そうでなければそれまでの縁だと思って、家路につけばよいと考えたのだ。あさつきと生姜なら粥《かゆ》に入れてもらえるし、もしも会えずじまいでも無駄にすることはない。もとより、卵や水菓子を差し入れるほどの持ち合わせはない律である。

が、番屋に行くと、番人は留守だった。

「ああ、さっき出てったよ。ちょっとそこの長屋で騒ぎが――ほら」

すぐ近くの店で買い物をしていた女が、半町ほど先を指さした。

長屋の木戸があると思しき隙間から、なるほど、喧嘩腰の声が聞こえてくる。

「なんでぇ、みんな。ひでぇじゃねぇか！」

「ひでぇのはてめぇだ。まったく往生際が悪いったらありゃしねぇ！」

数人の男が怒鳴り合う声に交じって、物が投げつけられる音が二、三、続いた。

「いい加減にせぬか！」

さほど大きくないのに、ぴしゃりと通る声がどやしつける。

広瀬さんだわ――

つい野次馬根性を覚えてしまい、律は声のした方へ足を向けた。

七

他にも集まり始めていた野次馬に紛れて木戸を窺っていると、ほどなくして屈強な二人の男に挟まれた男が出て来た。

その後ろから身なりのよい男が一人、更に保次郎と、三日前に会った大家の正三に、番人と思しき男も現れる。

ということは、あの人はおそらく康太郎さん……

二人の男に左右の腕をそれぞれつかまれてぶすっとしているのが、長屋の鼻つまみ者の康太郎。己が描いた似面絵とはやや人相が違うようだが、身なりのよい男が叔父の麻太郎だろう、と律は推察した。

「働けってんなら働きやすから……」

力で押さえ込まれて、大人しくなった康太郎が言った。

「そりゃ働いてもらうよ、お前さん。今日立て替えたお金もきっちり返してもらう」

お前さん、と呼びながらも、麻太郎の返答はにべもない。

細身だが貫禄のある男である。目鼻立ちはほぼ似面絵通りにもかかわらず、黒々とした瞳に得体の知れない凄みがあって、まるで別人のように見えた。

「その……元手を貸してもらえれば、一人でなんとかしやすんで……」

「駄目だ。それができないから、こんな始末になったんじゃないか。まったくいい歳してみっともないったらありゃしない。広瀬さま、正三さん、大変なご厄介をかけました。康太郎はこちらでみっちり仕込みますので、ご案じなさいませぬよう」

「なんでぇ、力づくで言うこと聞かせようなんて、情けもへったくれもありゃしねぇ。正三さん、お願《ねげ》ぇしやす。こんなお人らを連れてくるなんて、叔父はとても堅気とは思えやせん。心を入れ替えて働きやすから、おっかさんに免じて、どうかここに置いてくだせぇ――」

目を潤ませて訴えた康太郎は、男の一人に腕をねじ上げられ小さな悲鳴を上げた。

「てめぇはよぅ――」

「やめなさい」

慌てた正三より先に、麻太郎が男を止めた。

四十路そこそこと思われる麻太郎は康太郎より小柄で、一人ならどこぞの裕福な旦那に見える。しかし冷ややかな目と口調、連れて来た男たちの様子を鑑《かんが》みると、康太郎の言葉ではないが堅気者とはいえぬ気がした。

「正三さん。あなたも長屋のみなさんもう充分情けをかけてくださいました。これ以上はみなさんのためにも、こいつのためにもなりません」

一息ゆっくり吐き出してから麻太郎は続けた。

「私は十で二親に先立たれ、姉には苦労をかけました。奉公に出て、独り立ちをし、いくつか商売を替え……今をもって大手を振って歩ける身分じゃありませんが、この三十年、ずっと身を粉《こ》にして働いて今の役目についとります。ゆえに、この身にはなんら恥じるところはありません。私が恥ずかしいのは、五体満足でありながら、己の食い扶持《ぶち》さえ稼ごうともしない怠け者――恥を恥とも思わぬこの甥だけです」

麻太郎の台詞にたじろいだ康太郎は更に目を潤ませたが、正三を見やる目を遮るごとく、麻太郎が間に立って康太郎を睨み付けた。

「つまらぬ泣き真似はやめなさい。私の我慢にも限りがあるってもんだ。おとっつぁんを早くに亡くしたことには同情しよう。奉公先が潰れてしまったのも……だが、商売というのは浮き沈みがあるものだ。新しい店ができれば潰れる店だってであろう。遅かれ早かれ親が先に死ぬのは仕方がないし、逆縁《ぎゃくえん》よりはずっといい。お前さんの不幸なんざ、案外ありふれたものなんだ。現に私やこの者たちの身の上だって似たり寄ったりだ。何が起きるのか判らないのがこの世の中なのさ。ただ何が起きようと——それでも生きたきゃ、身の丈に応じて暮らしを変えていくしかないんだよ」

「叔父さん……」

「上手くやってると、お前さんは思っていたかもしれないが、お前さんの怠けぶりや手癖の悪さは町中に知れ渡っているに違いない。そんなお前さんを雇ってくれるところなぞ、この辺りにゃもうないだろう。しばらく私の下で働きなさい。お前さんを一人前に仕込むこと。それを私は姉への供養としよう。これ以上、正三さんや町の者にたかるような真似は許さないよ。姉が世話になった恩は、姉に世話になった私が返す。それはすなわち、お前さんというお荷物を引き取ることだ」

「お荷物……」

「私の下で働くのが嫌なら、できるだけ早く貸しを返してくれればいい。そうすりゃ、あとはお前さんが何をして身を立てようが、どこで野垂《のた》れ死のうが、私の知ったことじゃない。お前さんの好きなようにすりゃあいい」

「野垂れ死に……」

青くなった康太郎に、麻太郎は淡々とたたみかけた。

「ああ、寄場《よせば》に行くって手もあるな。うん。私はそれでも構わないよ。お金を稼ぐということが、どれだけ大変か、お前さんは身をもって知るといいさ。あすこに行きゃあ、おっかさんが――正三さんやこの私まで――どれだけ情け深いかすぐに判るだろう」

寄場というのは加役方人足寄場《かやくかたにんそく》のことで、罪人や無宿者《むしゆくもの》に手内職や職人技を仕込む収容所である。つまり麻太郎は、己の下で働くのを拒否するのなら、盗人として康太郎をお上に引き渡す覚悟があるらしい。

「大体、お前さんは欲深なんだ。――いや、お前さんだけじゃない。私もそうだ。人ってのは気が緩むと、どんどん欲深になりやがる。今日明日の命があるだけでもありがたいってのに、命があると腹が減る。食い物が欲しくなる。屋根が欲しくなる。布団が欲しくなる。家ができりゃあ、やれ妻だの子だの、弟子だの、子分だの、跡継ぎだの……」

言いかけて、麻太郎は正三と保次郎に向き直った。

「……つまらぬ愚痴をお聞かせしてしまいました。商売柄、欲深じゃなきゃうまくいかないこともありますが、こいつを仕込むのは己へのいい戒めになりそうです。知らせてくだすってありがとうございました。姉の形見や康太郎の身の回りの物は、のちほど若い者に取りに来させます。また改めてご挨拶に参りますが、姉とその愚息《ぐそく》が大変お世話になりました」

深々と麻太郎がお辞儀をすると、男二人もそれに倣った。

康太郎だけが一人、目を落としてわなないている。

そんな康太郎を呆れたように見やって、麻太郎が顎をしゃくると、男たちは引きずるように康太郎を連れて去って行った。

「お律さん」

律に気付いた正三が呼ぶと、保次郎もこちらを見て目を丸くした。

「お探しの人……見つかったんですね」

「ええ。広瀬さまのおかげです」

「いや、これは友のおかげでな」

謙遜した保次郎が言うには、三日前、今井宅を出てから友人宅を訪ねたそうである。

「友人宅で似面絵のことを話していると、そこの使用人が芝の麻太郎なら心当たりがあると言い出して……」

察するに、友人というのは火盗改の小倉、使用人というのは太郎だろう。

「それで友人と共に芝を訪れてみたら、大当たりでな。事情を聞いて、麻太郎はすぐに康太郎を引き取りに行くと申し出てくれた。それで早速、足並み揃えて来てみれば、康太郎というのは、いやはやもう聞き分けのない男で、大層な騒ぎになってしまった」

「麻太郎さんというのは……一体どういう方なのですか？」

元盗人の太郎が知っていて、小倉が保次郎と探りに行くような男なら、やはりまっとうな町人ではないのだろう。

言葉を選ぶようにしばし黙ってから保次郎は切り出した。

「自分で言った通りの男だ。十で両親を亡くし、姉に苦労はかけられないと、十一で奉公に出た。奉公先で懸命に仕事に励み、独り立ちを果たしたはいいが、うまく立ちゆかずに、己の店を畳み、違う商売の勤め人となった。しかし六年前に勤め先の主に裏切られ、身一つで店を叩き出されたそうだ」

「六年前……」

「姉を頼ってここへやって来たものの、康太郎の暮らしぶりと、それをよしとする姉の甘さに腹を立て、その日のうちに喧嘩別れとなった。……それから数年は芝を離れ、随分苦労したらしい。芝に舞い戻ったのは、元の主に復讐したかったからだと言っていた。もっともその頃にはもう元の店は潰れていて、今は芝のとある顔役の下で重用されているようだ」

別人のように見えたのは、そうならざるを得なかった——裏稼業に片足を突っ込んだような商売に手を染めた——からだろう。

「——ところでお律は、何ゆえここに？」

「ああ、それは……」

手短に訳を話すと、保次郎が正三に訊ねた。

「確か——この先の打物屋《うちものや》が、そんな話をしていたように思うのだが？」

「はい。平次郎長屋のお路さんのことでしょう。打物屋の裏手になります」

「では、帰りがけに私が連れて行こう」

恐縮する正三や番人、長屋の者たちに頷いて、保次郎が言った。

「ではお律、ついて参れ」

「はい」

物々しい言い方だが、非番でもいまや保次郎は立派な「定廻りの旦那さま」である。

三歩も四歩も下がって、律は保次郎の後を歩いた。

「ほら、あすこの木戸だ」

一町ほど歩いて振り向いた保次郎は、何やら浮かない顔をしている。

「広瀬さま、どうかされました……？」

「ああ、いや、すまぬ」と、保次郎は作ったように微笑んだ。「先ほどの麻太郎の言葉を考えていたのだ。まったく人は次から次へと欲が絶えぬな。兄上の跡を継がせてもらっただけで御《おん》の字だと思っていたのに、継いでみれば今度は嫁だの、子だの、人並みに家のことが気にかかる。涼太にあれこれ仕込まれていた頃は目先のことだけで精一杯だったが、慣れてみるとあれもできぬか、これもできぬかと欲が出てきた。身の程知らずにも、いつか兄上のようになりたいとまで――」

照れた笑みを漏らすも瞳が暗いのは、ある日突然命を絶たれてしまった兄の義純を思い出しているからだろうか。

――人ってのは気が緩むと、どんどん欲深になりやがる――

私だって……

呉服屋を渡り歩いても仕事がもらえなかった時は、絵を描く仕事ならなんでもいいと思っていた。池見屋で小間物の仕事にありついてからは、やはり上絵、それも着物を手がけたいと望み、一度着物を手がけてみると、次も次もと欲が出た。

上を見るのが悪いこととは思わぬが、今振り返れば、着物への執着が知らず知らずに巾着絵をおろそかにさせていたようにも思えてきた。

――涼太さんのこともそうだ。

幼馴染みのままで充分と思っていたのに、相思と知ると欲が出て、夫婦になりたい、だが上絵を諦めたくもない――と、夢を見始めた。

涼太さんへの気持ちはちっとも変わっていないのに――

己の根っこにある気持ちはなんだったのか、ふと悩み込みそうになった律へ、囁くように保次郎が言った。

「お路さんとやらは、もう長くないらしい」

我に返って律は頷いた。

「……ええ。そう聞いております」

「私はここで。病人に気を遣わせてはならぬゆえ。お律は気をしっかりと、な」

保次郎が憂えていたのは、伝え聞いただけの路を案じてのことだったのか。

己のことばかり考えていたのが恥ずかしくなり、律はうつむき加減に再度頷いた。

八

木戸をくぐり抜けると、井戸端に年配の男が見えた。

挨拶をして名乗り合うと大家の平次郎だとすぐに知れたが、六太のことを尋ねる前に、半分開いた引き戸から六太が顔を覗かせた。

「お律さん――」

「大事な時にごめんなさいね。六軒町に行く用事があったから、ちょっとお見舞いに寄ってみたんです。昨日はなんだか慌ただしかったから……」

あさつきと生姜を束ねたものを渡すと、六太は恐縮しながら受け取り、戸口を見やって声をかけた。

「母さん、お律さんが来てくれたよ」

六太にうながされて土間に入った律を、路はほんのわずかに顔をこちらに向けて見た。

――気をしっかりと、な――

今し方聞いたばかりの保次郎の言葉がなかったら、その場で涙していた気がした。

動揺を隠すために一層深くお辞儀をしてから、そっと家に上がって路の傍で膝を詰めた。

人の死には何度も触れてきた。父母の亡骸《なきがら》を確かめたし、四郎という男が刺されて死すのを目《ま》の当たりにした。仇と対峙《たいじ》した時は、己の死さえ覚悟したものだ。

だが、死にゆく人はまた別だ。

路は畳んだかい巻を背もたれにして、壁際に足を投げ出す形で座っていた。違うかい巻で身体は隠されているものの、眼下の黒々とした隈《くま》、骨張った頬、首、手が痛々しい。

「今日はなんだか調子がいいようで、そろそろ重湯《おもゆ》を用意しようかと……ああ、今、茶を淹れます。ちょうど湯も沸いたところですから」

遠慮する間もなく、六太がてきぱきと茶器の用意を始めた。

裏長屋にはやや上等な茶器が一揃いあるところが、葉茶屋の奉公人らしい。

「お律さん……お饅頭をありがとうございました……美味しゅうございました」

囁きに等しい声で路が言った。

「あれは弟の奉公先からのいただき物でして」

「若旦那ばかりか、お許婚のお律さんにまでよくしていただいて……ありがたいことです」

「駄目だよ、おっかさん。内緒だって言ったじゃないか」

律が驚くより先に六太が言った。

「お律さん、すみません。恵蔵さんからそのように聞きまして……口止めされていたのですが、つい母に話してしまいました」

「恵蔵さんが……？」

混ぜ物があった時に疑われた手代の一人で、今は六太の指南役らしいが、その恵蔵が己を涼太の「許婚」と言っているとは一体どういうことなのか。

「申し訳ありません……他の人には一言も……」と、路がうなだれる。

「あ、その、少し驚いただけでして――」

取り繕うのに精一杯で、否定する機を律は逃した。

様々な考えが頭を駆け巡ったものの、それより今し方初めて聞いた六太の子供らしい言葉遣いを思い出して、律はようやく微笑むことができた。

「私はお店のことはよく知らないのですけど、こんなに若くして手代見習いになるなんて聞いたことがありません。店は違いますが、弟も六太さんを尊敬しています」

「本当に……ありがたいことで……」

涼太に習ったのか、茶を淹れる六太の所作は凛《りん》としていて、まだ十四歳の少年ながら、ふとするといっぱしの大人の面差しが窺える。

「若旦那の茶には遠く及びませんが……」

そう六太は謙遜したが、差し出された茶は香り高く、一口含むとほっとした。

壺に挿しただけだが、路の向こうに桜が一枝、生けてある。

「ここでも満開ですね」

律が言うと路はゆっくりと微笑んだ。

「ええ……今年は……お花見どころではないので……大家さんが代わりにと……」

口元に浮かんだ笑窪はすぐに消えた。

微笑むことさえ一苦労なのだと、律は内心はっとした。

茶も、路はほんの一口――否、唇を湿らせた程度を含んだきりだ。

持ち直したというのは嘘だと、涼太さんも言っていたのに――

出過ぎたことどころか、迷惑極まりないことをしたと臍《ほぞ》を嚙む。

己も長屋の者たちと花見に行ったことなどを話しながら、早々に茶を飲み干して律は暇を告げた。

「急にお伺いして申し訳ありませんでした。ご無理をさせてしまって……」

「……とんでもありません」と、路は再び微笑んだ。

そぅっと吸って吐いて……一息入れてから、路は続けた。

「お会いできて嬉しゅうございました……この子はお店が――青陽堂が本当に好きなんですよ……これからも身を尽くして奉公いたしますから……若旦那さまと……お仕合わせに」

頷くしかなかった。

己を涼太の――青陽堂の許婚として息子を頼む死にゆく人に、しかと頷き返す外、何ができるというのだろう。

「どうかご案じなさいませぬよう。涼太さんと六太さん……それに町の者と一緒に、私も青陽堂を盛り立てて参りますから……」

その気持ちに嘘はないが、嬉しげに目を細めた路に胸が詰まった。

草履を履いた律の後を「お見送りに」と、六太がついてきた。

木戸を出てから、律は深々と頭を下げた。

「ごめんなさい。勝手に訪ねて来て、お母さんに無理をさせてしまいました」

「いえ、おっか――母は喜んでいました」

そう言って六太は殊更にっこり微笑んだ。

「一石屋のお饅頭も喜んでくれたんです。お饅頭なんて久しぶりだと――あんこをほんのちょっぴり舐めただけだったんですが、美味しい、美味しい、と何度も言ってくれたんです。店の茶にもよく合うねぇって、これもまたほんの一口しか飲んでいないのに」

律が相槌を打つ間もなく、矢継ぎ早に六太は続ける。

「あの茶器は母が買ってくれたんですよ。初めての藪入りに、店から茶を土産にもらって帰ったら、ちゃあんと用意してあったんです。葉茶屋で奉公してるんだから、これくらいは揃えてなきゃ駄目だって、あすこの――」

短く息をつきながら、六太は表店を指さした。

「あすこのお茶好きのご夫婦に相談して、無理して少しいい物を買ってくれたんです。あの打物屋は先代からの青陽堂のお得意さんで、それで私の奉公先にと、青陽堂に橋渡ししてくだすったんです。本当にありがたいことです……桜もあれで二枝目《ふたえだ》なんです。一枝目はもう随分花が散ってしまって、それじゃ寂しいだろうって、平次郎さんがまた一枝切って来てくれたんです。枕元に置いてあるから、目を覚ますと母は、花を見上げて嬉しそうにするんです。最後の花見に連れて行ってやりたいけれど、もう起き上がるだけで精一杯で――」

ぽろりとこぼれた涙を、六太は手のひらで急ぎ拭き取った。

気を静めるように幾度か息をついてから、六太はまっすぐ律を見つめた。

「……ご相談したいことがあります」

九

八幡宮の前で六太と別れると、律は一路家路を急いだ。

御蔵前の八幡宮は諏訪町から二町ほど南にある。町中では話しにくいからと、六太は人気の少ない八幡宮で相談ごとを打ち明けた。

長屋に戻ると、幸い、今井の家の戸口が開いている。

「先生！」

土間に飛び込むと、握り飯を手にした今井が目を丸くした。

昼の九ツが鳴ってまだ間もない。

「ご相談が――」

「うむ。まあ、上がりなさい」

律が戸口を閉めると、大事だと察したようで今井は握り飯を置いた。

「どうしたんだね？」

上がり込んで今井の前に膝を詰めると、律は声を潜めて先ほど六太から打ち明けられたことを話した。

相談ごとというのは、六太の父親についてであった。

父親は己が生まれる前に死した、と六太は路から聞いていた。物心ついた時には今の長屋に住んでいて、長屋の皆にも父親とは死別したと伝えてあるという。

「――でも、六太さんが奉公に出る前に、お路さんの伯母さんがいらして、六太さんを伯母さんの知り合いの店に預けないか、と。青陽堂での奉公が決まった後だったので、お路さんはお断りしたのですけど、それが気に入らなかったのか、後でこっそり六太さんにいろいろ吹き込んで帰ったそうです」

三人兄弟の真ん中だった路は幼い頃に両親と妹を亡くしている。兄は奉公に出ていたが、両親の死後、奉公先を逃げ出して行方知れずになったらしい。路は伯母一家に引き取られて育ったものの、嫁入り前に男と深い仲になり、父無し子を身ごもったことで、追い出されるように伯母の家を去った。

「伯母さんが言うには、お路さんのお相手――六太さんの父親はお侍で、その……お路さんをもてあそんだ挙げ句に、身ごもったと知った途端、何の沙汰もなく郷里に帰って行ったのだと……」

「つまり六太は侍の落とし胤《だね》という訳か」

思案顔になって今井が言った。

「ええ。六太さんはそれまで父親がお侍だとは知らなかったけれど、小さい頃からお路さんから聞いていたそうです。亡くなった父親は右目の上に傷があった、と」

「古屋さんか――」

はっとした今井に律は頷いた。

「六太さんは十四歳。年の頃も合っています。六太さんは古屋さんを見て――古屋さんが昔の女性を探していると知って、ますますそうではないかと疑うようになったそうです。お顔は見ましたが、目鼻立ちは似ているような似ていないような。何分ひどくおやつれで……似面絵ほど丸顔ではなかったですけど、笑窪はありました」

「十年以上も経っているのだから、多少の面変わりは仕方ない。しかし名前は？　お路さんというのは本当の名前ではないのかね？」

「それは六太さんに確かめました。伯母さんがそう呼んでいたそうですから、お路さんというのが本当の名前なのだと思います。でも古屋さんの方に嘘の名前を教えたのかもしれません。——お路さんも生まれは春だと、六太さんは聞いています。だから花の中では桜が一番好きなのだと……」

昨日戻って来たのは、店の様子を窺いに来たのではなく、律に会えぬかと思ってのことだったそうである。だが、古屋のことを言い出せずに引き返したのは、六太が父親を——母親を捨てた男を憎んでいるからだ。

その気持ちに変わりはないが、母親の父親への想いを六太は知っている。路が六太の前で父親の悪口を言ったことは一度もないそうである。捨てられてもずっと男を想い続けてきた母親が死に面している今、父親を——古屋を——母親に引き合わせるか否か。

それが六太の悩みだったのだ。

これはとても私一人では応えられない——

今井に相談してみると、六太には断ってある。

その今井の決断は早かった。

「では私がこれから古屋さんに伝えに行こう」

話を聞けば、古屋は一も二もなく路に会いに行くだろう。

しかし……

「それでいいのでしょうか？　その、六太さんの気持ちは——」

ずっと想い続けてきた男なら、路は今際《いまわ》の際《きわ》にでも会いたいと願っているやもしれない。

しかし愛情よりも憎しみを抱いている六太にしてみれば、今更——感傷に満ちた——男の願いを叶えてやるのは業腹だろうし、そのように律には見受けられた。

「……いいのか悪いのか、私には判じ難いよ、お律。ただ、残された時はそうないし、私が六太なら……知りたいと思うね。古屋さんが本当に己の父親かどうか。もしもそうなら、伯母の言い分は本当なのか、古屋さんに確かめたいと思うだろう。迷っているからこそ、六太はお前に打ち明けたんじゃないか。だから、まずは六太と古屋さんを引き合わせてみようじゃないか。お路さんを見舞うか否かは、その後の話だ」

「はい」

急ぎ握り飯を食べてしまうと、茶の代わりに水を少し飲んでから、今井は古屋が長屋を借りている元鳥越町へと向かった。

十

家に戻った律は、かまどに火を入れ、湯が沸くのを少し待った。

渇いていた喉は水で湿らせてみたものの、茶を飲まねばどうにも落ち着かない気がした。

浅草まで行って帰って来たというのに、腹はあまり空いていない。

六太や路、古屋のことが気がかりなせいもあるが、着物の注文を受けてから既に正味四日が過ぎた。あと五日のうちに納めなければならないと思うと、空腹の代わりに焦りを覚えてしまう。

律の家にも五客の茶碗と茶瓶が一揃いある。

今は茶碗は一つしか使っていないが、慶太郎が奉公に出る前や、両親がいた頃は、皆で揃いの茶碗を手にしたものだ。

どこかの市で手に入れたそうだが、母親の美和がこれらを持ち帰った日を覚えているから、己はそう幼くはなかった筈である。

確か九つか十、ううん、十一になって——涼太さんが店で働き始めてからだわ……

涼太は十二歳で丁稚に交じって、「若旦那」としての一歩を踏み出した。

一歳年下の律は同い年の香と引き続き指南所に通っていたが、自然と指南所でも家でも青陽堂の賑わいや涼太の働きぶりが話に上るようになった。

涼太がいない寂しさを、茶に興味を示すことで紛らわせようとしていたのかもしれない。

美和はきっとそんな己をいじらしく思って、茶器を用意してくれたのではなかろうか。

土間の棚には二つの茶筒が並んでいる。

一つは茶器を揃える前からずっと使っている欅《けやき》の茶筒で、もう一つは四月《よつき》ほど前に佐和から玉露《ぎょくろ》と共にもらった銅の茶筒だ。玉露はもうとっくに飲んでしまったが、銅の方が茶の風味を保つにはよいから、今は銅の茶筒のみを使っていた。

涼太の所作を思い出しながら、律は一人、ゆっくりと茶を淹れた。

茶葉が安物だから先ほど六太の長屋で飲んだものほど香りはよくないが、一口、二口含むと不安と焦りが心なし和らいだ。

銅の茶筒を棚に戻すと、律は空の欅の茶筒を手に取った。

伊三郎と美和が駆け落ち同然にこの又兵衛長屋に越してきてすぐに、表店が葉茶屋だからと美和がねだり、伊三郎が買って来たという代物だ。当時は揃いの茶器まで手が回らなかったそうだが、伊三郎の見立てがよかったのか、素朴な茶筒は欠けも割れもせずに、むしろ二十年以上の月日を経て出てきた艶と味わいが手に心地よい。

銅も使い込むほどにまろやかな色合いになるというが、その頃、己は一体、どこで何をしているのだろう。

葉茶屋のおかみとなった己を想像するのは難しいが、今の佐和の年頃になっても絵を描き続けている己は容易に頭に浮かぶ。

また、己と涼太が共にあろうがなかろうが、涼太の幸せこそ願ってやまない気持ちは変わらずにいるような——否、変わらずにありたいと律は思った。

根っこの気持ち……

——お千恵が幸せであればそれでいい——

いつかの雪永の言葉が思い出された。

今なら判る。

あれはただ無欲な愛からではなく、千恵の幸せがすなわち雪永の幸せでもあったのだ。

たとえ違う道を歩むことになろうとも、涼太さんが真に幸せならそれでいい……

茶碗を傍らに置いて、律は右の袖にあたる布を木枠に張った。

花の柔らかさと愛らしさを重ね持つ基二郎の一斤染と、目を凝らさねば判らぬほどの愁いと切なさを秘めた泰造の一斤染。

二つの色を皿に取り分け、律は筆を取った。

もう七年も前になる。

おっかさんとおとっつぁん、慶太と、みんな揃って花見をしたのは——

一斤染を薄く伸ばして、袂の方から退紅、薄桜、桜色と、肩へかけて、徐々に淡く、儚《はかな》く、花びらを描いていく。

ひとひら、ひとひら、滲まぬように描くのは根気がいるが、一筆ごとに仕舞い込んでいた折々の花見の記憶が胸の内によみがえる。

幼き香と、互いに一番綺麗だと思う桜を摘み、それぞれの髪に挿し合った。

稲荷寿司の上に一枚、舞い降りてきた花びらを見て、美和と二人、どちらからともなく微笑みをこぼした。

右へ左へとよちよち歩きで花びらを追って、転んでも花まみれになって笑っていた慶太郎。

初めて酒を口にして顔をしかめた己に、くすりとした伊三郎と今井。

その横から「酒の代わりに」と、茶の入った酒瓶を差し出した涼太……

――最後の花見に連れて行ってやりたいけれど、もう起き上がるだけで精一杯で――

来年も再来年も、身体が利く限り、私は花見にゆくだろう。

一枚、一枚、桜色を重ねて、いつか想い出は紅色のごとく深まるのか。

それとも一枚、また一枚と紅色が薄れて、いつか桜色より淡い記憶となるのか。

路の傍らにあった一枝が、己の傍にも見える気がした。

昼間でもやや暗い裏長屋の一部屋で、そこだけ薄明かりを灯したように咲いていた。

命の源から切り離され、あとは枯れゆくだけなのに。

路は微笑んでいた。

花より先に逝《い》くかもしれないというのに――

潤んだ目を拭うために顔を上げると、鐘の音が耳に届いた。

六ツ数えたところで途絶えたが、もう六ツということはなかろうと、律は筆を置いて小窓から外を見やった。

八ツの鐘は聞いたような気がするし、表がまだ明るいことから七ツが鳴ったばかりらしいと律は踏んだ。捨鐘と初めの鐘を一つ聞き逃したようである。

と、井戸端の方から「先生、お帰りなさい」と大家の又兵衛の声がした。

「先生」

草履をつっかけて表へ出ると、今井は硬い顔をして首を振った。

「朝のうちに太郎が来て、連れ立ってどこかへ出かけたそうだ。しばらくして古屋さんだけ戻って来たが、今度は少し荷をまとめて、二、三日留守にするからと……」

「二、三日？　一体どこへ行かれたんですか？」

「それが判らないのだよ」と、今井は小さく溜息をついた。「太郎に訊いてみようと小倉さまのお屋敷にも出向いてみたが、太郎はおろか、小倉さまも留守にしていてね。仕方なく言伝を残して帰って来た」

そのほんの数日が、路にはどれほど貴重な時か。

間に合わなかったらどうしよう――

「どうしようもないよ、お律」

律の胸中を読んだように――また、自身に言い聞かせるごとく今井が言った。

「待つしかない時もある。私たちにできることは限られているのだから……」

やるせなさの滲む目を向けた今井に、律はただ頷くことしかできなかった。

第四章　巡る桜

一

六ツが鳴るが否や律は起き出し、昨日の残り飯と梅干しを一つつまんだ。

布の入った風呂敷包みをたすきがけに背負って、六ツ半には家を出る。

泰造と約束した「あさっての朝」であった。

黙々と歩いたからか、五ツ前に六軒町に着いてしまい、律は恐縮しながら泰造を呼んだ。

「泰造さん、律です。早くからすみません」

「なぁに、年寄りの朝はもっと早ぇや」

「おはようございます」

「おはようさん」

くすりとすると、泰造は律を招き入れ、既に蒸しの施された端布を見せてくれた。

梅鼠色と桜鼠色が一枚ずつと、二色を並べて筆書きしたものの三枚だ。

思い描いていた通りの色合いに、思わず口元がほころんだ。

「身頃《みごろ》は持って来たんだろうな？」

「もちろんです」

風呂敷包みを下ろすと、泰造が立てかけていた細長い箱を横たえた。長さは五尺、幅は三尺とみた。縁が低いから箱というより巨大な盆で、左右の身頃を並べて置くのにちょうどよい。

「この通り、爺一人でむさ苦しい店だからよ」

看板も出ていない、住処と仕事場を兼ねた小屋である。呉服屋と違って、染め上げた反物を広げる場所に困って、このような盆を作らせたという。

白木だが丹念に磨いてあって、律は安心して持って来た身頃の布を広げた。

裾にあたる部分は既に青花で下絵を入れてある。青花は露草の液汁を使った染料で、水で
落ちることから下絵に重宝されている。

「ここところ……こちらも……花びらを入れようと思って――」

川に見立てた流水文様に、川面に浮かぶ花びらを描くつもりだ。ゆえに白抜きのまま残し
てもらわねばならない箇所がいくつかあった。

「うん。間違《まちげ》ぇねぇようにやるからよ」

言葉少なに、だが頼もしく頷きながら泰造が応える。

「そっちのも見してくんな」

泰造が言ったのは念のために持って来た、花を描き入れた右袖である。

広げて袖の桜を一つずつ、じっくりと泰造は見ていった。

「基のやつ、いい紅を使ってやがる」

「選りすぐりの紅花だと言ってました」

「ふん。兄貴の金で好き勝手しやがって、あの贅沢もんが。まったく妬ましいったらありゃしねぇ……」

こき下ろすつもりなのかと思いきや、羨望をあっさり吐露した泰造に律はついくすりとしてしまった。

「なんでぇ？　あんたは羨ましくねぇのかい？」

「そりゃ……羨ましいですよ」

「だろうなぁ。だがその基を袖にしたんだから、あんたも案外気が強ぇや」

「気が強いなんて、初めて言われました」

「そうかい？」と、今度は泰造がくすりとした。

丁寧に袖を丸めて寄越すと、泰造は言った。

「下染めっつっても、これだけなら大した手間じゃねぇ。今日のうちに仕上げて、明日には持ってくからよ。だからちょいとゆっくり描きねぇ……ってのも難しいか」

ぶっきらぼうだが声には労りを感じる。

翌日——昼四ツに泰造は長屋にやって来た。

ちょうど左袖を一通り描き終え、少し描き足した右袖と共に蒸しを施そうと思っていたところであった。

「蒸しなら、俺に任せねぇか」

下染めを確かめるよう律にうながしながら、泰造は膝を折ってかまどの火加減を見た。

「こちとら絵心はねぇけどよ。蒸しなら染物屋の仕事の内だ」

つぶやくように言って、ひょいと張り枠を取り上げた泰造に、生前の伊三郎が重なって見えた。背格好は違うものの、低く静かな物言いや、口をへの字に曲げて蒸気で変化していく色を見つめる様が似ている。

軽々とまんべんなく張り枠をかざす泰造を横目に、律は身頃の布を広げた。

下描き通りの、二色を使った申し分のない流水文様である。

絵心はない、と泰造は言ったが、花びらの部分は綺麗に残してあるし、刷毛《はけ》でざっくりと染められるような文様ではない。むらが見当たらないことから、それこそ流れる川のごとく、迷いない筆で染めたのだろう。

「ありがとうございます」

どの褒め言葉も足りない気がして、律は短く礼を言うにとどめた。

「おう」

振り向きもせずに泰造も短く応えたが、それもまた亡き父親を思わせて、律はしばし土間に立つ後ろ姿を見つめた。

伊三郎が辻断りに手を斬られるまでは、釜の用意や蒸しは主に律がしていた。大きめの張り枠は持ち続けるのに苦労したが、伊三郎が手伝ってくれたのは上絵を習い立てだった始めの数年のみだ。十代半ばになって身体ができてきても、蒸しの苦労はさほど変わらなかったが、手助けがなくなったのは、いずれ己を「一人前」にしてやりたいという親心だったと思っている。

怪我をしてからは役割を入れ替えて、律が上絵を仕上げる傍ら、伊三郎は次の下染めや下絵を入れたり、蒸しをしたりした。

仕上げを見守ることがなかったのは、己の腕を信用してくれているからだと、あの頃は思っていたのだが、違う作業をすることで、手が利かぬ苛立ちを紛らわせようとしていたのかもしれない。

泰造が蒸しを施している間に、律は二枚の身頃を張り枠に張った。

裾の流水文様は泰造のために青花で描いていたが、花の下絵は入れていない。

紙の下描きを見ながら青花で桜を描き入れていると、瞬《また》く間に時が過ぎる。

「火はどうする？　落としちまうかい？」

「あ、待ってください」

蒸しを終えた泰造を止めると、律は新たに茶を淹れるための湯を沸かした。

律の淹れた茶を、「旨いな」と目を細めて泰造は喜んだ。

久しぶりに揃いの茶碗を二つ使えたことが律には嬉しい。

「こりゃ、表店の茶かい？」

「ええ。安物ですけど……」

「安いなら尚いいや。ちょいと連れてっちゃくれねぇだろうか？」

「お安いご用です」

喜んで案内すると、青陽堂では涼太が客に茶を淹れていた。

涼太がこちらに気付く前に、律は他の手代に声をかける。

声で己が店にいるのは知れたと思うが、確かめるのは面映《おもは》ゆい。

やはり以前の賑わいからはほど遠いものの、ぽつぽつとだが客はほとんど途切れずに暖簾をくぐって来る。持ち帰る包みの大きさからして、小口の客か、己と似たような町の者ばかりのようだが、店者とのやり取りから青陽堂に肩入れしているのが窺える。

泰造も隠居して一人暮らしとあって、頼んだ茶葉はほんの少しだ。茶葉を包んでもらう間、手持ち無沙汰になったところへ、別の手代がやって来た。

「よろしければ、あちらでお茶をどうぞ」

「ん？　ああ、俺ぁ、ちょびっとしか……その、大した客じゃねぇからよ」

慣れぬ様子で泰造がもごもご応えると、火鉢の横にいた涼太が手代より先に応えた。

「どなたさまも大切なお客さまでございます。こちらこそ大したおもてなしはできませんが、お急ぎでなければどうぞ一杯」

手代にうながされて、律たちは涼太の差し出した盆からそれぞれ茶碗を取った。

一瞬涼太と目が合ったが、小声で礼を言いながら律はすぐに目をそらした。

「うん。お律さんの茶も旨かったが、こっちはもっと旨ぇや」

「そりゃそうですよ」

律が苦笑する横から、手代が涼太に囁いた。

「水を汲んできましょう」

「悪いね、恵蔵」

二人のやり取りから、手代の名が恵蔵だと判った。

六太の指南役で、律のことを「許婚」だと六太に教えた手代である。

茶は今井宅で飲むことが多いから、律が青陽堂を訪れるのは月に一度あるかないかだ。長年勤めている恵蔵を始め、顔だけならほとんどの奉公人に見覚えがあるのだが、名前まで知っている者はそういない。

この人が恵蔵さん……

思わず見やった律へ、にっこり微笑んでから恵蔵は奥へと引っ込んだ。

茶葉を受け取ると、始めの手代が表まで見送りに出て来た。

涼太は次の客への茶を淹れていて、こちらへは目礼《もくれい》を寄越したのみだ。しかし仕事に励む涼太を見たことで、律にも何やら意欲が湧いてきた。

まだ昼の九ツを少し過ぎたところである。

――夕刻までもう一踏ん張りできるわ。

上野をぶらついて帰るという泰造とは青陽堂の前で別れたが、「また何かあったら声をかけてくんな」と言われたことが、更に律を力付けた。

昨日と同様、昼餉もそこそこに律は黙々と花を描き続けた。

既に袖二枚分の桜を描いているから手も慣れてきて、面白いように筆が進む。

時折手を休めて、少し離れたところから張り枠を見つめると、やはり同じように出来映えを確かめていた伊三郎が思い出された。

――おとっつぁん。

私、少しは上手になったと思うのよ……

七ツが鳴って間もなくして、律は筆を置いた。

二刻ほど夢中になっていたため、身頃の花はほとんど描けた。

日をまたがなかったから、色合いも揃っていて満足な出来である。

肩をほぐしながら井戸へ向かうと、木戸をぐって今井が帰って来た。

今井は今日は筆子《ふでこ》たちを連れて、最後の花見とばかりに寛永寺に出かけていた。

「先生、お帰りなさい」

「ただいま。……古屋さんはいらしたかい？」

「いいえ、まだ……」

「太郎は？」

「太郎さんも来ていません。ずっと絵を描いていましたけど、戸口は開けてありましたから、訪ねていらしたら判った筈です」

「そうか」

くつろいだのもほんの束の間、六太と路が思い出された。

古屋が出かけて三日になる。

「二、三日留守にする」と言っていたそうだから、今日こそ戻って来て欲しい。

――言伝を聞いたら、夕刻でもすぐに先生を訪ねて来るに違いないわ。

思った途端に足音がして、律も今井も木戸を見やった。

古屋かと思いきや、涼太であった。

その険しい顔を見た途端、嫌な予感が胸をよぎった。

「涼太、どうした？」

律が心を構える前に、低い声で涼太が告げた。

「……お路さんが亡くなりました」

二

古屋が訪ねて来たのは明くる日だ。

昼の九ツになろうかという頃合いで、今井はまだ指南所から帰っていない。

「古屋さん!」

声を聞きつけて律は表へ飛び出した。

「何やら探し人について急ぎの話があると――つまりお春のことかね?」

「はい」

「しかしお春なら既に……」

「……まことに残念ながら亡くなりました」

隠し立てすることではないと、律はずばり切り出した。

「うむ」と、古屋が短く頷く。

「もうご存じでしたか?」

驚いて問い返すと、古屋は悲しげに再度頷いた。

「太郎が調べてきてくれてな……それでしばし出かけておったのだよ」

「ではこの数日は、お路さんのところにいらっしゃったのですか?」

「お路さん？」

「あ、お春さん――お春さんと思しき女性で、諏訪町にお住まいの――」

古屋の顔がみるみる険しくなった。

太郎から聞いて路のもとへ出かけていたのなら、路と六太――息子――との再会は既に果たされていたのかと推察したが、違っていたようだ。

「お路さんという女性が亡くなったのだな？」

「ええ。昨日……」

「お春と思しきというと、同じ年頃の町娘で――もしや子持ちではないか？」

「はい。息子さんは青陽堂の……一月ほど前に古屋さんも目にされています。六太さんといって、川南で同じ青陽堂の者につけられていた……」

「ああ、あの、まだ十四、五の――」

「はい。ですからその、六太さんが、もしかしたら古屋さんの」

「お律さん」

律を遮って古屋が言った。

「私をその、六太という子のもとへ連れて行ってくれぬだろうか？」

「もちろんです。すぐに支度いたします」

両袖と身頃と、並べて少しずつ手を加えていたところである。

筆と染料だけを手早く片付け、しごき帯のみ藤煤竹色《ふじすすたけいろ》の物に締め直した。香代として財布に残っていた百文を懐紙に包むと、古屋の待つ木戸の外へと急ぐ。

木戸を出ると、ちょうど裏口の方から涼太が出て来た。

お仕着せではなく、地味な小紋を着た涼太は、古屋と律を見比べて戸惑っている。

「もしかして、涼太さんもこれから諏訪町へ？」

「ああ」

「私も古屋さんを案内するところなんです」

「古屋さんを？」

「話は道々……」

ますます困惑顔になった涼太を律はうながした。

古屋も涼太を覚えていたようだ。

「手代の一人と思っていたが、そうか、若旦那だったのか。今井さんの教え子だけあって、しっかりしておるな」

「いえ、まだまだ半人前でして」

謙遜しながらも、道に詳しい涼太のおかげで、諏訪町まで思ったより早く着けそうだ。

早足の男たちに遅れを取るまいと必死に歩きながら、律は二人に通じるよう、古屋が江戸に来た理由や、六太の事情などを話した。

路を見舞ったというくだりで涼太は顔をしかめたが、帰り際、六太から切り出された「相談」ごとを聞いてはっとした。

「ではもしや、古屋さんが六太の――」

「それは違うのだよ」

言下に否定されて、今度は律が戸惑った。

「ち、違うのですか？」

「うむ……」

では何ゆえ、六太のもとへ駆けつけようとしているのか。

息子さんじゃないのなら、どうして――？

涼太の顔にも同じような疑問が浮かんでいる。

そんな律たちを困った顔で古屋は見やったが、もう六太の長屋は目と鼻の先だ。

「……私は六太の父親ではないが……父親に心当たりがなくもない」

木戸をくぐる前に、やるせない目をして古屋は言った。

六太と共に話を聞いて欲しい、とも言われ、律たちは頷いたが、長屋を訪ねてみると六太は留守であった。

「昨夜、一度店に行って来ると言って、出てったきりですが……」

「店には来ておりません」

涼太の応えを聞いて、大家の平次郎はうろたえた。

「私は止めたんですよ。青陽堂にはお路さんが亡くなってすぐに、長屋の者を遣いにやりましたからね。通夜は気の置けぬ長屋の者たちと過ごすがよい。明日――つまり今日――には顔を出すからという若旦那の言伝も、遣いの者からちゃあんと聞いておりましたで」

「六太はいつ長屋を出て行ったのですか？」と、涼太。

「六ツが鳴る前でした。すぐに戻るから提灯はいらないと――」

「店に帰っておらぬというのは確かなのだな？」と、古屋。

「ええ。少しでも顔を出したのなら、恵蔵には挨拶したでしょうし、私の耳に入らないということはまずないかと……長屋でも見かけなかったんだろう？」

涼太が問うたのは、先だってのことがあるからだ。

「あれからずっと家にいたけれど、なんにも……この間のように店や木戸の近くをうろうろしていたら、きっと誰かが目にした筈よ。でも、長屋の人は誰も何も言ってなかったわ」

「し、しかし、六太は他に行くとこなんてありゃしません。私どもはてっきり青陽堂で遅くなったがゆえに引き留められて、若旦那と一緒に戻ることにしたのかと……青陽堂でなけりゃ、一体六太はどこに行ったんでしょう？」

平次郎は問うたが、律たちには応えようがない。

「六太さんがお母さんのお通夜を放って帰らないなんておかしいわ。私なら、引き留められても遅くなっても帰ります。何かやんごとなきことが起きたんじゃ……」

律が言うと、「ああ」と涼太も頷いた。

「お律。六太の似面絵を描いてくれ。俺は店への道中を探してみる」

「はい」

「私にも一枚頼む」

矢立を取り出し、平次郎の家で六太の似面絵を二枚描いた。

出来映えに平次郎が目を見張る傍から、古屋、涼太がそれぞれ似面絵を手に立ち上がる。

「六太なら一番の近道を通った筈です。つまり私たちが先ほど通って来た道です」

「それなら私はそちらからあたろう」

「私は違う道を探してみます」

「私も……」

腰を浮かせかけた律へ、涼太が問うた。

「仕事はいいのか？」

「それは……」

着物はほとんど描き上がっているが、細かい仕上げが残っている。

「なら、お律は家に戻れ。六太も子供じゃない。今は古屋さんと俺だけで充分だ」

涼太と古屋は頷き合うと、二人連れ立って長屋を出て行く。

「私はちょいと、近くの番屋を回ってきますよ」

不安げに様子を窺いに来た長屋の者たちに事情を話すと、平次郎も急ぎ足でいなくなる。

残された律は長屋の者に断って六太の家に上がり、横たわる路の亡骸を見つめた。

打ち覆いのかけられていない死に顔に、苦悶の跡は見られない。

が、安らか、というのも違う気がする。

能面のように、見ようによっては穏やかであり、悩ましげでもある死に顔だった。

焼香をして顔を上げると、路の傍らに生けてあった桜はまだ満開だ。四日前と変わらぬのはおかしいと思ったのが顔に出たのか、おかみの一人が横から言った。

「今朝、新しく生けたんです。お路さんは桜が好きだったから、最後に綺麗な花と一緒に送ってあげたいと思って……」

見頃はとっくに終わっているから、綺麗に咲いている一枝を探すのは一手間だったろう。

しかし、これも路が長屋で慕われていた証だと、律は目頭を熱くした。

三

六太の長屋を辞去すると、律はまっすぐ家に帰った。

今井の家の戸は閉まったままだ。

もしや既に涼太から聞いて、六太を探しに出たのかとも思ったが、勝に訊ねるとまだ帰宅していないらしい。指南所からそのままどこかへ出かけたのだろう。

並べた張り枠を前に再び筆を取り、一つ一つの花へ、最後の仕上げを入れていく。

嫁入り前の娘のために、もっと初々しく仕上げたいと思うのだが、楽しかった花見の記憶は遠ざかり、先ほど見た路の傍らの桜ばかりが思い出された。

類には小言めいたことを言われるし、町の花見は散々だった。

――でも、仕事は仕事。

己の事情は貴には他人事《ひとごと》だ。

そう思って何度も筆を握り直すのだが、ふとすると六太や路、春のことが頭に浮かぶ。

古屋の想い人だった春もまた、既に亡くなっているようだ。

うまくいかないものだわ……

古屋は六太の父親に心当たりがあると言ったが、その男は、今どうしているのだろう？

路の居所を、病を、死を、知っているのか、いないのか。

もしかしたら、六太さんは本当の父親を探し当てたのかもしれない。

それなら店ではなく、お父さんにお路さんの死を知らせに行ったのやも……

思案に暮れながら、律は泰造が持って来た梅鼠色の染料を小皿に溶いた。

裾の流水文様に入れた花びらで一枚、縁がわずかに空いて見える箇所がある。

端布で色を確かめ、流水文様に合わせて縁を直した。

ほんの一筋二筋のことだが、気がかりは気がかりである。

他と縁が綺麗に揃った花を見て満足すると、ついでに流水文様にも多少の濃淡をつけるべく、裾の方から染料を塗り重ねた。

流水文様は身頃の裾にあたる四箇所に、梅鼠色と桜鼠色との二色で入れてある。

前身頃の左右の文様に色を重ねたところで、律は一旦筆を置き、染料を足すべく小皿を取り上げた。

――と、井戸端の方から今井の声が聞こえた気がした。

「先生」

勢いよく立ち上がった途端、小皿が手から滑って落ちた。

「あっ！」

声が出た時にはもう遅かった。

身頃と並べて置いていた左袖に、小皿はうつ伏せに落ちている。

「お律？　どうした？」

「あ、あの――」

急ぎ小皿を拾って、張り枠を緩める。

戸口を覗き込んだ今井は、すぐに察したようだ。

「あの、のちほどすぐに――」

振り向きもせずに言った律に、「ああ」と短く応えて引き返して行く。

なんてこと――！

桶に水をいれ、汚れた部分を浸してそっとゆすぐ。蒸しの施されていない染料はこれだけで随分落ちたが、もとが白地だけに薄紅色の染みが残った。

しかし途方に暮れている暇はない。

道具箱から「鶯の粉」を取り出すと、律は一心不乱に染み抜きを始めた。

粉、というと聞こえがいいが、「鶯の粉」というのは鶯の糞《ふん》を乾燥させて粉末状に精製したものである。染料を扱う者には生地を傷めぬ染み抜きの粉として重宝されているし、皺消しや肌の「染み抜き」にも効果があるため、巷《ちまた》では女たちにも人気の粉だ。

ほどなくしてあらかた染みは取れたものの、既に描いてあった花もやや色が薄れた。

乾かすために伸子張《しんしば》りにしてから、今井を訪ねて六太のことを話した。

「古屋さんではなかったのか……とすると、お律の言う通り、まことの父親を知って、訪ねて行ったということもありうるな」

「ええ」

「まあ、十四ともなればもう子供じゃない。亡骸を放ってはおけまいし、今頃長屋に戻ってるんじゃないか？」

「それならいいんですが、やっぱりおかしいと思うんです。お通夜におっかさんのもとに戻らないなんて……野辺送りまで、少しでも一緒にいたいんじゃないかと――」

美和と伊三郎、それぞれが亡くなった時を思い出しながら律は言った。

「そうだね。二人きりの親子なのだし……しかし、つらい時には一人になりたいという気持ちもあろう。父親に知らせにいったとしたら、居所が少し遠かったのやもな」

陽気もよくなっているから、路の野辺送りは今日明日になろう。

それなら先生の言う通り、もう長屋に戻っているかも――

今井と二人で一服してから、律は再び仕事と向き合った。

後身頃の梅鼠色の流水文様に前身頃と同じように手を加え、続けて桜鼠色の流水文様にも濃淡を施すと、ぐっと品のある仕上がりになった。

こうなると袖のしくじりが一層悔やまれる。

起きてしまったことは仕方ない――

夕刻になって、ようやく乾いた左袖を再び張り枠に戻していると、涼太がやって来た。

先ほど諏訪町まで確かめに行ったにもかかわらず、六太はいまだ行方が知れぬという。

「もしもまたお前を訪ねて来たら、遅くてもいいから知らせてくれ」

「ええ。――古屋さんは？」

「長屋の方に一度戻ったらしいが、六太がいないんで、また探しに出たそうだ。御蔵前も流してみる、と。賑やかなところで気を紛らわせてぇってのは判らねぇでもねぇが、野辺送りの支度もあるのに出歩くってのは六太らしくねぇ……いや、俺が知らなかっただけなのか」

自問するように言って、涼太は立てかけてある身頃と右袖を見やった。

「いい出来じゃあねぇか。客も喜んでくれるだろう」

疲れを押して微笑む涼太に胸が締め付けられる。

「これから最後の仕上げをして、明日には納めに行くの」

見栄を張った訳ではないが、しくじった、とは言えなかった。

「そうか。邪魔したな」

「ううん……」

律が言葉を濁す間に、涼太は隣りの今井に声をかけた。

戸を閉めて振り返ると大分薄暗くなっていて、律は仕事用の行灯《あんどん》に火を入れた。

滅多に使わぬこの行灯は、伊三郎が特別に作らせた物で観音開きに戸が開く。開いた戸に灯りが反射して、手元がより明るく見えるのだ。おかげで日暮れ後にも仕事ができるのはよいのだが、油代が莫迦にならない。いつもの鰯《いわし》油では臭いや煤《すす》が生地に付いてしまうため、高価な菜種油を使うからだ。

ただでさえ実入りの少ない仕事だが、これも致し方ない出費であった。

期日にうるさい類だ。

約束した明日に納められねば、次はないやもしれぬと思うと焦りを覚える。

二つの一斤染を違う小皿に溶いて、薄くなった花を描き直した。

焦りは禁物と言い聞かせながら、色を合わせながら丁寧になぞっていく。

描き直しはそう手間ではなかったものの、蒸しもやり直しとあって、行灯の火を落としたのは四ツが鳴ろうかという頃合いだった。

疲労困憊で寝床に入ったものの、着物や六太のことが気にかかってなかなか寝付けない。

ようやくうとうとし始めたのは九ツ——子の刻——を過ぎてからで、疲れの取れぬままに律は明《あけ》六ツを聞いた。

四

明けゆく中で改めて左袖を見てみると、描き直した花は他に比べてほんのり色が濃い。

下地にうっすら残った染みを誤魔化すために、自然と花の色を深くせざるを得なかった。

また、慣れぬ行灯の灯りのもとで描いたせいもあったろう。

眉をひそめて律はしばらく左袖を見つめた。

色の違いはごくごくわずかなもので、おそらく素人には判るまい。描き直したのが袖の裏にあたる部分であったのも幸いだった。

しかし玄人なら目を凝らせば、染み抜きや描き直しを見破るだろう。

お類さんもきっと……

嫁入り前の娘が着る着物だ。

まっさらな、間違いのない物を納めたかった――

だが、もうやり直す時が己にはない。

諦めて張り枠から布を外し、風呂敷に包んで、律は五ツ過ぎに家を出た。

「――もう出来たのかい？」

心持ち賞賛のこもった声で類は律を迎えたが、身頃、右袖の上絵を確かめ、左袖を広げると目が厳しくなった。

やはり類の目は誤魔化せなかったと内心首をすくめたものの、類は何も言わずに、袖を広げたまま手文庫を引き寄せた。

叱責でなければ小言、少なくとも嫌みの一つや二つを覚悟していた律には拍子抜けだ。

「手間賃の一両二分。早く仕上がった分、少し色をつけてやろうかね」

出来映えへの評は一言もないため、あくまでも早さに対する心付けらしい。

手間賃と共にいつもの巾着絵の布を渡されたが、何も言われぬことが、律にはなんとも居心地が悪かった。

心付けは二朱と、なかなかの額である。

――急がせたのは向こうだもの。

客はもともと高価な着物を望んでいなかった。

安く、早く、という注文には充分応えた仕事をした。

そう己に言い聞かせるのだが、胸のつっかえはしばらく取れそうになかった。

重苦しい胸を隠すごとく風呂敷包みを抱いて、律は帰り道を急いだ。

まだ六太さんが見つかっていないようなら、私も昼から探しに行こう……

青陽堂の前まで来ると、丁稚の新助が表を掃《は》いている。

「あの、六太さんは――」

訊ね終える前に新助は首を振った。

「それがまだ見つからないんです」

「りょう――若旦那さんは？」

「朝から出かけております。浅草の得意先を訪ねてから、また探しに行くと言ってました」

浅草の得意先というと、尾上だろうか……

うなだれながら家に戻ると、少しだけ墨を磨《す》って六太の似面絵を一枚描いた。

墨が乾く間に昼餉を済ませて、いざ出かけようと似面絵を手に取った矢先に、太郎、そして火盗改の小倉祐介がやって来た。

「お律さん、似面絵。似面絵を頼みます」

急いた様子で太郎が言った。

「ええと、まず水戸弁天と、それから――」

「お巾は後回しでもよいだろう」

「ああ、墨は俺が磨りやしょう」

上がりかまちに座り込んだ太郎へ墨と硯を渡すと、太郎は勢いよく墨を磨り始めた。

「お巾というと、私が呉服屋で見た……あの人が盗みを働いたのですか？」

「そうなのだ。おととい、浅草の尾上という料亭から金蔵の金がそっくり奪われてな。どうやらお巾とその一味の仕業らしい」

「尾上から？」

思わず声が高くなった。

それなら、六太を探す前に涼太が尾上を訪ねたのも頷ける。

「気配に気付いて起き出した女中が一人、一味の男に当て身を食らわされたそうだ。気を失って、しばらくして目覚めたのだが、既にやつらは逃げた後だった」

一味は五人で一人は女。腰の曲がった小柄な男に、金剛力士《こんごうりきし》のように隆《りゅう》とした揃いの二人、最後の一人が当て身を食らわせた男で、身体つきは凡下《ぼんげ》だが頭巾から覗いた目鼻立ちは役者のように整っていたという。

「お巾の一味に間違ぇねぇんで。ちくしょう、俺としたことが……」

一味の動きは太郎が主だって探っていたのだが、てっきり日本橋のとある大店を狙うと思い込んでいたそうである。

「浅草は隠れ家に出入りするばかりで、尾上を探ってる様子は見えなかったんで……隠れ家はもうもぬけの殻だし、女中には気の毒なことしちめぇました」

女中は尾上で一番の年嵩《としかさ》で、当て身を食らった際にあばら骨が折れてしまったようだ。

「しかし、痛みを押して一味のことを教えてくれたのだ。我らの手でお縄にしてやろう」

小倉が言うのへ、「はい」と太郎は大きく頷いた。

「お巾というのは水戸の出だそうですが、水戸へ逃げたということは……？」

盗みを働いたのがおとといならば、もうとっくに朱引の外に逃げたのではないか？

そう思って律は問うたが、太郎は今度は首を振った。

「あれだけの金を持って、江戸を離れるのは無理がありやす。金はどこかに隠して一旦逃げて、ほとぼりが冷めたのちに戻って来るんじゃねぇかと」

「あれだけ、というと？」

「千両箱三つでさ」

「三つ！」

律の家賃は月一分で、一両はその四倍である。十両あれば、つましい一家なら一年暮らせるし、「十両盗めば首が飛ぶ」と言われるように、庶民には「大金」の目安でもある。律なぞは俗にいう「切り餅」——二十五両——でさえ一度しか目にしたことがないのだから、三千両はただただ途方もなく感ぜられた。

絶句した律に、小倉が苦笑しながら応えた。

「三つといっても、みっちり千両入っていたのは一箱だけで、あとの二つは二分やら一分やらも混じっていたそうだ。——これ太郎、広瀬昵懇《じっこん》のお律さんだからいいものの、みだりに金の話をするでないぞ」

「すいやせん。つい……」

元盗人の太郎はともかく、二分やら一分やらが混じっていたとしても、己は生涯目にせぬだろう大金に変わりはない。ただ、先ほどもらった一両が三匁として、千両だと米にすると七升以上。箱そのものも頑丈で重いだろうから、それを三つも持って逃げるのが、いかに難しいかは想像できた。

似面絵の注文は一味の男たちをそれぞれ五枚ずつ。太郎曰く、女中が「阿吽《あうん》のような」と言った揃いの二人は年子の兄弟で、双子のごとく瓜二つということから二人で一枚としたものの、新たに巾の似面絵も三枚頼まれ、計十八枚の似面絵を描くことになった。

三人目の男の一枚目が仕上がると、「じゃ、俺はこれで」と、太郎は来た時同様、手ぶらで駆け出して行く。

太郎を始めとする密偵たちは、一味の顔を大体見知っているそうで、似面絵は火盗改の同心たちに配るのだという。

「慌ただしくて、あいすみません」

保次郎の学友で、やはり兄を亡くして思わぬ役目についた小倉であった。

太郎がいなくなると、保次郎と同じように穏やかな口調になって小倉は言った。

「張り切って見張りに励んでいただけに、お巾に裏を掻かれたことが、どうにも我慢ならないようなんです。あいつなりに、しくじりを取り戻そうと必死なのですよ。無礼はどうか許してやってください」

「無礼なんてとんでもない。こちらこそ、その……」

もしや貴や春の探索が仕事の妨げになったのかもしれないと思ったが、それを小倉に話していいものか。

言葉を濁した律へ、小倉は微笑んだ。

「尾上が襲われたのは太郎の責ではありませんよ。私どもはもう三月もやつらを見張っていたんです。長丁場には気晴らしが肝要だし、気晴らしに太郎が何をしようと、私が口を出すことじゃありません。――ああ、盗みと火付けは無論、御法度としておりますが」

冗談めかして言ってから、真顔になって、小倉は懐から懐紙に包んだ物を取り出した。

「似面絵代はこちらに。ただ、これまたあいすまないのですが、後でまた似面絵を取りに他の者を寄越すかもしれません。その分の代金はつけにしてもらえないでしょうか。その、お巾一味を捕らえた暁には、金一封が出る筈ですので……」

「いいのです」と、律は慌てて言った。「これはお上の——ひいては町のみんなのためですから。尾上も知らないお店じゃありませんし」

三千両——否、仮にその半分だとしても、金蔵の蓄えを根こそぎ盗《と》られて、これから店が立ちゆくのかどうか。

縁談の行方は気になるが、「これ幸い」だの「いい気味」だのとはとても思えなかった。出会った時から綾乃はまっすぐで、商売にかかわっていなくても、家業に誇りを持っている。此度の災難は尾上には非がない上に、青陽堂の騒ぎ以上に予見し難く、厳しいものだ。

「ところで、あの似面絵は青陽堂の丁稚のものでは？　例の混ぜ物騒ぎは手代二人の仕業だったと聞いていますが、あの丁稚もかかわっていたのですか？」

巾着と共に隅に押しやっていた似面絵を見て小倉が訊いた。

「いえ、それは違うんです」

残りの似面絵を描く間に、六太探しの事情を明かした。

「ふむ。しかし万一のために、お律さんには家にいてもらわねば……この似面絵、私がお借りしてもよいですかな？　お巾一味を探しに、私もこれから朋輩と浅草へ向かいます。ついでにこの子の似面絵も見せて回りますよ。何、手間は変わりゃしません」

律が遠慮する前に、小倉は似面絵を懐に仕舞ってしまった。

「で、ではもう、似面絵の代金はいりません」

「それは困る。これから頼みにくくなるし、何より、これほどの絵師に引き合わせてくれた広瀬の顔を潰す訳にはいきません」

にっこりすると、描き上がった似面絵を丸めて、小倉も早々に辞去して行った。

五

やがて帰って来た今井と茶を飲みながら、太郎たちが来たことや尾上のことを話していると、八ツにならぬうちに小倉の遣いがやって来た。

「お巾と卯之介《うのすけ》を三枚ずつお願いいたします」

卯之介というのは、女中に当て身を食らわせた役者のごとき美男の名である。卯之介は先ほど五枚描いたばかりだし、巾に至っては初めに二十枚も描いているから手慣れたものだ。

半刻とかけずに六枚描いてしまうと、今度は入れ違いに涼太がやって来た。

「お律、似面絵を描いてくれ。水戸弁天に、阿吽に役者……」

涼太が言うのへ、今井と顔を見合わせる。

「涼太、どうしてそやつらのことを?」

今井が訊ねると、土間に足を踏み入れながら涼太が応える。

「浅草で太郎さんに会った――というか、見つけたんでさ。ほっかむりをしてたが、なんだか見覚えがあるように思えて……訊いてみりゃあ、尾上に盗みに入ったやつらを探してるって言うじゃねぇですか。それでお律に頼めばそいつらの似面絵が手に入ると――」

では、六太探しは一旦諦めて、お上を手伝うことにしたのだろうか。

尾上の事件の方が大事といえば大事だが、六太は青陽堂の奉公人ではないか。

「……尾上さんがなくしたのは、所詮《しょせん》お金じゃありませんか。六太さんはお母さんを亡くしたのよ。六太さんがいなくなって、もうすぐ丸二日になる。あんなに礼儀正しい子が、なんの知らせも寄越さずいなくなったままなんて、きっと何かあったのよ」

律にしては珍しく、苛立ちをその場でぶちまけた。

「尾上に……綾乃さんに嫉妬してるからじゃありませんからね。そりゃお金は大切でしょうよ。ご商売されているのだから尚のこと……でも、尾上には太郎さんや小倉さま――お上の皆さまがついてるけれど、六太さんにはもう誰も――」

「お律、待て」

律を遮って涼太が言った。

「俺はその六太を探すために、似面絵を取りに帰って来たんだ」

「だって――じゃあ、どうして――」

律だけでなく、今井も同様に戸惑った顔をしている。

今井に断って水を一杯飲むと、この二刻ほどの出来事を涼太は語り始めた。

得意先が盗みに遭ったと聞いて、涼太は朝のうちに見舞いに出向いたそうである。

「尾上もまだてんやわんやだったから、長居せずにすぐにお暇したのさ。それから東仲町、茶屋町《ちややまち》、材木町《ざいもくちよう》と、広小路沿いに六太の似面絵を見せて歩いてたら、大川橋の袂で六太に会ったたってぇお人がいたんだ」

その男の住まいは田原町で、東仲町の西にある。一昨日は夕刻に町の者と大川端へ夜桜見物――という名の酒盛り――に出かけていたという。

宵の口から飲み始めて、一刻ほど経ったのちに六太がふらりと現れた。

「まあ」

「だが、六太は酒に慣れてねぇ。杯に二杯も飲んだら酔っ払って、その場で寝ちまったんだとさ。他にも酔い潰れたやつが二、三人いて、四ツが鳴ってからようやく起こして、家に着いたのは九ツ近かったたってんだ」

「その頃にゃあもうみんな出来上がっってて、仲間の一人が六太にも酒を勧めたそうだ」

「それで、六太は?」と、今井。

「東仲町の町木戸を抜けるまでは一緒にいたそうです。町木戸はとっくに閉まってるし、なんだか事情がありそうだったから、仲間の一人が『泊めてやる』と言ったそうで。しかし、田原町への町木戸に着く前に、『やはり帰る』と言い出して、一人で引き返してったと」

「でも六太さんは戻らなかった……」

「そうなんだ。その人が言うには、六太が引き返す前に、やはり花見酒で遅くなったという五人とすれ違ったたってんだ。頭巾をかぶった女将と呼ばれる女が一人、背負子《しょいこ》を背負ったがっしりした双子と、腰の曲がった小男に、役者のごとき色男――」

まさに、巾とその一味である。

「東仲町の木戸番は六太が帰ってったのを覚えていない。酔っ払いどもが団子になってんだ。田原町の木戸番も一人減ってることには気付かなかったと言っている。太郎さんが言うには、水戸弁天の隠れ家は東仲町にあったそうで、俺が思うに六太はおそらく、町を出ることなく、そこに連れ込まれたんじゃねぇかと」

「しかし、どうして六太が？　水戸弁天なぞ知らぬだろうに」

「それが……」と、涼太はばつの悪い顔をした。「ここで似面絵を見してもらった夜、水戸弁天の話を奉公人たちにしちまったんで。その、口元のほくろのことや……まあ、なんやかやと。六太はきっとそれを覚えてて、通りすがりにぴんときたんじゃねぇかと――」

中年増で、色気たっぷりの巾である。

伝え聞いただけの六太が、名前や顔かたちを覚えていてもおかしくなかった。

男から「女将」と呼ばれていた女の顔を聞いて、涼太もすぐに巾だと判じた。

太郎は大川橋から尾上に引き返す道中で見つけたそうである。太郎から一味の話を聞いて、尾上に戻る代わりに、ここへ駆けつけたという訳だ。

一味の男たち三枚の似面絵が出来上がると、涼太は勢いよく立ち上がった。

が、土間に降りると思い出したように振り返る。

「お律。六太には誰もいねぇとお前は言ったが、六太にはうちが――店のみんながついてらぁ。平次郎さんを始めとする長屋のみんなも……古屋さんも」

「わ、私だって……大した力にはなれないけれど――」

「いいや。お前の気遣いは始めから変わらねぇ。だから六太もお前を信じて、父親のことを打ち明けたんだろう。源之助といい、豊吉といい、六太といい……俺は店のもんを知ってるつもりで、てんで知らねぇぼんくらだった」

目を落とし、むくれた顔をしているが、ただ決まりが悪いのだと、幼馴染みの律には判る。

「そんなことないわ。私が六太さんを気にかけていたのは、慶太郎が六太さんを好いているからよ。まるで兄弟子のように尊敬しているの。でもってその六太さんは、涼太さん――若旦那を尊敬しています。長屋でも若旦那がいかに親身か、話してくれて――」

「よせやい、若旦那なんて」

つぶやくように言って、涼太は踵を返そうとし――今一度、足を止めた。

「――そういや、太郎さんからお律に言伝があったんだ」

「私に？」

「お貰って娘さんだが、七日後には加賀へ発つそうだ」

「加賀？」

加賀といえば伊豆や駿河よりずっと遠い――信濃《しなの》や飛騨の更に先である。

「あの桜の着物は、その娘さんが着るそうだな。今日、納めてきたんだろう？　どうだ、仕上げは上手くいったか？　あの出来ならお類さんも褒めてくれたんじゃねぇのかい？」

「その……褒め言葉はなかったけれど、心付けは弾んでくれたの」

嘘ではないが、嘘に等しい誤魔化しだった。

「それが出来がよかった証《あかし》じゃねぇか」

目を細めた涼太の顔を見るのが後ろめたい。

左袖が――しくじった箇所が――まざまざと思い出されて律は言葉に詰まった。

「お類さんはお前の腕を買ってんだ。これからどんどん注文が入るといいな。そのためにもお前は、うちみてぇにつまらねぇ下手を打つんじゃねぇぞ」

茶化すように言うと、顔を引き締めて「じゃ、行ってくら」と涼太は出て行った。

青陽堂は相変わらず、今一つ賑わいに欠けたままである。

――そう容易く噂はひっくり返せない――

混じり物を届けてしまった青陽堂の話を聞いて、類がそう言ったことがある。

これまでの信頼が、たった一度のしくじりで失われてしまった。

たった一度の……

小皿を落としたのは己の落ち度だが、染み抜きや描き直しは精一杯努めたつもりである。

だがやはり、後悔の念がいまだ胸にとぐろを巻いている。

どうしたらよかったんだろう——?

「早く六太さんの行方が判るといいのですが……お巾一味の行方も」

六太や尾上を案ずることで、律は後悔を無理矢理押しのけた。

六

——その日の夕刻に六太は見つかった。

が、律がそのことを知ったのは、翌朝である。

委細《いさい》が判ったのは更に後で——八ツ過ぎに涼太と古屋が揃って長屋に来てからだ。

涼太が想像したとおり、六太は巾一味に囚われていた。

母親の死に途方に暮れ、また現れなかった古屋に失望した六太は、「店に行く」と嘘をついて、通夜の前に一人でふらりと花見に出たという。

大川端を花と花見客を見ながら歩き、やがて一際賑やかな一団に誘われて、勧められるままに酒を飲んだ。

起こされた時にはもう酔いは醒《さ》めていたのだが、四ツ過ぎと聞いて六太は迷った。

通夜の支度もせずに酔い潰れていたとあってはばつが悪いし、何より通夜で母親の死に直面するのがまだ怖かった。ゆえに「なんなら、今日はうちに泊まんな」という言葉に甘えて、六太は花見の一団について田原町に向かったそうである。

「だが、道中でお巾一味とすれ違った」と、古屋が言った。

──こりゃこりゃ、別嬪《べっぴん》さん、こんな遅くに僕《しもべ》をつれてどうしたんでぇ?──

一団の、酔った男の軽口に、巾はにこやかに微笑んだ。

──そちらさんも花見帰りとお見受けしました。うちはちょいと羽目を外し過ぎて、こんな刻限になってしまいました──

──あっしらもでさ──

──……女将さん、急ぎやしょう──

──はいはい。それではごめんくださいませ──

「ほんの束の間だったが、女の顔を見て六太は、おや、と思ったそうだ。顔かたちとほくろの位置が若旦那から聞いた女と似ていると思い……また、やはり通夜を放ってはいかぬと思い直して引き返した」

戻り道中で巾と一味を追い抜く際に、六太は今一度、巾の顔を盗み見た。

「確かに似ている──そう思ったら、重箱や酒瓶かと思われた背負子の荷物も気になって、木戸番に知らせようとしたのだが……」

巾たちも同時に六太を怪しんだ。それこそ盗人の勘が働いたようである。

何やら勘付かれたようだ――と、六太は気を失った。

にこやかに話かけてきた卯之介に当て身を食らわされ、口には猿ぐつわを嚙まされている。

隠れ家で目を覚ましたものの、手足は縛られ、口には猿ぐつわを嚙まされている。

その横で巾たちは、六太をどう始末するか話し込んでいた。

「阿吽や卯之介はすぐにでも殺して床下に埋めてしまえと言ったそうだが、せむし男とお巾は反対したそうだ。陽気がいいから、よほど深く掘らねば臭いから隠れ家を怪しまれるというのが二人の言い分で、加えてお巾は何やら六太が気に入ったようでな。仲間になって、己の下で働かぬかと六太に持ちかけたそうだ」

だが、六太は頑として拒んだ。

「仲間になったふりをして、逃げ出す機を窺おうかと思わぬでもなかったらしい。だが、阿吽や卯之介の目を誤魔化すのは難しいと判じた。また束の間でも――嘘でも――盗人の仲間になっては、もう二度と青陽堂には……店の皆には信じてもらえまい、と思ったそうだ。それならもう身寄りもいないことだし、最後まで潔くあろう、と。見上げた心がけだ」

感心する古屋を急《せ》かすように、今井が口を開いた。

「それで、六太はいかにして助かったのですか?」

「古屋さんのおかげです」

間髪を容れずに涼太が言った。

「いやいや、おぬしのおかげだ、涼太」

「そう、じらさないでくださいよ。二人とも」と、今井が苦笑する。

「ここを出てから、私は諏訪町の六太の長屋に向かいました」と、涼太。「長屋に着くと、ちょうど古屋さんがいらしていたので、似面絵は古屋さんに渡しました。私はもう覚えてしまったので──」

六ツに大川橋の袂で落ち合うことにして、涼太と古屋は手分けして六太を探した。

一刻もすると日暮れを迎え、橋の袂で涼太が古屋を待っていると、少し離れたところで、振り売りに巾たちの似面絵を見せている者がいた。

町人を装った火盗改の同心らしい──と、涼太が推察した矢先、通りがかりの女が、さっと二人から顔を背けた。

すわ巾か？　と、凝らした目で女の横顔をとらえてはっとした。

「──なんと、そいつは卯之介だったんで」

「なんと」

驚いた今井の隣りで律も目を見張った。

「やつはまさに役者そのもの。女のふりが実に堂に入っていて……」

この機を逃してはならぬと、涼太は卯之助を追うことにした。

「私はちょうど袂に向かう途中でな。涼太が私を待たずに歩き出したのを見て、何か手がかりを得たに違いないと……」

そうして古屋はすぐに涼太に追いつき、二人して卯之助の後をつけた。

人混みに紛れようとしたのだろう。卯之助は雷門から仲見世を通り、浅草寺の東にある南馬道町《みなみうまみちまち》から猿若町《さるわかまち》へと抜けた。

猿若町に入ると足を速めて、更に北東へと進む。新鳥越橋を渡って今戸町《いまどまち》から大川端を歩き始めると、やがて一軒の船宿に入っていった。

「この船宿が、お巾たちのもう一つの隠れ家だったんでさ」

やや伝法な口調になって涼太が言った。

ただでさえ二人で五人を相手にするのは分が悪い。様子を窺ううちに、どうやら船宿も丸ごとぐるだと判って、涼太たちは踏み込むのを躊躇った。

「そこで古屋さんに見張りに残ってもらって、私がひとっ走り助っ人を呼びに行こうとしたところへ、火盗改がやって来て」

「胸を撫で下ろしたのもひとときであったな。気付いた一味が騒ぎ出し、船宿の者たちはお巾を逃がすためにやぶれかぶれになりおった」

「いやはや、後はもう、上を下への大騒ぎでさ。そうこうするうちに、お巾が六太を盾に舟で逃げようとしやがって――」

匕首を閃《ひらめ》かせる巾に、足を止めるもほんの刹那《せつな》。

古屋は脇差しを鞘《さや》ごと巾に投げつけながら飛び出して、巾が息を呑む間に体当たりを食らわせ組み伏せた。

「その拍子に六太は大川へ落ちちまったんだが、これを助けたのも古屋さんさ」

逃げるにあたって足の縄は解かれていたが、手は縛られたままであった。岸辺からそう離れておらぬのに、手が不自由では水を掻くこともできずにいたという。

「なんせ、私は泳ぎはまったくで……」と、涼太は盆の窪に手をやった。「だから、六太を助けたのは正真正銘、古屋さんなんですや」

「いやいや、全てはおぬしが卯之介に気付いたからこそだ」

巾たちは朝のうちに六太と千両箱を長持《ながもち》に入れ、大八車で船宿に移っていたという。千両箱は市中に隠して、機をみて舟で江戸を離れようと目論んでいた。卯之助は町を探る傍ら、旅の支度をするために表に出ていたらしい。仲間になることを拒否した六太は、逃げる際に簀《す》巻《ま》きにして船上から大川に落とすつもりだったとのことである。

火盗改が船宿にたどり着いたのは太郎のおかげで、太郎は隠れ家の近くで長持を載せた大八車を見た者がいたことから、その足取りを追って船宿を突き止めた。

一通り顚末が判ったところで、おずおずと律は口を開いた。

「それで、あの、六太さんの本当の父親というのは……？」

「ああ……」

定府だった頃によく通っていた蕎麦屋で、古屋はある日一人の侍に出会った。

その侍——奥村秀五郎《おくむらしゆうごろう》——こそ、六太の父親であった。

「顔は私よりずっと穏やかだったが、同じところに刀傷があってな」

そう言って、古屋は右目の上を指した。

「背格好も変わらぬし、これも何かの縁かと話しかけてみると、同じ年頃、似たような身分の田舎侍と知れてすぐに打ち解けたのだ。杯を重ねるうちに、お互い町娘に惚れていることも判ってな。ただ、奥村さんは既に女が——お路さんが身ごもっているのを知っていた。それで帰郷の際に母子共々連れて帰れるよう、既に段取りもつけていた。奥村さんは私の相談に乗ってくれ、二人であれこれお春のために知恵を出し合ったのだ」

また会おう——と、約束して別れたものの、古屋が奥村に再会することはなかった。

「のちに蕎麦屋の主に聞いたのだが、奥村さんは通りすがりに、不埒《ふらち》な輩《やから》に乱暴されそうになっていた町娘を助けて、匕首で斬りつけられたそうだ。その怪我がもとで半月と経たずに亡くなったと聞いた。お路さんの名は奥村さんから聞いていた。だから奥村さんが六太の父親で間違いないだろう」

六太さんの名前も、「秀五郎」という父親の名にちなんで付けたに違いない——

六太の父親は判ったものの、律にはもう一つ訊きたいことがある。が、己が問うてもよいものか迷っていると、代わりに今井が切り出した。

「お春さんの行方も判ったとか……？」

「ええ」

古屋は一瞬目を落としたが、すぐに穏やかな声で続けた。

「太郎が調べてくれたのですが、お律さんが見かけた女性は他人のそら似で、お春も息子も……とっくに亡くなっておりました。息子がまだ三つの時で、二人とも風邪をこじらせ呆気なく……お春は父無し子を産むのに家を出ていたそうですが、世話になった長屋の大家が見つかりました。平次郎さんのように情のある大家で、お春の死に水を取り、野辺送りもその方が手配りしてくだすったそうです。その方と話すうちに、ふと私は飛鳥山に行こうと思い立ち……その、昔一度だけ、お春と花見に行ったのです。ここらの花見には間に合わなくて、飛鳥山ならまだ咲いているだろう、と」

春と息子の二人を弔いがてら、飛鳥山に出かけたために留守にしていたという訳だ。

「野辺送りといえば――」と、思い出したように涼太が言った。

二日間、水しか飲ませてもらえなかった六太だが、古屋にはしっかり礼を言い、一夜明けて、今日は長屋の皆と路の野辺送りに出かけて行ったそうである。

「お律にもくれぐれも礼を言っておいてくれと頼まれてきた。店に戻ってきたらまた改めて寄越すが、六太のために尽力してくれてありがとう、お律」

「うむ。まこと此度は、お律さんにも世話になり申した」

「私はそんな――」

丁寧に頭を下げた涼太と古屋に律が慌てる横で、今井がのんびりと涼太に茶をねだった。

七

涼太と古屋が連れ立って辞去したのち、律は池見屋へ走った。

「お願いします！」と、通された座敷で畳に額をこすりつける。

左袖を描き直したいと申し出たのである。

「描き直したいったって……今更遅いよ。あれは昨日のうちに仕立屋に届けちまったもの」

急ぎの仕事なのだから、既に仕立屋の手に渡っていて当然だ。

「ですが――」

「お前の仕事はとっくに終わってんだ。手間賃だって払ったじゃないか」

「て、手間賃はお返しします」

「手間賃を？」

「お心付けも……」

ただでは返せない――

そう言われるやもしれぬと、律なりに掛け合いを考えてきたのだが、話し始めるとただ気が急いて、まったく折衝《せっしょう》にならぬことを口走ってしまった。

「ふうん……」

実入りを全て返すと聞いて、ようやく類の呆れ顔が真顔《まがお》に変わった。

「ただ働きでいいってのかい？」

「はい」

「染料代やら下染め代やら、もう泰造さんに払っちまったんだろう？　手間賃を返しちまったら持ち出しだよ」

「判っています」

「それに、仕立屋がうんと言うかどうか。もう縫い始めちまってるだろうからね」

「そ、そこをお類さんのお力でなんとか――なんなら仕立代を上乗せいたします」

今一度深く頭を下げると、類は、ふん、と鼻で笑った。

「そこまで言うなら自分でなんとかおし。仕立屋がうんと言うなら――それで朔日に間に合うってんなら――私に否《いな》やはないよ。藤四郎《とうしろう》！　ちょいとお律を案内しておやり」

呼びつけられた手代の藤四郎に案内されて、律は今度は仕立屋のもとへ急いだ。

仕立屋の名は永治《えいじ》。住まいを兼ねた裏店《うらだな》は、池見屋からそう遠くない新黒門町《しんくろもんちょう》にあった。

余計なことは言うな、するな、と類に言い付けられたそうで、藤四郎は律を永治に引き合わせると、さっさと池見屋に帰ってしまった。

永治は三十路手前と思われる年頃で、背丈はそう高くないものの、居職《いじょく》とは思えぬがっちりとした身体つきをしている。

上がりかまちに座った律を、ぎろりと睨んで永治は言った。

「夕餉前に、いってぇなんだ？」

「あ、あの……昨日納めた、そ、袖を、その」

永治の太く低い声におののきながら、律は類に頼んだことを繰り返した。

「ああ、やっぱりそうだったのか」

話を聞いて永治は頷いた。

「気付いていましたか？」

「見ただけじゃしかとは判らなかったが、触れてみて……だがな、今更描き直してぇってのは我儘が過ぎる。なんで昨日のうちにそうしなかった？」

そうなのだ。

朝一番に池見屋に行って代わりの反物をもらってくれば、いつもの七ツまでには難しくても――夕刻を過ぎたとしても、昨日中、もしくは今朝早くに、描き直しを納めることができたのだ。

昨日は、六太さんのことが気がかりで——

事情を打ち明けようとして……呑み込んだ。

六太を探しに出ようと思ったのも、似面絵を描いたのも、全て納めた後のことである。

やり直す時はないと、はなから諦めていた。

「その——どうしても描き直したいんです」

まっさらで、間違いのない着物を着て欲しいから——

そう言いかけて、律はまたしても言葉を呑み込む。

——違う。

貴への気遣いもまことなのだが、一番の理由は己のためだ。

急ぎだろうがなんだろうが、己が不服な物を納めるべきではなかった。

注文してよかったと、客にも類にも言わせてみたい。

そう思って臨んだ仕事ではないか。

——たった一度の不覚が、命取りになるやも知れぬ——

いつかの古屋の言葉が頭をかすめた。

私のしくじりは、小皿を落としたことだけじゃなく、それを下手に誤魔化そうとしたこと、
力を尽くさぬうちに諦めてしまったこと……

素人には判らぬ、などと思い込もうとしたのも、己に都合のいい言い訳でしかなかった。

「……我儘は承知しております。急がせてしまう分、池見屋からの仕立代の他に、私からもお支払いいたします」

「へぇ……いくら上乗せしてくれんだい？」

「その、一朱……いいえ、二朱——」

「朔日は三日後だぜ。明日あんたが袖を持って来ても、俺ぁ、夜なべは必至じゃねぇか」

「で、ではいくらならお引き受けいただけますか？」

「金を払えばいいってもんじゃねぇ。まったく、これだから女ってのは……」

女であるというだけで、職人として軽んじられてきた律には屈辱的な言葉であった。

が、そう言われても致し方ない申し出を己はしている。

「お願いいたします」

類の前でそうしたように、律は深く頭を下げた。

どんな仕事でもいいから寄越してくれ、と、もう一人の上絵師・竜吉は類に頼み込んでいるらしい。

仕事が欲しいと呉服屋を渡り歩いた時も頭は下げたが、土下座までしたことはなかった。

もっと必死で頼み込んでいたら——お情けでもなんでも、仕事をくれたかもしれない。

そしたら中にはお類さんのように、私を買ってくれる人だっていたかもしれない……

「一分だ。びた一文負けねぇぜ」

一分……

泰造に払った一分と合わせて、二月分の家賃が持ち出しになる。

だが律は頷いた。

「判りました」

顔を上げて、真っ向から永治を見つめた。

「描き直して、明日必ず持ってきます。そしたら、夜なべしてでも朔日には池見屋に納めてもらえるのですね？」

「あたぼうよ」

ぶっきらぼうに応えて、永治は縫い始めていた身頃の向こうから桐箱を持って来た。

蓋を開けると、手ぬぐいで丁寧に手を拭ってから袖の二枚を風呂敷に包む。

「……どうせ洗う時にゃほどかれちまうが、ほどいた分だけ着物は傷む。店を構えてからこっち、俺が縫い直したことはねぇぜ。紋付きだろうが、振り袖だろうが、死に装束だろうが、一針だって無駄にしねぇ」

風呂敷包みを渡しながら、永治は今一度律を睨んだ。

「一度きりだ。二度とこんな頼みは聞かねぇぞ」

「……はい」

包みを抱いて頷くと、律は御成街道を小走りに家に帰った。

井戸端にいた勝と佐久を挨拶のみでやり過ごし、戸口を閉めて家にこもる。

持ち帰った左右二枚の袖を並べてみると、描き直した箇所はやはりわずかに色が濃い。

池見屋でもらってきたまっさらな布を、張り枠に張って一度立てかけた。

持ち出しとなった二分は痛いし、急がねばという焦りもなくはない。

だが、「これでいい」という安堵の方が強かった。

つまらぬ見栄でも意地でもいい。

今描ける最上の物を納めたい。

己が胸を張って「上絵師」の看板を掲げていくために……

まだ何も描かれていない布の向こうに、これから続く道のりが見えた気がした。

反物のように細く長く続く道は真っ白で、何が起きるか判らぬ不安が見え隠れしている。

しかしそこに「道」がある喜びは、不安よりもずっと大きい。

引き締めた口元をやや緩め、一つ頷くと律は己を励ました。

「さあ、もう一仕事」

八

翌日の昼過ぎに約束通り袖を届けて戻ると、律は巾着絵に取りかかった。

袖の出来は上々で、晴れ晴れとした気持ちで下描きと向き合う。

意匠は鞠《まり》だ。

先ほど帰り道に鞠で遊ぶ女児を見て思いついただけだが、いいぶん回しの練習にもなる。

一枚にいくつも入れようとしている鞠には、一つ一つ大きさや絵柄を変えて、花やら鳥やら櫛やら簪やら、娘心をそそる「愛らしいもの」を描くつもりだ。

手間はかかるが二枚だけだし、何より己が楽しめる。

しばらく下描きに夢中になっていると、涼太がやって来た。

茶に誘われて今井宅に行くと、古屋と六太も一緒だった。

六太を案じて諏訪町へ行った古屋だが、朝のうちに店に戻ったと聞いて、青陽堂を訪ねて来たのである。

「もうお店に戻ったのですか?」

驚いて訊ねた律に、六太は首を振った。

「いえ。若旦那が取り計らってくださいまして、店にはあさっての朔日から戻ることになりました。今日明日は長屋の片付けをいたします」

「あさって……」

おっかさんを亡くしたばかりで、六太さんだって大変な目に遭ったのに——

「その、私は明日にでも戻るつもりでしたが、きりがいいから朔日でよいと、若旦那が」

非難したつもりはないのだが、六太が慌てて応えた。

「それに、長屋も借り手が引きも切らないそうで、それなら少しでも早く片付けを済ませた方がよいと思いまして……初七日や四十九日の供養は平次郎さんの家ですることになりまして、その時は戻ってよいと言われております。その……これも若旦那のお心遣いで」

「女将の心遣いだ」

照れ臭いのか、言い直して涼太は茶を淹れる支度を始めた。

六太が店に戻って来たのは実はつい先ほどで、朝は様子を見に来た太郎と共に、小倉の屋敷に行っていたそうである。

「盗まれた金を取り戻すのに、六太が一役買ったのだ」と、古屋。

六太は長持に入れられ、東仲町の隠れ家から今戸町の船宿まで運ばれた。

三つの千両箱が一緒だったのは途中までで、一味は聖天町《しょうでんちょう》の別の隠れ家に金を隠してから、船宿に向かったそうである。船宿の者たちも巾の仲間には違いなかったが、金の隠し場所は巾と一緒に盗みを働いた四人しか知らぬということだった。

湯を沸かしながら、涼太が口を挟んだ。

「その巾たちは頑として盗みは認めず、六太も勝手について来ただけと言い張ってたんだ。手足を縛ったのは酔った上での遊び、女中の話も年寄りの見間違いだと……船宿から金が出てこないんで、証拠がないと火盗は困っていたところだったそうだ」

千両箱が隠された家を火盗改が突き止められたのは、六太が長持の暗闇の中でも大体の道筋を覚えていて、船宿から逆にたどってみたことと、そこに「はる」と呼ばれる女がいたのを覚えていたからだ。

「はる……?」

「卯之介の妹だそうだ」

奇《く》しくも古屋の昔の女と同じ名前だが、「さく」同様「はる」もそう珍しくはない。

「六太の大手柄でさ」

誇らしげに涼太は言ったが、六太は複雑そうである。

「船宿の者たちは判りませんが、お巾たちは死罪になるようで……」

殺されそうになったとはいえ、死罪と聞けば心穏やかとはいかぬのだろう。

「おぬしは間違ったことはしておらん。やつらを裁くのはお上であって、おぬしではない。おぬしが気に病むことはないのだ」

古屋が言うのへ、涼太も頷いた。

「お前は尾上を救ったんだ。あすこはうちに劣らぬ数の奉公人がいる。店が潰れたら一家離散どころか、奉公人にだって路頭に迷う者が出るだろう」

「それで、お律さん、今日は……」

六太を気遣った古屋が切り出した。

六太の父親の似面絵を描いて欲しいというのである。

「十四年前に一度きりしか会っていないのだが、あまりにも我が身と似た境遇だったから、奥村さんのことはよく覚えているのだよ」

そう言って古屋は、六太の父親である奥村秀五郎の顔かたちを語った。

やや広い額に、薄めだがほどよい眉。頰骨が少し出ていて、顎も引き締まっているものの、穏やかな目元口元の男である。

出来上がった似面絵に見入って六太がつぶやいた。

「これが私の父……」

「うむ。おぬしはどちらかというと母親似らしいが、でこや眉はよく似ておる」

懐かしげに微笑んで古屋は続けた。

「右目の上の刀傷は、同輩《どうはい》の喧嘩の仲裁に入った際に受けたそうだ。若気の至りであわや斬り合いになるところへ、奥村さんが割って入ったらしい。私なんぞとは大違いだ。私のはそれこそ若気の至りで、小柄《こづか》を的に当てられるかどうか、道場で友と賭けてなぁ。やつが手を振り上げただけですっぽ抜けて——後ろにいた私の方に飛んできたのだよ」

「なんと、そういうことだったのですか」と、今井。

「ええ、そういうことだったんですよ」

今井と古屋が笑い合うのを見て、六太の緊張もほぐれた様子である。

「私は武家に生まれたがゆえに形ばかり道場に通っただけだが、奥村さんは腕の立つ剣士だったらしい。そう、蕎麦屋の主が言っていた。町娘を庇って怪我をした時も、刀を抜いていれば無傷で済んだやもしれなかった、と。だが六太、刀を抜くには相当の覚悟がいるものなのだ。強い剣士であればこそ、匕首のみの相手に抜きはせん。赤子の手を捻るような真似はできぬし、下手に抜けば上役や——殿が咎められることもあるでな」

保次郎が「抜いても法度、抜かずとも法度」と言ったように、よほどのことがない限り、市中での抜刀は禁じられている。

「つまらぬ見栄と思われような。命あっての物種とも……しかし奥村さんは運が悪かっただけなのだ。斬られはしたが、奥村さんはすぐに男を組み伏せ、駆けつけた番人に引き渡したそうな。冷静で勇敢な男——まるで此度のおぬしのようではないか」

「私はそんな……」

首を振ってから、おずおずと六太が訊ねた。

「私のせいでお怪我をされたと聞きました。古屋さまのお怪我の具合は……?」

「ああ、それなら大したことはない」と、古屋は袖をめくって見せた。

巾が振り回した匕首で、腕を少し斬られたという。乾いた膏薬《こうやく》の下の傷は二寸ほどと大きいが、切っ先が嬲《なぶ》っただけの浅手らしい。

「跡は残るやもしれんが、これこそ名誉の負傷というものだ」

苦笑してから、古屋は改めて六太に向き合った。

「おぬしが無事でよかった」

「古屋さまこそご無事で……その、此度は命を救っていただき、まことに――」

「いいや、救ってくれたのはおぬしだ、六太」

六太を遮って古屋は言った。

「……私は三年前に倅を亡くした。馬に慣れさせようと馬場に連れて行ったのだが――」

馬を出してもらう間に朋輩に会い、話し込んでいるうちに、何に驚いたのか、厩舎《きゅうしゃ》から馬が飛び出して来た。話し込む父親の邪魔にならぬよう、息子は少し離れたところで別の者が馬を乗り回すのを眺めていた。

「あっという間の出来事でな。駆け寄ろうとしたのだが寸差で間に合わず――否、私が捨て身になりきれなかったのだ。もっと必死に走っていれば……それこそ何かを投げつけるなり、後足に食らいつくなりすればよかったのだ」

暴れ馬に足蹴にされ、古屋の息子はその場で息を引き取った。

息子の突然の死に妻は気鬱となり、三月と待たずに自ら命を絶った。

「まだ十の倅に馬は早かった、私がしっかり傍についていればよかった、などと、あれこれ悔やんだが後の祭りだ。悔やむうちに仕事がおろそかになり、妻の気鬱を気遣ってもやれず、それがまた新たな悔いを生み……」

これらの後悔が、此度、古屋を迷いなく巾に立ち向かわせた。

「今更なんの償いにもならぬが、おぬしを助けたことが――おぬしが生きていることが、私の救いになったことは確かなのだ」

「……古屋さまが私の命の恩人であることも確かでございます。父のことも、教えてくださってありがとうございました。知らなければ、私はずっと父を憎んだままでした。この度、母を亡くして一人になりましたが、父があの世で母を迎えてくれるのではないかと思うと、初七日も四十九日も、心安らかに供養ができそうです」

丁寧に頭を下げた六太に、躊躇いがちに古屋が切り出した。

「文を……送ってもよいだろうか？」

「私にですか？」

「青陽堂の奉公人は皆、読み書きができると聞いたでな」

「私はまだ、かなしか……」

「ならば文はかなで書こう。その……一人になったとおぬしは言ったが、おぬしには青陽堂がついておるでな。なぁ、若旦那？」

「ええ。六太はうちでしっかり育て上げます」

「うむ。よって余計な世話とは承知の上だが、もしも……もしも、どうしても立ちゆかぬ時がきたら、いつでも飛騨に参るがよい」

六太だけでなく、律も涼太も今井も、皆で揃って古屋を見つめた。

「家督は弟に譲ってしまったが、おぬし一人くらいの食い扶持はなんとでもなるでな。私は奥村さんの代わりにはなれぬが――おぬしを息子たちの代わりにしようというのでもないのだが――私ももう、一人といえば一人だ。だが飛騨に帰っても、おぬしが江戸で達者でいるだけで、私には励みになるだろう。だからおぬしも、もしもの時は私を頼ってくれぬだろうか？　藩邸にも弟にも、そう申し付けておくゆえ」

――帰ろうと思えば帰れる家がそこにあるだけで、子供ってのは安心するもんだ――

今井の言葉を思い出しながら、律は今度は六太を見やった。

突然の申し出に戸惑ったのも束の間で、瞳に喜びを灯して六太は頷いた。

「それでは……私は手習いに励みます。恥ずかしくないお返事を書けるよう、漢字もたくさん覚えます」

「うむ。今からまことに楽しみだ」と、古屋も目を細める。

六太が飛騨を訪れることはまずないだろう。

古屋にとってもこれが最後の江戸である。

でも……

――遠く離れていても、想いを馳せる――帰ることのできる――親兄弟がいるというのは心強いと思わないか？――

弥吉が為吉と慎吾という「身内」を得たように、古屋と六太の間にも親子に負けぬ絆を見た気がして、律は微笑みながらも潤んだ目尻に指をやった。

ようやく沸いた湯で涼太が茶を淹れ、五客全ての茶碗に等しく注ぐ。

それぞれ茶碗を取り上げ、一口含み――皆、一様に笑みをこぼした。

九

律が再び池見屋を訪れたのは二日後――弥生は朔日の昼過ぎだ。

巾着絵の期限には一日早いが、池見屋を訪ねたのは貴の着物が気になったからである。

「ああ、永治なら昼前に着物を納めに来たよ」

「そうですか。よかった」

「早いだけじゃない。仕事もしっかりしたものさ。――お前と違って」

胸を撫で下ろした律をからかうように類が言った。

「その節はまことに……あの、もう二度とあのようなことは――」

「もう二度と、なんて、そんな大見得《おおみえ》切るんじゃないよ。いずれまた、しくじる時がくるだろうさ。お前にも、永治にも、この私にだってね」

「ああ、そりゃあ生きてる限り、避けようのないことだもの。だが、それをどう片を付けるかはまた別の話だ。……左袖、上手く取り返したようだね。泰造さんも下染めをした甲斐があったってもんだ」

「お類さんにも？」

またしても褒め言葉はなかったが、出来は認めてもらえたようだ。

「永治には一分も払ったんだってね？」

「ええ」

描き直した左袖を持って行くと、永治は右袖としくじった左袖と三本並べて見比べた。それからおもむろに頷くと、手を差し出して上乗せ分の一分を催促した。

「お前は本当に折衝が下手だねぇ……」

にやにやしながら類が言った。

「初めから何があったのか申し出て、手間賃を引いてもらうなり、直すなら期限を延ばしてもらうなり、なんとでも掛け合ってみりゃあいいものを」

「で、でも期限は九日後の七ツまでだと――」

「お前がそれしかないと思い込んでるからさ。まったく頭でっかちなんだから。私だってそこまで鬼じゃあないんだ」

本当かしら――？

そこらの男どもより怖い——もとい、貫禄のある——類を見つめて律は思ったものの、口にするほどうっかり者ではない。

「永治も矜持《きょうじ》のしっかりした職人だからねぇ。客には判らぬしくじりでも、やり直したいってお前の気持ちはよく判ると言っていたよ」

「え？」

「下手な言い訳はせずに、心から頭を下げたお前を見直したとも。しかし、ちょいと面白がって吹っかけてみたら、お前があっさり乗ってきたんで、まさかと思ったが、いい儲けになったと喜んでたねぇ」

「そんな、だって、びた一文負からないと——」

「そこが掛け合いどころなんだよ。まあ、いい勉強になったね、お律」

「そんな……」

眉じりを下げた律を見て、類はにやにや笑いを引っ込めた。

「だがね……お前が何も言わずにそのままだったら、私はもう着物の注文は入れないつもりだった。あの二朱は手切れ金でもあったのさ」

手切れ金——

冷や水を浴びせられた気がした。

「これに懲りたら、どっしり気を構えて仕事に励むんだね。つまらない下手を打つんじゃないよ。しくじらないのが一番なんだから」

「はい……」

うなだれた律だったが、鞠を描いた巾着絵二枚は「面白い」との評を得た。

「これはすぐに売れそうだ。次も似たようなのを三枚描いておいで」

「はい」

着物の一件ではひやりとしたが、一枚でも仕事が増えたのは喜ばしい。

己が考えた意匠を気に入ってもらえたのは更に嬉しかった。

浮いて、沈んで、また浮いて……

我ながら現金だと内心苦笑しながら、律は池見屋を後にした。

陽はまだ高いし、巾着絵の意匠も決まっている。

――香ちゃんを訪ねてみようかしら？

香とはもう一月近く顔を合わせていない。昨年も如月《きさらぎ》は店やら町やらの花見で忙しくして
いたから、今年もそうではないかと思っていたが、佐久と言い合ったから顔を出しづらいの
かもしれない。

ううん。

香ちゃんに限って、そんなことないわね……

これまた苦笑してから、律は銀座町に向かうべく御成街道を南に歩いた。

神田川を渡って元乗物町《もとのりものちょう》から十軒店を通り過ぎると、室町、そして日本橋が見えてくる。

室町にある江戸随一の大店・越後屋は今日も変わらぬ賑わいで、「越後屋千両」はけして過言ではないと思わせる。

日に千両も稼ぐなら、千両箱を三つ盗られたところでびくともしないに違いない――

此度二分が持ち出しとなった律は、羨望の眼差しを店先へ向けてから先を急いだ。

――と、何やら名前を呼ばれた気がして振り返る。

通り過ぎたばかりの越後屋から小柄な女が姿を現し、小走りに近寄って来た。

「綾乃さん……」

お金が見つかったから、早速越後屋に買い物に来たのかしら？

なんとも羨ましいことで――と、胸のうちでつぶやきかけて、己がさしてそう思っていないことに気付いた。

逆立ちしても己は綾乃にはなれぬ。そしてまた、なりたいとも思っていなかった。

私は私……

「こんなところでお会いするとは。わざわざ声をかけてくださるなんて、何かご用でも？」

おそらく涼太のことではなかろうか。

ここしばらく涼太から聞くのは六太のことばかりで、縁談のことは何も言っていなかったが、尾上の金が戻ってきた今、いよいよ話が進むのだろうか。

「ええ。用でなければ、わざわざ呼び止めたりいたしません」

つんとして言う綾乃の目はやや赤く、化粧で誤魔化してはいるもののやつれが見える。

「お律さん、涼太さんからお聞きしましたか?」

「何をです?」

「うちと青陽堂でご縁を結ぼうという話です」

ずばり切り出されて、律はつい目を落とした。

「ええ……それは、以前、少し……」

「以前、というと?」

「お花見の時に、そういうお話があると聞きました。尾上さんと、もう一つ、玄昭堂とつながりのあるお店から縁談がきている、と」

「それだけですか? その後は——おとといも何も?」

「おとどい、涼太さんは隣りの先生を訪ねて来ましたが、六太さん——その、この度の盗人騒ぎのことしか……」

「うちとの話はなくなりました」

律を遮って綾乃が言った。

「え?」

「涼太さんはうちとではなく、玄昭堂とご縁を結ぶそうです」

「えっ？」

「おとといの夕刻、涼太さんからそのようにお聞きしました。――お律さんと私は恋敵だったんですもの。ですからこれだけはお伝えしたくて……では、ごめんくださいませ」

律に問い返す間を与えずに、綾乃はくるりと踵を返して、越後屋へと戻って行った。

呆然としながらも数歩足を踏み出したものの、思い直して律も踵を返した。

香は知っているのか、いないのか。

知らぬなら己からはとても言えぬし、知っているなら、花見どころか、これが長屋から遠ざかっていた理由だろう。

――たとえ違う道を歩むことになろうとも、涼太さんが真に幸せならそれでいい――

そう己に言い聞かせてから、まだ十日と経っていない。

今でもその想いは変わらぬ筈なのに、波打つ胸は止まらない。

地面だけを見つめてひたすら歩き、気が付けばもう長屋の前にいた。

井戸端に誰もいないのは幸いだったが、今井に呼び止められた。

「一服どうだい？」

「いえ、ちょっと急ぎの仕事が……」

「そうか。それなら仕方ない。涼太も用事があるそうで……でも昼過ぎにやって来て、お律に言伝を頼まれたよ」

「言伝、ですか?」

「ああ」と、今井はにっこりとした。「明日、飛鳥山に行かないか、と?」

「飛鳥山?」

「うん。もう散りかけだろうが、お律を最後の花見に連れて行きたいそうだ。仕事はそんなに急ぎなのかい? 難しいようなら、今日のうちに知らせてくれとも言われているが……」

「……いえ、今から励めばなんとかなります」

「そうか、よかった」と、今井は再び微笑んだ。「では、明日は四ツに迎えに来るそうだから、それまでに支度をしておきなさい」

「……はい」

頷いて家に帰ると、戸口を閉めた途端に涙がこぼれた。

最後の花見——

昼間から店を空けて連れ出してくれるのは、己へのせめてもの情けだろうか。

長屋で別れ話を切り出そうものなら、誰に聞かれるか判らぬし、己も一層惨めな気持ちになりそうだ。

土間に立ったまま、律は上がりかまちを見やった。

あそこに二人並んでいた筈なのに……

溢れる涙が見慣れた光景をかすませる。

戸口にもたれて、律は何度も涙を拭った。

十

「疲れたか？」

「いいえ」

涼太が問うと、律は己を見上げて小さく首を振った。

薄くても律が化粧をしているのは珍しい。素鼠色《すねずいろ》の袷に蒸栗色《むしくりいろ》の帯と、着物は地味だが、髷には己が贈った千日紅《せんにちこう》の簪を挿しているのが涼太には嬉しかった。

顔色は何やら優れないようだが、昨日また、急ぎの注文があったと聞いている。

疲れているところを連れ出すのは悪いと思ったものの、今日くらいは邪魔の入らぬ場所で、二人きりで過ごしたかった。

縁談のことは、向こうについてからでもいいだろう――

昨日六太が店に戻って来たから、道中はもっぱら六太や古屋の話をしながら歩いた。

――古屋や六太と今井宅を訪ねた三日前、その日のうちに、涼太は一人で堺屋、そして尾上へと出向いて、双方の縁談に断りを入れた。

店仕舞いをとっくに終えた後に戻ると、佐和にすぐに家の方の座敷に呼び出された。

佐和と勘兵衛の他、父親の清次郎まで同席しているのを見て、ぎょっとしたのも一瞬だ。既に肚をくくっていた涼太は、三人の前で深く――畳に額が付くほど――頭を下げた。

――勝手なことをして申し訳ありません――

己の独断で二つの縁談を蹴ったことをまず謝った。

その上で、己がこの半月ほど、過去の帳簿や店の蓄えを調べていたことを三人に告げた。

仕入れや売上金だけでなく、家と店の衣食住にかかる全ての数字を勘定してみたのだ。

縁談に迷う前に、まずは現状を知らねばならぬ、と始めた作業であったが、見通しを得る前に涼太は断ることを決めていた。

後押ししたのは律の筆である。六太の長屋で、似面絵を描くために律が矢立から取り出したのは、その昔、己が渡した筆だった。

いつぞや香が言っていたのはこれか――と合点する傍ら、幼き頃に律と出会ってからの年月が思い出されて、涼太は決意を更に固めた。

莫迦だった。

迷うことなど、なんにもなかった……

いくつかの帳簿と自ら書き付けたものを見せながら、半刻以上も弁舌を振るった。

――多少暮らしは切り詰めねばなりませんが、まず一年はなんとかなると――

次の花見までには、己が必ず店を盛り返してみせると、涼太は大見得を切った。

ちらりと清次郎、そして勘兵衛を見やってから、おもむろに佐和が問うたのは、店の収支についてではなかった。

――……どちらの娘も気に入らなかったということですか？――

――いいえ――

覚悟は決めていたから、即座によどみなく涼太は応えた。

――私はもう大分前から、お律を――裏のお律さんと一緒になると決めております――

しかし今思えば、「あれはおふくろの……」

「女将さんの？」

律に問い返されて、己が思わずつぶやきを漏らしたことに気付いた。

「いいや、なんでもねぇ。喉は渇いてねぇか？　ちょいと一休みしていくか？」

「ううん……早く行きましょう」

そう言って律は少し足を速めたが、背丈がある分、涼太の足取りはのんびりしたままだ。

あれはおふくろに、鎌をかけられたのでは……？

涼太がそんな疑いを抱いたのは、佐和が座敷を立った後である。

律のことを佐和は一言も口にしなかった。

――断ってしまったものは仕方ありません。それから切り詰めるのはうちだけにとどめなさい。店の者に今以上の苦労を強いてはなりません――

それだけ言って、佐和はさっさと座敷を出て行ったのだ。

非難か叱責、少なくとも小言を覚悟していた涼太は、半ば呆然として佐和を見送った。

佐和の後を追いつつ、清次郎はくすりと笑みをこぼして言った。

――まあ、金のことはそう案ずるな。婿入りしてうん十年。私にもそれなりのへそくりがなくはない――

二人きりになると、勘兵衛までが苦笑を漏らした。

――若旦那のおかげで、私は大損ですよ――

――それは一体どういうことだ？――

――何、作二郎と恵蔵が、お律さんに賭けると言うんでね。三人一緒じゃ賭けになりませんから、若いのに少し小遣いをくれてやるつもりで、私は綾乃さんに……――

なんと、涼太が選ぶのは綾乃か堺屋の娘か、はたまたやはり幼馴染みの律かと、三人で賭けていたというのである。

――これで二人も喜ぶでしょう。恵蔵なんぞは初めっから勝つ気満々で、お律さんを「お許婚」などと、六太に吹き込んでおりましたよ――

清次郎と勘兵衛の台詞を思い返すと、やはり佐和の問いは引っかけだったように思えて仕方ない。

また昨日、急に己に「息抜き」を命じたのも佐和である。

——六太が戻って来ましたし、お前も一息入れなさい——

またしてもその口から律の名は出なかったが、仲間と遊んで来いとも言われなかった。

それともあれは「頭を冷やせ」という意味だったのか……？

今になって悶々としているうちに、飛鳥山が見えてきた。

飛鳥山に花見に行こうと思い立ったのは、無論、古屋の話が念頭にあったからである。律が描いていたのも桜の着物とあって、話が弾むのではないかと考えた。

今のところ律は大人しいが、これは疲れでなければ恥じらいだろう。

このように二人きりで往来をゆくのは、睦月の終わりに浅草御門前で会ったきり、遠出をするのは、昨年増上寺《ぞうじょうじ》——否、千住《せんじゅ》に行って以来である。

その後、律が親の仇に連れ込まれた高田馬場《たかだのばば》の屋敷から一緒に帰ったこともあったが、律は駕籠に乗っていたから二人きりではなかったし、想いを語らう余裕はなかった。

あの時は、律が無事でいたことがただ嬉しかった。

今井宅で古屋の話を聞きながら、涼太は昨夏を思い出していた。

思い出して——もう一日たりとも無駄にするまじと堺屋へ向かったのである。

四ツちょうどに出たから、九ツまでまだ半刻はある。

腹は空いていないと律が言うので、麓《ふもと》で水売りから買った水を一杯ずつ飲んだ。

見頃はわずかに過ぎたようだが、飛鳥山はまだ満開だった。思った以上の人出で、皆、江戸で最後の花見を逃すまいと、どんどん山に入って行く。

飛鳥山は跡取り仲間と一度花見に来たきりだ。他の花見客に混じって山道を進み、やがて人がまばらになってきた辺りで、手頃な花の前に律をうながした。

「一休みしよう」

律のために懐から手ぬぐいを取り出しながら涼太は言ったが、律は硬い顔のまま立ち尽くしている。

もしや、御門前のことで……？

不用意に抱き寄せてしまった夕闇を思い出して、涼太は言葉に迷った。

今日は花見を兼ねて、藪入りからこっちの——一月半にわたるわだかまりを解きたいと思って律を連れ出した。うぶな律を驚かさぬよう、それなりに慎みをもって過ごすつもりだが、下心がないといえば嘘になる。

「お律、その……」

とにかく座れ——

手ぬぐいを広げながら言いかけた、ちょうどその時。

「お律さーん」と、遠くから呼び声が聞こえてきた。

半町ほど離れた花見客の一団から、女が一人やって来た。

裾をたくし上げ、小走りに駆けて来る様は娘のようだったが、近くで見ると律よりずっと年上らしい。

「お千恵さん」

なるほど、これが雪華の着物の女かと、涼太は小さく頭を下げた。

「お千恵さんもお花見ですか？」

「そうなの。私、お律さんの家にお遣いに行った後、風邪を引いてしまって……お花見を逃してしまったのよ。そしたら雪永さんが、飛鳥山ならまだ見頃だからって」

「それにしても、こんなところでお会いするなんて」

「でも私、ちょうど、お律さんもお誘いすればよかったと思ってたところだったの。そしたらまあ、お律さんがいらしたじゃありませんか……」

無邪気に喜ぶ千恵を追って、雪永ともう一人、若い女が近寄って来た。

女が着ているのは、少し前に律が描いていた桜の着物だ。

「お律さん、こちらがお貴さんよ。雪永さん、お貴さん、こちらは――」

「ええと、涼太、だったかね？」

「あら、ご存じで？」

話し込んだことはないが、雪永とは茶会や店で幾度か顔を合わせている。むしろ、千恵が己を知っている様子なのが驚きだ。

「そりゃご存じさ。青陽堂の若旦那だよ」

「お律さんのいい人よ」

さらりと言われて涼太は驚いたが、かろうじて声には出さずに千恵を見つめた。

「ん？　そうなのかい？」

「そうなのよ」と、千恵は大きく頷いた。「雪永さんご贔屓の基二郎さんには悪いけど、涼太さんこそ、お律さんの選んだお人よ」

なんだ。そうだったのか。

律も外ではそのように己を認めてくれていたのかと、涼太が胸を熱くしたのも一瞬だ。

小さく頭を振った律が言い放つ。

「違います」

「えっ？」

これには流石に声が出た。

「どうして違うの？　この人が涼太さんなんでしょう？」

小首をかしげて問うた千恵に、律は気まずそうに、尻すぼみに応えた。

「その、青陽堂は――玄昭堂とご縁を結ばれるそうですから……」

「玄昭堂というと日本橋の……そうなのかね？」

「ち、違います！」

雪永の問いに、涼太は思わず声を高くした。

十一

「私には何が何やらさっぱりだわ」

「私もです」

千恵に相槌を打ってから涼太は律へ向き直った。

「お律、一体どういうことだ？」

その顔には嘘や誤魔化しはまったく見られず、今度は律が戸惑った。

てっきり、別れ話になるものと思ってついてきた律である。

のこのこと未練がましく飛鳥山までやって来たものの、花を愛でる気には到底なれず、自ら話を切り出そうと思っていた矢先であった。

これ以上、千恵を誤解させてはならぬと、己の口から玄昭堂の名を出したが、これは一体どういうことなのか。

「だって……そう聞きました。青陽堂は尾上との縁談は断って玄昭堂とご縁を結ぶ――つまり、堺屋の娘さんをお嫁に……」

「誰がそんなことを？」

「……綾乃さんです。昨日、越後屋の前でお目にかかって……」

「そりゃおかしい。だって俺は三日前、堺屋に断りを入れてから尾上に行ったんだ。どちらの縁談も断ると、尾上にも――綾乃さんにも直に伝えた。もう、その……嫁に迎える者は決まっているからと……お前のことだぞ、お律」

念を押す涼太に律が言葉を失っていると、横から貴がくすりとした。

「ごめんなさい」

短く謝ってから貴は続けた。

「私が思うに、お律さんはかつがれたのではないでしょうか？　その綾乃さんって人は、きっと負け惜しみに、お律さんを惑わせたいと……」

「そうよ」と、千恵が同意する。「負け惜しみ……そうに違いないわ。お貴さんが言う通り、お律さんはかつがれたのよ」

「でも、あんなにきっぱりと……」

「まあ！　お律さんは恋人よりも、恋敵の言い分を信じるの？　ひどいわ。それはいくらなんでもあんまりよ。ねぇ、涼太さん？」

「ええ」と、千恵に頷いてから涼太は言った。「いくらなんでもあんまりだ、お律。俺だってきっぱりと、尾上も堺屋も断った。おふくろと親父、勘兵衛にも、お前と一緒になるとちゃあんと伝えた」

「女将さんにも？」

綾乃に騙されたことよりも、こちらの方が驚きが大きい。

「ああ」

「女将さんは、なんて……？」

「それは……」

涼太が言葉を濁したところへ、雪永が割って入った。

「お千恵、お貴さん、野暮にならぬよう、私たちは向こうへ戻ろう。二人のことは二人で話すのが一番だ」

「ええ、でも、お礼だけは言わせてください」

そう言って貴は律の方を向き、照れ臭げに頭を下げた。

「この着物……とても気に入っております。急ぎの注文だったのに、お揃いの巾着絵まで描いてくだすって……」

袖から貴が取り出したのは、なるほど、着物と揃いの巾着である。

永治さんだわ——

しくじった袖はそのまま永治の店に置いてきた。色合いが違う箇所は裁って、永治はそれを巾着に仕立てたようだ。しかも、紐まで同じ布で縫い上げるという凝りようである。

貴に気に入ってもらえたのはよかったが、律はつい隣りの千恵の着物と比べてしまう。

千恵も今日は桜の着物で、おそらく以前話に聞いた雪永からの贈り物と思われる。

灰紫色《はいむらさきいろ》を基調にした上絵入りで、滑らかな濃淡の地色に浮かぶ花は儚く、それでいてどこか潔い。己が描いた貴の着物よりずっと高価だったに違いないが、こうして並ぶと、値段以上の腕の差が見えてきて、律は貴の言葉に素直に喜べなかった。

「安く、早く、なんて、いけ好かない客だったでしょう？」

「いえ、そんな」

「でもおかげさまで、嫁入り前に少し親孝行できました。嫁ぐ前にどうしても桜の着物を仕立ててやりたいと、母がいきなり言い出したんです。祖母がその昔、母の嫁入り支度に桜の着物を仕立ててくれたそうで……」

「加賀にお嫁にいかれると聞きました」

「そうなんです。遠いのでそれだけで随分費えがかかりますし、荷もほんの少ししか持っていけません。桜の着物なんて年に何度も着ないからもったいないと断ったのですが、どうしてもと聞かなくて。しかし家に無駄遣いはさせたくなかったので、ついあんな注文を」

そうだったのかと、律はやっと合点がいった。

「……私、男兄弟に挟まれて、男勝りに育ったせいか、これまで桃色やら紅色やら、女子らしい着物を着たことがなく、着たいと思ったこともありませんでした。この着物もまだ私には派手ではないかと……」

わざと袖を閃かせて、貴ははにかんだ。

「でも袖を通してみたら、何やら一息に華やかな気持ちになって……お嫁に——つまり、妻として夫を支えていく……新たな覚悟ができました。ついでに無性に花が見たくなり……私の我儘で決まった急な嫁入りなので、ずっと支度に忙しく、今年は店の者とも花見には行かなかったのです。大川の花は終わってしまいましたが、池見屋でお千恵さんが飛鳥山に行くと仰っていたのを思い出して——今日は父母と共に花見に参りました」

「道中でお見かけして、一緒にお弁当を食べることにしたのよ」

そう言って千恵はにっこりしたが、律は少しばかり雪永に同情した。

雪永さんこそ、お千恵さんと「二人きり」になりたかったのでは……？

貴も同じ考えらしく、それと判らぬよう律に目配せをする。

律より幾分若いが、芯の通った、気配りもできるしっかり者らしい。

「あの……加賀へ行くのは、お貴さんが決めたことなのですか？」

勝手に、親が決めた縁談だと思い込んでいた。

「そうよ」と、応えたのは千恵だ。「お貴さんは加賀に、恋女房ならぬ、恋亭主となるお方がいるの。お麩《ふ》を売ってるお店の人で、高城屋に出入りするうちに、お貴さんと恋仲になったのよ。今度その方が加賀でお店を持つことになったので、お貴さんを迎えに来るの」

「こら、お千恵」

雪永にたしなめられた千恵は首をすくめ、貴は苦笑を漏らした。

「働きぶりが認められて、暖簾分けしてもらえることになったんです。それでもう江戸には来られないからと、一度は別れ話になったんですが、私もあの人も諦めきれず……」

「よく、ご決心されましたね。その……見知らぬ土地へ一人でいらっしゃるなんて」

怖くないのだろうか？

好いた人のためとはいえ、親兄弟、友人をおいて、生まれ故郷を離れるなぞ、並の女にはできぬ決断である。

「そりゃ迷いましたよ。でも私はやっぱり、あの人と添い遂げたいんです。それに一人じゃありません。道中も、加賀でも、これからはずっとあの人と一緒です。加賀は遠いですけど、それでも高が知れてます。あの人と店を盛り立てて、いつか故郷に錦を——思いっきり贅沢な加賀友禅でも着込んで、江戸を訪ねて参ろうかと」

おどけて微笑んだ貴であったが、次の瞬間、やや瞳を潤ませた。

「……それまでは、お律さんが描いてくださったこの着物を見て、親兄弟と江戸のみんなを偲びます。私ったらいつも花より団子で……今になってやっと、みんなが花を愛でる気持ちが判ったように思うんです。これもお律さんのおかげです。ありがとうございました」

「そんな、私は」

まだまだ未熟者で——

言いかけた言葉を呑み込んで、律は微笑んだ。

「こちらこそ、ご注文ありがとうございました。私もいつか、加賀友禅にも負けない着物を描きますので……その時はどうかご贔屓に」

「ええ、またお目にかかる時には是非」

互いに笑って頭を下げ合うと、雪永にうながされ、貴は千恵と共に父母のいる花の下へと戻って行く。

すぐ後を追うのかと思いきや、二人の背中を見守りながら、雪永が言った。

「伊三郎さんの着物だよ」

「えっ？」

「あの——お千恵が着ている着物のことさ」

驚いて千絵の背中を見やった律と一緒に、雪永も感慨深げに目を細めた。

「手に入れたのはもう十四、五年前だから、お律さんには覚えがないだろうね。あの着物は注文だったたんだが、仕立屋と客が揉めてしまって、結句、一度も袖を通されないまま、お類が引き取ったんだ。それを私が一目で気に入り、買い取ったはいいが、あの頃のお千恵に贈るには——年頃の娘には——なんだか似合わないと思ってね」

仕舞い込んでいるうちに、千恵に恋——そして悲劇が訪れた。

「五年前、お千恵が三十路になった時に思い出して、あの着物を贈って、花見に誘ってみたんだよ。騒がしいのは嫌だと、花見は断られてしまったが、あの着物は気に入ってもらえてね。それから毎年、生けた桜を愛でながら、屋敷でひっそり花見をしてきたんだが、今年はお千恵の方から花見に行きたいと言い出して……風邪で寝込んだ時は冷や冷やしたが、無事にこうして連れ出すことができてよかった」

おとっつぁんの着物……

十四、五年前といえば己はまだ八、九歳。折々に絵は教わっていたものの、仕事は主に伊三郎が一人でこなしていた。

おっかさんがまだ生きていて、おとっつぁんの手は思うがままで……

千恵と貴が振り向いて、二人揃って手を振った。

「雪永さーん」と、貴。

「野暮は駄目よーう」と、千恵。

己と父、それぞれが描いた花が、共に並んで揺れている。

手を振り返して、律は空いた手で滲んだ涙を急ぎ拭《ぬぐ》った。

おとっつぁん。

私、もっともっと上手くなるから――

「やれやれ、自分のことは棚に上げて……」

形ばかり千恵に呆れて見せてから、雪永はにっこりとした。

「今度、池見屋で花見をしないか？　お律さんもゆっくりあの着物が見たいだろう？　江戸の花は今年はこれで終わりだろうが、あの着物を見ながら一杯——いや、涼太が一緒なら、茶会もいいな」

「ええ、是非」

「では、そのようにお類に話しておくよ。お千恵も喜ぶだろう。——邪魔したね」

律と涼太を交互に見やって、雪永も一座のところへ戻って行った。

十二

「——それで？」

眉根を寄せて香が訊ねる。

「それで、今度は池見屋で、お花見を兼ねたお茶会をすることになったのよ。お茶会といっても茶の湯じゃなくて、先生の家で飲むような気楽なお茶を——」

「違うわ。雪永さんがいなくなった後のことよ」

「雪永さんがいなくなった後は……涼太さんのお腹が鳴って、それでも四半刻はお花見をしたんだけれど——」

「けれど？」

「私もそのうちお腹が空いちゃって。九ツ半には山を下りて……麓のお店でお稲荷さんとお団子を一緒に食べて、それでおしまい。涼太さんには店が、私には仕事があったし……」

「もう！　りっちゃんの意地悪！」

弥生も七日目。

姑の峰が留守なのをいいことに、「遊びに来て欲しい」と遣いを寄越した香に誘われ、律は伏野屋に来ていた。

昼の九ツ前に伏野屋に着いて、少し早い昼餉を食べながら、弥吉のことから、花見での啖呵、古屋の昔の女探し、六太とその母親の路や、巾一味が尾上へ盗みに入ったことなど、ここ一月ほどの出来事を話すのに一刻を費やした。ようやく五日前の飛鳥山の花見に話が及んだが、じきに八ツが鳴る筈である。

香は昨年通り、如月半ばから、近所付き合いを兼ねたあちこちの花見に呼ばれて忙しかったそうである。

「悔しいわ。飛鳥山にはつまらない付き合いで二度も行ったのに……お千恵さんばかり、お貴さんにもりっちゃんにも出会うなんて、なんだか不公平よ」

「香ちゃんたら……」

「でもまあ、りっちゃんが基二郎さんをはっきり断ったのは感心だわ。お兄ちゃんが人前でりっちゃんをお嫁にすると言ったのも――」

腕組みして頷く香に苦笑しながら、律は雪永が去った後のことを思い出した。

——俺が悪かった。店のことに焦るあまり、縁談に迷っちまった——

潔く頭を上げた涼太を見ただけで、気持ちがはっきり伝わった。

「……尾上さんと縁を結ぶことになっても、お店のためなら仕方がないと私は思ってたけど、涼太さんは、お店のためにも一緒になろう、って言ってくれたの。一緒になれば、お互いつまらないことに悩まずに、仕事に励むことができるから、って」

「つまらないこととは何よ。好いた人のことじゃない。大事なことだわ」

眉を吊り上げた香へ、律は小さく首を振った。

「つまらないことだわ……一人でああじゃないか、こうじゃないかと推し量るのは」

——基二郎さんやら太郎さんやら……あれこれ気にかかって仕方ねぇ。こんなんじゃ店を切り盛りするにも差し障るから、ここらではっきりしちめぇてぇと思ってよ——

基二郎はともかく、太郎まで気にしていたのかと、律は可笑しくて……嬉しかった。

——店を元通りにするにはしばらくかかる。それまでは大した贅沢もさしてやれねぇ——

——贅沢なんて、いりません——

——いや駄目だ。前に「お前さえよけりゃあいい」と俺は言ったが、ありゃ嘘だ——

——えっ？——

——つまらねぇ見栄だが、お前に苦労はかけたくねぇ、ちっとは贅沢さしてやりてぇ、そんなのが全部、俺の励みになるんだよ。俺は店を守りたい。そのためにもお前が一緒になってくれねぇと困るんだ。お前と一緒なら玄昭堂にも……いや、なんにだって負けやしねぇ。だから勝手は承知の上だが、俺のためにも店のためにも、俺と一緒になってくれ――

花の下での再びの求婚に、律は迷わず頷いた。

それから涼太とは、山の麓へ下りるまで手をつないで並んで歩いた。町中では恥ずかしくて、戻り道中は手を離して帰ったものの、眼差しに、言葉に、心はずっとつながっていた。

店の前には客を見送ったばかりの手代がいたが、顔を熱くしながらも会釈をしたし、涼太とは店を通り過ぎて、長屋の木戸まで一緒だった。

なんでも打ち明けてきた香ではあるが、これらの細かいことは口にできず、律は古屋の名を出して話を変えた。

「古屋さんの旅のお伴に干菓子を贈りたいの。香ちゃん、桐山まで一緒に行ってくれないかしら？　いいお天気だもの。ついでにお外でお茶を飲みましょうよ」

古屋は日取りをやや繰り上げて、明日、江戸を発つことになっていた。

春と息子の行方が判り、六太の一件も落ち着いたため、江戸に長居をするよりも、旅費の残りは六太との文のやり取りに回したいそうである。

折々に、成長する六太の似面絵も送って欲しいと、その代金も前払いでもらってあった。

今日の夕刻、最後に長屋を訪ねて来る古屋に、涼太は店の茶を、今井は長谷屋の海苔をそれぞれ土産に用意しているらしい。律は干菓子の他、六太の似面絵を贈るつもりである。

桐山で干菓子を買い求めると、茶を飲む前に香が藍井《あいい》に行こうと言い出した。

菓子屋・桐山と同じ日本橋にあり、由郎《よしろう》という美男が店主の小間物屋である。

「いらっしゃいませ。おや、今日はお律さんもご一緒ですか」

由郎には昨年、千恵の着物のために雪華図説を借りていた。日本橋の小間物屋で買い物するような身分ではないから、藍井を訪ねるのは画本を返しに来て以来だ。

香に倣ってちょこんと頭を下げた律を見て、由郎が微笑んだ。

「その簪——よくお似合いです」

はっとして返答に詰まった律の代わりに、香が無邪気に応えた。

「兄が贈ったものなんです。こちらで買い求めたものですよ」

「覚えております。珍しい意匠で一本しかないものでしたから……お香さんのお兄さまは青陽堂の若旦那さまでしたね」

「ええ。そしてこちらのお律さんは実は兄の長年の想い人で、この度——」

香が言いかけたところへ、暖簾をくぐって新たな客がやって来た。

思わず律が香の袖を引いたのは、客が綾乃だったからである。

「後で出直しましょう」

そっと香に囁いた律の前に歩み寄り、綾乃は言った。

「何も逃げなくてもいいじゃありませんか、お律さん」

「そうよ、りっちゃん」と、香。「何も逃げることないわ」

応戦した香をじろりと見やって綾乃が言う。

「綾乃と申します。尾上という、浅草は東仲町で料亭を営む家の者でございます」

「お噂はかねがねお聞きしておりますわ、綾乃さん。私は香。嫁いで家を出ておりますが、生家は神田相生町の青陽堂……跡取りの涼太は私の兄にあたります」

綾乃はまだ二十歳前で、律たちより四年は若い。しかし背丈は一寸しか違わぬし、顔かたちや身につけているものの は香に引けを取らない華やかさがある。

「涼太さんの妹さまでしたか。青陽堂にはいつもお世話になっております。ご縁結びのお話はなくなりましたが、これからもよしなにしていただきとう存じます」

「そのご縁結びのお話ですが、兄はそちらさまも堺屋も――玄昭堂もお断りしております。兄が縁を結ぶのは、兄も私も幼き頃から懇意にしている、こちらのお律さんにございます」

香ちゃん――

香たちのやり取りに律がはらはらする横で、由郎は涼しげに目を細めて成り行きを見守っている。

「ええ。存じております。涼太さんが玄昭堂をお断りになったことも」

こともなげに綾乃は応えた。

「でもあなたはりっちゃ――お律さんに――」

「それくらい、いいでしょう」

つんとして綾乃は言い放つ。

「こちらだって、涼太さんやお律さんには散々振り回されたんですから」

「なんですって？」

「だってそうじゃありませんか。お互いに想い合ってるくせに、気のないふりをしたり、よそからの縁談を預かったり……それに涼太さんがわざわざいらっしゃらなくても、縁談は既にうちからお断りしておりました。いつまでも煮え切らない涼太さんには愛想が尽きましたし、恩人にも頼まれましたからね」

「恩人？」

「……六太さんです。六太さんのおかげで店のお金も無事に戻りましたし、おきみの仇を討つこともできました」

きみ、というのは卯之介の当て身であばらを折った女中で、綾乃の乳母でもあるという。

縁談を断りに涼太が尾上に出向く前に、尾上の主——綾乃の父親——が六太の長屋を訪ねていた。礼と見舞いを兼ねて金を渡そうとしたところ——

「お金はいらないと六太さんは言ったそうです。その代わり……」

——どうか若旦那から手を引いてくださいませ——

そう、六太は願い出た。

「若旦那には、既に言い交わした女性がいるから、と。青陽堂と取引を続けるか否かはうちに任せるが、他の店に余計なことは言わないでくれ――そう頼まれたんです。うちの恩人は六太さんだけど、その六太さんを救ったのは、一味の隠れ家を見つけた涼太さんですものね。恩人に報いたいという気持ちは六太さんもうちも同じです」

六太の意を汲んで尾上ではすぐに遣いを青陽堂に送ったというが、涼太とはちょうど入れ違いになったようである。

「あの六太がそんなことを――」

きまりが悪くなった香は、声を落として涼太をなじった。

「まったくもう！　それもこれもお兄ちゃん――兄がいつまでもまだるっこいから……」

「ええ、まったく」と、綾乃も同意する。「私はとてもお律さんのように寛容にはなれません。まだるっこい涼太さんに気の長いお律さん……なんだかんだ、お二人はお似合いなんでしょう」

「綾乃さん……」

愛想が尽きた――などと、口ではなんと言おうとも、恋とはそう容易く思い切れるものではない。かつての己がそうであったし、綾乃の涼太への想いは本物だった。

若い綾乃の度量に恐れ入り、同時に平静を装う姿をいじらしく思ったが、それを顔に出すほど未熟ではないつもりだ。

いかんともし難い気まずさを察した由郎が、横からにこやかに口を挟んだ。

「何やら誤解も解けたようですし、表は恰好の日和です。いかがですか？　まずはうちから、三人で仲良く日本橋をごゆるりと――」

「まあ！」

香と綾乃の声が重なった。

「なんてこと。由郎さんは、もっと女心の判る方だと思っていました」と、香が言えば、

「がっかりしましたわ。『仲良く』だなんて、これだから殿方は」と、綾乃もつぶやく。

困惑した目を己に向けた由郎へ、律も大仰に溜息をついてみせた。

「本当に男の人ときたら、時に驚くほどおめでたいんだから……」

「なんだか気がそがれちゃったわ。りっちゃん、お団子でも食べに行きましょう」

「私も出直すことにいたします」

「どうも参りましたね……」

盆の窪に手をやって苦笑する由郎に見送られ、律たちは店の外に出た。

八ツを過ぎた陽射しは強く、梅雨をすっ飛ばして夏がきたかと思うくらいだ。

眩しさに目を細めてから、香は綾乃を振り向いた。

「……ありがとうございました。その……六太の願いごとを聞き入れてくださって」

「いいんです。お礼が安くついた分、これからも青陽堂を贔屓にさせてもらいます」

「ありがとうございます」

再び礼を言った香の横で、律はただ頭を下げた。

顔を上げると、綾乃は上手く目をそらし、伴と思しき者が待つ方へ足を向けた。

「では、ごきげんよう」

「ごきげんよう……」

やっとそれだけ返した律へ香が微笑む。

「さ、私たちも行きましょう」

「ええ」

頷いて律は今一度、昨日よりぐんと高さを増した空を仰いだ。

本書は書き下ろしです。

光文社文庫

文庫書下ろし

巡《めぐ》る桜《さくら》　上《うわ》絵《え》師《し》　律《りつ》の似《に》面《づら》絵《え》帖《ちょう》

著者　知《ち》野《の》みさき

2018年7月20日　初版1刷発行

発行者　鈴木広和
印刷　萩原印刷
製本　ナショナル製本

発行所　株式会社　光文社
〒112-8011　東京都文京区音羽1-16-6
電話（03）5395-8149　編集部
8116　書籍販売部
8125　業務部

ISBN978-4-334-77695-4　Printed in Japan

組版　萩原印刷